卷 多情似故人

钱婉约

· 著

SD 北京时代华文书局

钱穆先生

祖父教我读经典（代序）

　　1980 年早春，万象更新，远在台湾的祖父钱穆先生，恢复了与他相隔 30 余年的儿女们的通信联系，随后即在当年暑假于香港有了一周时间的首次会面。1981 年秋，我考入北京大学中文系古典文献学专业，祖父听闻此消息以后，甚为欣喜和安慰，"知道你考进了北京大学，而且有志研习中国古典文学，那是我十分喜欢的事"，"你们的古典文献专业，据你报告，课程应该是注重在历史文化的大传统上，这是正确的"。

　　在我上大学前后，祖父命我给他写信汇报学习情况，并多次给我写回信，对我的读书学习进行具体指导。说实在的，18 岁的我，对于从未见过面的 86 岁高龄的祖父的来信，对于来自海峡对岸大学问家的论学指津，那种信赖和认知的程度，也是一点点建立起来的，免不了荒疏和蹉跎。如今对照当年的谆谆教诲，深感自己的不够努力；面对近年来网络上比较多转抄的"钱穆给孙女钱婉约的书信"片段，也是不无惭愧，别有一番滋味在心头。

　　钱穆（1895—1990 年），字宾四，江苏无锡人，高中学历。18 岁起在无锡、苏州、厦门等地，做小学、中学老师近 18 年，这期间他励志勤学苦读，精研学问。1930 年，他所写《刘向歆父子年谱》一篇长文，辨章学术、截断众流，显示了深湛的考据功力和思想识断，经同乡顾颉刚先生推荐，发表在《燕京学报》上，引起学界一时推崇，因而转入大学任教。前后在燕京大学、北京大学、清华大学、西南联大、武汉大学、江南大学等校任教，成为民国时期知名的历史学教授。祖父1949年迁居香港，创办新亚书院，1967年又到台湾，任教于台湾中国文化学院博士班。他生前怀念家乡，去世后，家属取得故乡政府协助，寻找墓地，终于在1992年魂归故里，安葬在苏州太湖之滨洞庭西山的俞家渡石皮山上。

《钱穆（宾四）先生全集》甲乙丙三编，共56种著作，近1700万字，有台湾联经版54册和大陆九州版70册两种版本。另外，商务印书馆、九州出版社还出版了很多单行本。近十年来，祖父的著作受到越来越多的青年学生、专业研究者以及社会各阶层读者的阅读与喜爱。

如何读书，如何阅读中国传统的文史经典，祖父当年对身为大学生的我的读书指导，如果将它分享给今天更多的青年学生，应该也是有益的吧。所以，我权且放下不安的心情，从四个方面做分享介绍。

第一，推荐"四书""庄老"和《史记》七部经典，作为国学入门必读。

大学一年级时，我读了祖父的《论语新解》，并写信告诉他。他回信肯定了我将《论语新解》与《四书集注》《十三经概论》并读的做法，并告诉我说：

> 《论语新解》则尽可读，读后有解有不解，须隔一时再读，则所解自增。最好能背诵《论语》本文，积年多读，则自能背诵，能背诵后，则其中深意自会体悟。
>
> 《论语》外，须诵《孟子》《大学》《中庸》，以《朱子集注章句》为主。

《庄子》外须诵《老子》。"四书"与"庄老"外，该读《史记》……（1981年12月6日信）

中国古代一向重视熟读背诵功夫，这里的"诵"，应该就是传统记诵之学的"诵"，就是要反复出声朗读，直到熟读成诵，可以背出来。中国历史文化精神寄寓在中国经典和一切古籍深处，若不能深入阅读经典，就不容易认识到中国历史文化的真精神与意义价值。反过来，如果对中国历史文化真精神、大传统没有很好的认识，也不能真正读懂中国经典。所以，阅读经典名著名篇，须一读再读反复读，直到成诵；须全读而不宜选读。

《论语》不必说，必须通读，《史记》也必须全读：

……读《史记》，须全读不宜选读，遇不易解处，约略读过，遇能解又爱读处，则仍须反复多读，仍盼能背诵。（1981年12月6日信）

网上有文章传，钱穆先生让他的孙女背诵《史记》，大概就是由此而发，但其实只是说对于"能解"和"爱读处"，"盼能背诵"。可惜，大学时代的我并没有很好体会祖父的用心，也没能切实力行地背诵下这七部经典中的多少名篇名章。

第二，诗读全集，散文读名篇，提升自己的心性修养。

我对于古典诗词的热爱，从小学、中学自己购买《千家诗》《唐诗三百首》。以及在父亲书架上翻看《唐宋诗举要》就已经开始。我入读北大中文系古典文献学专业以后，也是喜欢"中国古代文学史""中国文学要籍导读"等课程。祖父鼓励说，"每日熟诵一两首，是人生一大乐事"，可以先读《唐诗三百首》，上推《诗经》下及陶渊明诗。特别是，他说，读诗建议读专人诗集，挑喜欢的人，读完一人，再读一人。如《陶渊明集》，这是祖父最喜爱和最推崇的个人诗集。读诗集的好处是可以想见其人，结合生平际遇，更能品味诗人之心性与思想境界。

读散文，则尽可不读全集，只挑自己喜欢的名篇，如唐宋八大家之古文，选几十篇诵读。能熟读散文名篇，则读一切古书就容易深入。

能诵唐宋诗词亦佳，又贵能推广及于唐宋韩欧八大家之古文，不必通读全集，能选择自己懂得的又喜爱的诵读数十篇，莫急切，只求有入门处。（1982 年 7 月 28 日信）

第三，读书为学不可过早地分门别类，以免自设藩篱，自限聪明。

大学二年级时，我写了一篇对古诗词中"白日"的辨析文章，并去信告诉他，却遭到他的批评指正。他来信说，"读书贵能从深处大处留心，如你所举'白日'二字，并无深意可求，勿多操心，免入歧途"；更从大处说，不要因"专治文学"一念，自设藩篱，自限聪明。

并须勿分门别类，如"专治文学"一念，即可限制自己一切聪明……读书先当求其大者远者，如先限一文学观念来读书，便使自己进步不大。（1983 年 1 月 8 日信）

学问本来是人生人性与社会历史发展的写照和结晶，古代学术有文史不分家的说法，祖父自己的学问更是兼涉四部，于经、史、子、集都有论著，因此他也被称为"国学宗师"。祖父对于近代以来受西方学术影响，过于重视分门别类的学科发展理念是有异议的。他在《中国思想史》等书中，经常说到中国传统思想学术有"通天人，合内外""推崇博通，不奖励专家"等特点，这些特点和倾向反映在传统中国人的为学追求与学问境界上。比如现在我们看诗人杜甫、文人韩愈、书法家颜真卿、画家吴道子，似乎分别是诗、文、书、画各专门领域的翘楚，其实他们在唐代，却首先都是"蕴蓄充盈"的名相重臣，是一个个博通广大的人。因此，我们研究中国古代文学、古代史学、古代艺术等学科领域，不能忽视这一历史事实，不能仅仅就诗论诗、就画论画。"专深为途径，博通为宗旨"，祖父的这个思想观念，与当代学术界普遍实行学科分类、培养专门人才的理念与做法，自然是有所区别的。

第四，读中国经典，贵在"切问近思""反求诸己"。

祖父给我的几封信中，多处提及阅读《论语》，并把学习《论语》与自我心性人格的成长以及思考人类世界的发展联系在一起。他说：

> 《论语》一书最当反复细诵，盼朝夕在手，日诵二一章即可。自己学问长进，则所得亦随而长进。绝非一览可尽，亦非欲速能达，幸加留意。（1982年3月30日信）

> ……《论语》一书涵义甚深，该反求诸己，配合当前所处的世界，逐一思考，则更可深得。重要当在自己做人上，即一字一句亦可终身受用无穷。（1982年7月28日信）

大学一年级的我，当时并不能完全领悟信中这些命题和"配合当前所处的世界"等说法，但"在自己做人上"，以《论语》里的"子曰"教诲、朱子阐释作为修身准则来要求自己的言行和滋养性情，则多少是有意识这样去做的。我博士毕业后在大学中文系任教，给本科生开设了一门"中国文化要籍导读"，所讲内容就主要针对但不限于上述七部国学经典。年复一年，自己在长期的教学实践中反复研读，加深体悟。同时，也以"切问近思""反求诸己"来启发我的学生。将知与行相结合，将修身融入求知，关注当下社会文化、人类前途。

　　本书选了我积年零星写下的一些读书随笔，有的已经发表过，有的初次在这里面世。现在应出版社要求，合成一集出版，也应出版社要求向青年朋友介绍祖父教我如何读书、读经典。书卷多情似故人。这一点小草茵茵算是书原上的雪泥鸿爪，有负先祖教泽，愧为代序。

钱婉约

2023 年 5 月 7 日

附：祖父谈读书的信

婉约孙女鉴：

　　读你来书，使我十分欣慰。你们的古典文献专业，据你报告，课程应该是注重在历史文化的大传统上，这是正确的。苟非对历史文化传统有认识，即不易了解到一切古籍深处；但不了解古籍深处，亦不易认识到历史文化传统之真意义、真价值所在。此事艰难，望你努力以赴，务求速进，亦勿望小成，庶有远大之希望。

《先秦诸子系年》一书不宜早读。《论语新解》则尽可读，读后有解有不解，须隔一时再读，则所解自增。最好能背诵《论语》本文，积年多读，则自能背诵，能背诵后，则其中深意自会体悟。《庄子纂笺》亦宜看，亦该重复看，不必全能背诵，但须选择爱诵篇章到能背诵为佳。

　　《论语》外，须诵《孟子》《大学》《中庸》，以《朱子集注章句》为主。《庄子》外须诵《老子》。"四书"与"庄老"外，该读《史记》，须全读不宜选读，遇不易解处，约略读过，遇能解又爱读处，则仍须反复多读，仍盼能背诵。此等皆须真实功夫，不宜任意翻阅过目即算。待你读何书有困难尽来信，我可就你困难处续加指点。

　　倘读中国通史，最好能看我的《国史大纲》。此书实亦难读，但我在此，待你读后有疑问，我可指点你。总之，须你有问，我始能答。各人读书所得各不同，须随各人性情智慧，自己寻一条路前进，共通指导则总是粗略的。

　　我上面举了七部书，已够费时研读了。你若在此七部书外，临时有问题，亦可临时来信发问。总之，须具体问，我能具体答；笼统发问是无意义的。我此信所能告你者止此，望你深细体认了解，余不多及了。祝你进步。

祖父字

（1981 年）十二月六日

盼你告诉我你目前最喜看的是些什么书。又及。

婉约孙女：

　　五月来信早读到，你读《论语新解》能与朱子"集注"以及《十三经注疏》中之《论语》并读，甚佳。但《论语》一书涵义甚深，该反求诸己，配合当前所处的世界，逐一思考，则更可深得。重要当在自己做人上，即一字一句亦可终身受用无穷。

此刻你已返苏州，《孔子传》当已见到，不知已细读一遍否？圣人所讲道理，不必即能行之当世，但即在孔子当世，闻其教而受益的也就不少了。如颜渊即其一例。你该问自己如何来学孔子，且莫管孔子之道不能行于当时，此始为"切问而近思"。

你喜好文学亦大佳事。最好能先读《诗经》，即先从朱子的注入门。能诵唐宋诗词亦佳，又贵能推广及于唐宋韩欧八大家之古文，不必通读全集，能选择自己懂得的又喜爱的诵读数十篇，莫急切，只求有入门处。

先生要你们写论文，与你们自爱读何书不相妨。只求能从你爱读的书来写便是。做学问主要自己觉得喜爱，不要急切求人道好。此层盼你细细记住也。莫要怕学问广、书籍多，只择你所好逐步上进，也并不吃力。主要总在保持自己的喜爱上。你刚才进入大学二年级，千万莫心急，待你回到学校，遇有问题，尽不妨时时作书来问。我与你虽远隔两地，或不能一一详答，但择要告诉你几句，对你总有益。

我未能进大学，十八岁即在乡村教书，亦没有先生问，但总还读了不少书，知道得许多学问。你只要真喜爱读书，便会有前途。孔子也说："十有五而志于学，三十而立。"你今只要能志学，距三十而立还尚远。读书能如此反身读，便够了。

《四书释义》中的《论语要略》，也盼你一读。完了，下次待你来信再写。

祖父字

（1982年）七月二十八日

婉约孙女：

你前后所来两信，使我读了都十分欣慰，盼你如此努力，将来当有前途。最要者，莫先存一功利观，莫急求表现，大器晚成。盼能内心时感有自得，厚积薄发，始是进学成才之正途。

孔子《论语》尤为中国人为学做人一部大本大源之书，断非一读即可了事。须待此下读书多，学问有进步，再时时重读，此所谓温故而知新，盼能深切记之。

又如《文心雕龙》，亦须于《诗》《骚》《文选》、汉赋、一切古代文学乃及其他经子集部有了解，乃能深入体会。凡中国一切书，均须如此读。

读书贵能从深处大处留心，如你所举"白日"二字，并无深意可求，勿多操心，免入歧途。

你如爱好文学，须能读专家，如《陶渊明集》可先读，读其诗文，须能体会到作者之人，勿在文字之修饰技巧上太过用心。

并须勿分门别类，如"专治文学"一念，即可限制自己一切聪明，如司马迁《史记》亦是一部极高文学作品，不可认《史记》为一史书，便忽之。又如《庄子》亦是一部文学作品，不宜认为乃一哲学书，便忽之。读书先当求其大者远者，如先限一文学观念来读书，便使自己进步不大。

此后有你随时来信，我会随时复你，我在此书中所言，或你亦不能深体，只求得其大意便是。祝你进步。

祖父字

（1983年）一月八日

婉如、原如：五月来信早间到，你读论语、新黼...

唐宋诗词佳者很多才...

先生要你们研读论文，对你们的爱读行书相妨...

目录

祖父教我读经典（代序）

● 之一

使读书达到「有益于身，有用于世」的目标。

把学到的知识、道理与自我人生、当下社会联系起来，

● 之二

偷得浮生半日闲，吟诗赏画，似羽化而登仙，

做了一次梦回唐宋的美丽访客。

钱穆

各人读书所得各不同，

须随各人性情智慧，

自己寻一条路前进。

之一

把学到的知识、道理

与自我人生、当下社会联系起来，

使读书达到

"有益于身，有用于世"的目标。

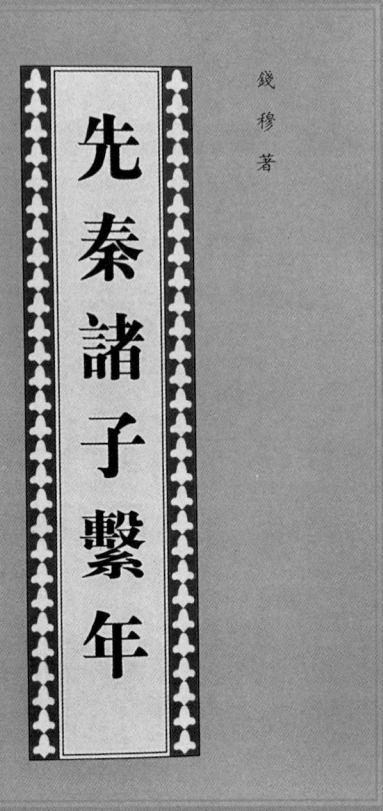

钱穆 著

先秦諸子繫年

商務印書館

《先秦诸子系年》，钱穆著。

1935 年上海商务印书馆初版。1956 年香港大学出版社出版增订本。2001 年以来，北京商务印书馆多次重印增订新版。

体大思精：《先秦诸子系年》

1917年，胡适在北京大学讲授"中国哲学史大纲"，开始用近代西方的科学方法来研究先秦哲学家的思想系统，兼及对于先秦诸子生存年代、著述真伪的考辨。此后，学界对诸子的研究讨论热烈起来，北京、上海各大报纸竞相刊载谈论诸子的文章。这时，在江南古城苏州的一位中学教师，却沉默不语，潜心研究，考辨比勘，从1923年秋开始，历四五载，共写成考辨文章160余篇30多万字。关于全书的写作，作者在自序中说："一篇之成，或历旬月，或经寒暑，少者三四易，多者十余易，而后定稿。"

书未出版，史学名家、作者的友人蒙文通先生游姑苏偶得阅读，叹为"体大思精，惟当于三百年前顾亭林诸老辈中求其伦比，乾嘉以来少其匹矣"，遂将此书稿带到南京，使得部分篇章先期刊出。同年，顾颉刚先生由中山大学转任燕京大学，途中小住故乡苏州，在作者书斋中借出此书稿读三五日后，也感慨地对作者说："君之系年稿仅匆匆翻阅，君似不宜长在中学中教国文，宜去大学中教历史。"1934年，作者将书稿交商务印书馆作为"清华丛书"出版，陈寅恪在审阅此书稿后认为此书"极精湛，时代全据《纪年》订《史记》之误，心得极多，至可佩服。……自王静庵后未见此等著作矣"。

这部书就是《先秦诸子系年》，钱穆先生因此离开家乡到北京，开始

钱穆先生：沉默不语，潜心研究，考辨比勘

他在燕京大学、北京大学、清华大学、北平师范大学等高校的教学生涯。

本书之所以获得如此交口赞誉，是因为它与此前的同类型著作相比，确有高出一筹之处。概而言之有三端：

第一，前人考论诸子年世，往往各治一家，未能贯通。而此书"上溯孔子生年，下逮李斯卒岁，前后二百年，排比联络，一以贯之。……以诸子之年证成一子，一子有错，诸子皆摇"，是把诸子放在这"前后二百年"的联系比对中整体研究的。

第二，前人考论诸子年世，详其显著，略其晦沉，所以关于孔、墨、孟、荀的考论很多，关于其他各子则往往嫌其疏略不实。此书着眼广泛，对于先秦学人，无不一一详考，如对于齐之稷下学宫那些名姓在若存若亡之间的学人，无不为之钩沉发微，梳理其生平出处、师友渊源、学术流变等等，使之秩然就绪、灿然条贯。

第三，前人考论诸子年世，一味依据史籍，不知辨误校勘，尤其视《史记·六国年表》为圭臬。钱穆先生此书能比前人多有创获，与他全面收集相关史料，且用力比对校勘，发现前人惯用书籍如《史记》的错误等等，有直接关系。这也是他自己认为本书"用力最勤"的方面，陈寅恪赞誉的"时代全据《纪年》订《史记》之误"所指也是这个。书中据《竹书纪年》校勘《史记》，据书后引用书目索引，全书引用《竹书纪年》共43篇，又引王国维《古本竹书纪年辑校》、韩怡《竹书纪年辨正》、雷学淇《竹书纪年义证》和《竹书纪年考订》等书数十处。又以诸家考论《竹书纪年》之书互相参证商定，以纠正《纪年》之脱误，如卷四《王氏古本竹书纪年辑校补正》一篇便是，作者用心真可谓精深精湛也。

全书主体由考辨文字四卷组成，另有通表四篇、附表四张，与考辨文字"起讫相应"，提供对照，方便读者。通表为纲，考辨为目；通表如经，考辨如纬。如此纲举目张，经纬交错，将晦涩难解的先秦学术史编织成条理清晰的立体画卷。

关于本书史实考证之翔实，提供前人未发之先秦学术史故实，于此仅举一列：如齐之稷下，书中有"稷下通考"篇，引列《史记·齐田世家集解》所引刘向《别录》《新序》，徐干《中论·亡国》，以及《盐铁论》《史记·孟子荀卿列传》《史记·齐田世家》《齐策》等材料，勾勒出稷下兴亡的全部历程；除列出"稷下学士名表"外，对其中各人分别专条考辨，论据极为丰富，为后人了解、论述先秦学术思想史提供了极为重要的基本材料，其中不少是前人未接触到的新发现。

本书对于中国学术史、思想史划时代的意义，这里仅引述孙鼎宸"钱宾四先生主要著作简介"中的一段话说明：

> 在政治、社会、经济、思想各方面都产生诸多变化的战国时代，可称是中国历史的转变期，此期的研究是中国历史的重要课题，先生的大作一出，立即澄清了战国时代的许多暧昧问题，奠定了二百五十九年战国史的研究基础。
>
> 这是一本划时代的巨著，经此一番研究，先秦诸子的学术渊源与生卒年代，无不灿然条贯，秩然就绪，而且将晦涩二千年之战国史真相显露出一真面目，把中国历史上一个典章制度荡然不可复征的重大漏洞补上。

《先秦诸子系年》1935 年出版后的 21 年中，钱穆先生屡经战乱，艰难窘困，流离失所，却一直携带此书于行囊中，偶有所得足以补原书缺失的，辄随时补记于书眉，月积年累，共得 250 条。1956 年由香港大学出版社出版增订本。21 世纪以来，内地先后多次出版此书，应以《钱穆先生全集》增订新校本以及北京商务印书馆的多次重印单本为最佳。

书林好物·民国时期古物收藏家
关祖章藏书票（黄显功提供）

《中国历史精神》，钱穆著。

九州出版社 2020 年出版。

道统与法统：《中国历史精神》

《中国历史精神》是钱穆先生的一个系列讲演录，1952年在印尼雅加达初版。此后20多年中多次在中国大陆、港台地区重版，由于通俗浅近而又全面地阐述了中国的历史精神、民族性格，也由于作者在港台学术界的威望与地位，它被香港大学中文系列为"报考学生必读书"之一，在香港青年学生中流传甚广，长期以来为弘扬民族传统文化及其精神做出了贡献。1984年7月笔者到香港探亲，接触到一些港台学术文化界前辈同仁，只要谈起中国文化，他们首先会说到钱穆先生及其关于中国历史文化方面的诸多著作，其中不少人至今不能忘记当年读这本《中国历史精神》所得到的深刻启迪。甚至有人说，正是因为读了此书才发愿立志研究中国历史的。可以说，这是一本出自名家之手、深入浅出而极富感染力的历史文化读物。

读罢全书，掩卷而思，我们得到的或许不仅仅是哲理与逻辑的思辨快感，也不仅仅是出经入史、旁征博引的严谨渊博，我们首先得到的是一种文化心灵的震撼、民族历史的自尊和对国家民族灿烂前途的向往。这就是《中国历史精神》所给予我们的精神感染力。

钱穆先生在其史学名著《国史大纲》（1940年商务印书馆初版）的扉页中特别指出：中国知识分子要对本国历史抱有一种"温情与敬意"，即在熟知和认识本国历史的基础上，对本土文化产生深厚的感情和坚定的信仰，从而自觉地担负起继承和发扬它的历史重任。这是钱穆先生研究中国历史的一个根本点，《中国历史精神》也并无例外地体现了他的这种思想精神。历史由民族演成，民族由文化凝成，钱穆先生认为民族之所以成为一个民族，主要是因为其同属一个文化类型、一种文化信仰。中华民族是随着黄河流域的中原文化不断外延，"以夏变夷"地扩大而不断形成的。一个民族在同一种文化的规范下长期共同生活，于是演变成了这一民族的历史，在历史发展的同时，文化也不断地发展变化。没有文化，就没有民族和历史；没有历史，同样也不可能产生民族与文化。文化、民族、历史三者是互相制约、互为因果的关系。因此，在钱穆先生的这本书中，这三个概念有时是等同使用的，中国历史精神亦即中国历史所反映出的文化精神，或者说是中华民族所体现出的民族性格。再没有一种文化能形成如此源远流长、幅员广大的中华民族，再没有一个民族能演变成这样古老悠久、五千年一以贯之的中国历史，这是被亘古绵长的人类历史证明了的事实，同时也充分说明了中国文化的伟大生命力。钱穆先生就是以此来展开阐述他对中国历史的"温情与敬意"。

什么是中国历史文化最深刻的内涵和最集中的表现？钱穆先生回答说是中国历史上的道德精神，用中国学术史的术语说，就是"道统"。"道统"与"法统"是维系中国历史源远流长的两个重要因素，在中国历史上，向来是道统居于上而法统居于下。君主皇帝虽然地位高贵，但也只能是"替天行道"的"天子"，所谓"天不变，道亦不变"的观念，也都说明了"道"才是真正至高无上的东西。"师"是道统的承传者，"君"是法统的承传者。传统社会普遍认同的道德观念是"尊师重道"，而不是"尊君重道"，也可见道统是居于法统之上神圣至尊的东西。道统至高无上，但同时，它所反映的道德精神，又是平易而切近人生的，是每一个普通中国人心里都可以领悟到，并且去力行的。正是这个道德精神，是中国历史文化的精义所在。

如何来阐释这个至关重要的道德精神呢？钱穆先生不是从抽象的分析推断入手，而是依据中国历史的演进，先对历史上政治、经济、国防、军事、教育、文化、地理与人物等方面分别做概述，从中提炼出属于精神实质的东西，再从理论上来总结中国历史上的道德精神，而这些理论论述，也往往因他对一个个看似信手拈来的历史事例的分析而变得生动具体，给人以理论论著很少能达到的形象性和感染力。

中国的历史精神，实际上是一种中国式的道德人本主义。它强调个人在社会历史中的责任与义务，所谓"天下兴亡，匹夫有责"是这种责任的最高境界；它强调一个秉承了道德精神的人具有无限的力量和作用，所谓"人能弘道，非道弘人"是对这种力量和作用的最高估价；它更强调人人都能成为具有道德精神的人，通过努力而达到自己的理想人格。所谓"人性善"理论，所谓"修身、齐家、治国、平天下"，所谓"人皆可以为尧舜"，是对人们修身行道的最好鼓励，而通过"立德、立功、立言"实现人生不朽，以及"为天地立心，为生民立命，为往圣继绝学，为万世开太平"，成为中国人最高的人格理想和人生追求。这就是中国历史上的道德精神。伯夷、叔齐居《史记》"列传第一"；三国将士无数，唯关羽名望最重，关帝庙遍及全国各地；文天祥、史可法抗战失败，身死敌手而能名垂青史，就因为他们或节操过人，或气节凌云，或道义在肩，体现了中国人心目中的道德精神，所以他们成为中国历史的楷模、人格性代表。推而言之，历史上各类伟大人物之所以能够成为伟人，并非以成败论，而是以其是否体现了道德精神为最后标准。中国文化就是以这种道德精神为核心而生成的，中国历史就是以这种道德精神为动力而演进的。

在这种道德精神的光辉照耀下，钱穆先生追溯和描绘了一幅幅中国历史光明美好的景象，这是对民族历史的深情回顾，也是对文化前途的无限憧憬。它反映了一个秉承了传统道德精神的中国史学家，对民族文化的坚定信仰以及弘扬这种文化的巨大热情和责任感。从这一层意义上讲，作者本身及本书所表现出的精神，也正是传统道德精神光照个人的生动写照。

然而，钱穆先生并未满足于此，停留于此，"我们研究历史，并不是说只要研究这件事的过去，而实是根据过去来了解现在。不仅如是，而还要知道到将来"。他认为研史的目的在于认识现实，预见未来，在本书每一个专题的论述中，他几乎无一例外地执行其"鉴古喻今"的原则，敏锐

〔明〕商喜《关羽擒将图》

而中肯地评论现实社会的实际问题，以一个史学家的眼光针砭现实，又谆谆告诫人们：尽管目前存在种种弊端，但这只是历史的病象，而绝不是文化失去了生命力。相反，要医治病象，就要熟悉历史、研究历史，从历史出发去寻找解决的方法，去寻求新生的力量。他对当时社会上崇尚"西化"、蔑视和抛弃民族文化的现象，做了不乏远见的批评。最后，他深信中国文化定将重新焕发出新的生命力，就像他所描述的那样："十万里上下四方，俯仰锦绣；五千载今来古往，一片光明。"（见《新亚书院校歌》）借此我们可以深深地感受到一个充满信仰、充满希望的文化心灵，这就是钱穆先生那颗深深挚爱民族文化的中国心。

这种热爱民族文化的眷眷深情，在钱穆先生本人已是一种融入灵魂、与生命同在的升华了的情感，所谓对本国历史的"温情与敬意"，也正是这种情感在学术研究上的表现。不仅如此，它还使我们更加相信，海峡两岸的学者，在热爱祖国、关心民族命运这一点上是永远相通相连的。

最后，谨引钱穆先生在《中国历史精神》自序中的一段话，对本篇导读文字做一个补充：

> 本稿旨求通俗，略陈大义，于历史事实未能多所援据。拙著有与本稿所讲可互相阐证者，计有下列之诸种：《国史大纲》《国史新论》《中国文化史导论》《文化学大义》《中国思想史》《政学私言》《中国历代政治得失》。倘蒙阅者就上列各书参合读之，当更明了本讲演之精神及其理论根据。

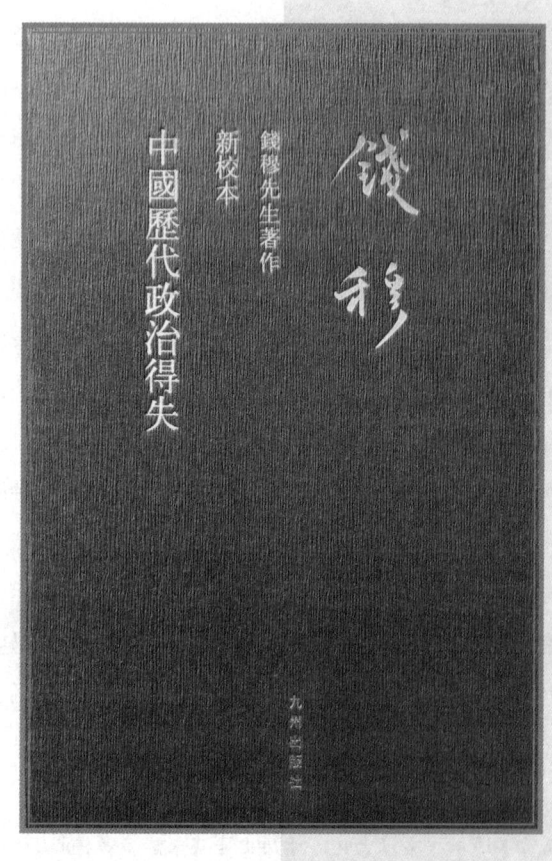

《中国历代政治得失》，钱穆著。
九州出版社 2021 年出版。

还原历史场景：《中国历代政治得失》

    《中国历代政治得失》一书，是钱穆先生 1952 年春应邀赴台北所做五次演讲的修订稿，1955 年出版。演讲分五次，书遂分五章，分别讲述汉、唐、宋、明、清五个朝代，每章大致分述政府的组织、考试与选举、赋税制度、国防与兵役四个部分。

    作为一个非政治制度史专业的读者，平时阅读一般中国政治史、制度史、经济史等教材或著作，常感觉难以深入书本，嫌它多由一条条概念、制度、法规等组成，枯燥而缺乏血肉，让读者不得要领。而读这本书就不一样，最大的感受是，政治制度不仅仅是政治制度，同时有全部历史在里面做血肉、做贯通，更有历史精神、民族特点在里面时时被提炼和突显出来。书中对于一项政治制度，不仅述其沿革变迁，更将此一制度在历史上的每一步发展，与整体中国历史变革做比较观照，联系起来论述。所以，全书读起来饶有兴味，令人在了解中国历代政治制度来龙去脉的同时，思考中国政治文化的得与失，从一个侧面洞见中国历史传统中的某些精神特质。

    以下依据书中所述之若干重要政治制度，试做融会贯通、分析阐释，以求在把握作者历史观的同时，彰显作者提出的区分和兼顾"历史意见"与"时代意见"的治史理念，并体现笔者所提炼的"述沿革以知原委，究得失而见传统"的治史方法。

"化家为国"与专制独裁

秦汉统一以来，如何从分土封侯的诸侯王国制，变成由皇帝组织一个
偌大的中央政府来治理天下，这是中国古代政治首先面临的一个大问题。
书中说，汉代中央政府是通过"化家为国"逐渐建立、完善起来的。

"普天之下，莫非王土，率土之滨，莫非王臣"，这是商周时代的情况，
天下有多大，天子的王室和权力就有多大。到秦汉，开始有了统一的中
央政府，皇帝就只是皇室的主宰，因为另有一个统一管理国家的中央政府，
它的主宰是丞相（宰相）。书中往往有对一个古代官名的训诂释义，比如，
"丞""相"二字都是"副"之意，所以，丞相是一个副官，是辅佐皇
帝治理国家的副官。宰相的"宰"字，源于王室祭祀时宰杀牺牲的人——
家宰，家宰是祭祀时重要的负责人。"化家为国"，家宰也就变成了国
家的宰相。汉代开始，皇权与相权就有了明确的区分。如皇权下设有六
个小部门——六尚，分别管理皇帝的起居、饮食及文书等；相权下有十三
个分署——十三曹，协助丞相办公，可见丞相就执掌范围和气派来讲，比
皇帝大得多；另外，还有三公九卿，也都只是对丞相负责。丞相则执行
皇帝的意志管理天下，对皇帝、对天下负责。

"化家为国"，在九卿的设置中是有不少痕迹可寻的：如太仆，旧时
是天子的车夫，现在管交通；卫尉旧时是天子的护卫，现在是京城卫戍部
队的首领；光禄勋旧时是为天子看大门的，现在扩展为管理皇室内务、政
府内务。但也有皇室与政府已明显区分的：如大司农，负责征收全国土地

田租入国库，作为政府开支；少府，负责征收全国山林河泽的工商税金，供皇室使用。

总之，汉代把分封制以天子为中心的"家天下"的那一套模式，渐渐替换成中央政府的一套组织。到唐代，科举取士任官制度建立起来，贵族世袭制渐渐衰落，中央政府、地方政治渐渐走到封建社会最健全和发达的地步。

唐代政治的本质是"士人政治""贤人政治"，通过考试，把饱读诗书、有德行才学的人吸收到政府里来，这是考试任官制，不同于西方的民主选举制。从汉代察举制到魏晋九品中正制再到科举制，都是遵循选贤与能的原则。

> 中国政治上的传统观念，对一意见之从违抉择，往往并不取决于多数，如西方所谓之民主精神。而中国人传统，则常求取决于贤人。……"贤"属质，"众"属量，中国传统重质不重量。中国人认为，只要其人是贤者，就能够代表多数。不贤而仅凭数量，是无足轻重的。

唐代的中央政府，不是宰相一个人为最高首领，而是类似"委员制"的三省六部协同办公，国家最高事务取决于中书省、门下省长官与侍郎联席的"政事堂"，绝不是皇帝一个人说了算。皇帝的诏敕必须经政事堂讨论通过后，盖上"中书门下之印"，才能合法生效，再由尚书省执行。皇帝个人是不能单独发布诏敕的。所以，有所谓"不经凤阁鸾台，何得为敕"之说（武则天时分别改中书省、门下省为"凤阁""鸾台"）。原则上是这样的，但偶尔也有破例的，如武则天之后的唐中宗，私自封拜官职，但皇帝自知无理心怯，不敢用朱笔批敕装袋，故有"斜封墨敕"之称，表示这封诏敕未经中书省、门下省审批，请下行机关马虎承认之。政事堂制度和"斜封墨敕"这样的例外，说明：

> 中国传统政治，本不全由皇帝专制，也不能说中国人绝无法制观念。但中国政治史上所规定下的一切法制，有时往往有不严格遵守的，此亦是事实。……中国过去的政治，不能说皇权、相权绝不分别，一切全由皇帝专制。我们纵要说它是专制，也不能不认为还是一种比较合理的开明的专制。它也自有制度，自有法律，并不全由皇帝一人的意志来决定一切的。我们现在应该注意在它的一切较详密的制度上，却不必专在"专制"与"民主"的字眼上来争执。

〔明〕《平番得胜图卷》（局部）

唐中晚期以后，弊端渐趋明显。中央对地方陷于尾大不掉的弱势，因而出现安史之乱、藩镇割据，以及最后的五代纷乱。

宋元时，有鉴于战乱和分裂的趋势，中央集权越来越强化，到明清两代，取消了宰相这个中央政府的最高首领，一切事务均归诸皇帝。如果皇帝无能、昏庸或偷懒，国家大事就旁落到一些外戚甚至宦官手里。明代皇帝中有十几年、几十年不上朝接受大臣汇报的，全国事务就靠几个权臣和宦官通风报信，甚至代拟密旨。

从秦汉以来明确皇权与相权的区分，到明清取消宰相，泯灭了皇权与相权的分别，这是明清政治的一大改变和重大弊端。所以，钱穆先生说：

> 倘使我们说，中国传统政治是专制的，政府由一个皇帝来独裁，这一说法，用来讲明清两代是可以的。

几十年来，钱穆先生在各种著作中，全力辩斥五四以来思想文化界的历史虚无主义倾向。在本书中，反映在批判那种将秦汉以后的两千年中国古代社会，说成是"封建黑暗社会""君主专制独裁"的言论上。他反复强调："我们这几十年来，一般人认为中国从秦汉以来，都是封建政治，或说是皇帝专制，那是和历史事实不相符合的。"

作为对于历代政治制度评判的标准和方法，他在本书前言中，就提出了"历史意见"和"时代意见"两个概念：

> 要讲某一代的制度得失，必须知道在此制度实施时期之有关各方意见之反映。这些意见，才是评判该项制度之利弊得失的真凭据与真意见。此种意见，我将称之曰"历史意见"。……这些意见，比较真实而客观。待

时代隔得久了，该项制度早已消失不存在，而后代人单凭后代人自己所处的环境和需要来批评历史上以往的各项制度，那只能说是一种"时代意见"。时代意见并非是全不合真理，但我们不该单凭时代意见来抹杀以往的历史意见。

读本书，正可看到他还原历史场景、揭示"历史意见"的努力。只有在明了"历史意见"的基础上，再来提出"时代意见"，才是以史为鉴，才能真正做到知往以鉴来。在书的最后，他总结说："中国政治上的中央集权、地方没落，已经有它显著的历史趋势，而且为期已不短……（今后）如何使国家统一而不要太偏于中央集权，能多注意地方政治的改进，这是我们值得努力之第一事。"警戒中央集权，致力于地方政治改进，这可以说是钱穆先生的一种"时代意见"，是他基于中国政治制度发展趋势为现代中国所开出的扶正补弊的一剂药方。

土地赋税制度与农商关系

中国是一个农业大国，土地分配和赋税制度，始终是国家要解决的大问题。封建时代，土地为各级封建贵族所专有，耕田者依时劳作，公事毕，而后敢治私，这就是上古井田制的依据。秦汉之后，国家实行"耕者有其田"，让农民自由耕种，并可自由买卖，政府只按田收租。汉代田租非常轻薄，《孟子》说："什一而税，王者之政。"而汉代的规定是"十五税一"，甚至是"三十税一"，因为"中国疆域广，赋税尽轻，供养一个政府，还是用不完"。汉代的轻徭薄赋是出了名的，但是，底层农民得到的实惠并不多，问题还是存在。因为除了地租以外，汉代规定，每个成年男人——丁，还要为国家服役和缴纳人口税。

先说服役，有兵役和劳役两种。兵役又有三种：

一种是到中央做"卫兵"，为时一年，来回旅费、平时吃穿，都由政府供给，条件比较优越。

一种是到边郡做"戍卒"。戍边为期只有三天，但往返路途所需一切均自己负担。这种制度沿袭自封建诸侯时代，诸侯国范围小，一般中央到边郡，只要半天路程，所以，三天戍边，加上往返路途，一共五天就可回家，负担并不大，带五天干粮就够了。秦始皇统一中国后，戍边虽还只是三天，但路途远了，往往得走上半年以上时间，戍边变成一项很艰难、很不合理的任务，但未及秦始皇改变这一政策，就出现了陈胜、吴广的起义暴动。到汉代，这个制度就变了，可以出三百钱免去戍役。政府拿这个钱再去雇用别人戍边，一人一次三百天，这是戍役制度的改进。

还有一种是在家乡地方上服兵役。每年秋天，在郡的军事长官都尉的带领下，进行为期一个月的军事操练。按各地地理形势，进行骑兵、步兵、水兵的操练演习，期满回家。国家有事，就临时召集应战。这就是汉代"全民皆兵"的兵制。

兵役外，还有劳役和人口税。劳役就是每人每年义务为国家做工事一个月，如果不去，也必须用钱抵代。人口税，即无论老幼都必须向国家交纳一定的人头税，如果交不出，就是犯法，要被抓捕去充当官奴，在各政府衙门里做苦工。

以汉代为例，我们可以看到，一个农民，除了田租外，还有很多名目繁杂的负担。若是赶上天灾人祸的年景，农民实在无力支付，便只好出卖自己和自己的土地，到大户人家为奴，他的一切兵役、劳役、人口税等，就都由他的主人家代为交纳，以致出现"贫者无立锥之地，富者田连阡陌"的现象。富者越来越富，不仅田地多，还拥有众多奴隶；他们从事大规模的工商贸易活动，又驱使奴隶开发河湖、森林和矿产。

这就涉及国家土地的另一方面。耕地是分给农民了，而非耕地的山林

《盐铁论》书影

盐鐵論卷之一

漢汝南桓寬纂

明東吳沈延銓校

本議第一

惟始元六年有詔書使丞相御史與所舉賢良文學語問民間所疾苦

文學對曰竊聞治人之道防淫佚之原廣道德之端抑末利而開仁義毋示以利然後教化可興而風俗可移也今郡國有鹽鐵酒榷均輸與民爭利散敦厚之樸成貪鄙之化是以百姓就本者寡趨末者眾夫

一

河湖原则上仍是国家的，是"莫非王土"的禁地。原来没有人敢进入，渐渐就有人私下闯入，伐木烧炭，晒海制盐，开矿冶铁，等等。这是被朝廷政府视为违法牟利的"盗贼行为"。政府先是禁止，后禁而不止，就逐渐将这些禁地开放，而在其旁边设立关隘，征收商业盈利的税赋。征税的"征"字，源于"征伐"的意思，是对违法牟利的讨伐，后来，以收税代征伐，所以叫"征税"。这是中国关税、商税的开始。

这种制度春秋时期就有了，秦汉沿袭前代观念，耕地归农民，所以田租由大司农收集交给政府使用；非耕地归国家，所以关税、商税由少府收集，归皇室享用。随着山林池泽的不断开发，关税、商税日益增多，皇室的富庶就是以这个制度为经济基础的。

书中由此论及《盐铁论》的背景和由来。由于征讨匈奴，国库吃紧，汉武帝把少府的钱拿出来充当军费，同时希望民间的大商大贾特别是盐铁商人，也能像皇室那样捐钱助战，但得不到大商人们的响应，因而朝廷提出国家要收回山林河泽，不让民间自由开发，盐铁也要国家专管专营。这个盐铁制度在当时引起巨大争议。"民间主张开放，政府主张国营。而当时实际上的利弊得失，则非熟究当时人的意见，是无法悬揣的"，这就是《盐铁论》的由来。

从轻徭薄赋、奖励农耕，到禁止工商违法牟利，到征收赋税，再到盐铁专管，由此可见，中国传统观念中重农抑商的意识实在是由来已久，源远流长。

唐代的租庸调是均田制下的一种田赋形式，即按每户的田地收租、按人丁收庸、按户籍收调。由于账籍制度混乱，中唐以后，租庸调无以为继，改为两税法。两税法的基本做法就是把一切田租、赋税、劳役都合并到春秋两次的田赋税收中，简便易行，此后一直沿用。明代的"一条鞭法"、清中期的"摊丁入亩"，基本都延续这个精神。

钱穆先生总结说，中国古代政治制度对于土地分配和租税赋役的问题，一直没有彻底解决好。实行"耕者有其田"，则不能禁止土地自由买卖，不能防止极贫和极富两端的出现，如汉、魏晋；实行土地国有，则不能彻底清算和造定管理户籍，如北魏、唐初。于是，唐中叶以后持续实行两税法，他指出其实质是："种种实际困难，逼得政府只在税收制度上着眼用心，而把整顿土地制度这一重要理想放弃了。"这种经济税收政策，又导致农民与国家的疏离，以下这段话，虽是针对明代的"一条鞭法"和清代的"摊丁入亩"说的，但实际指出了两税法以来的根本弊端所在：

> 这样一来，变成只有土地与政府发生了直接关系，人口与政府却像没有直接关系了。一个国民，只要没有田地，不应科举考试，不犯政府法令，甚至他终身可以与国家不发生丝毫直接关系。这又岂是中国政治上历来看重轻徭薄赋的理想者所预期而衷心赞成的呢？

通过对历代土地制度和田赋税收制度的介绍，我们看到，土地、田赋、税收制度，不仅关涉经济方式、分配方式，还牵涉到诸如政府行政效率、中央与地方的关系、农耕与商贸的关系等社会制度，关系到一个民族的传统意识。

在此，也再次体现了钱穆先生所说"研究制度，不该专从制度本身看，而该会通着与此制度相关之一切史实来研究"的基本方法（《中国历史研究法》）。

〔明〕仇英《观榜图卷》（局部）

科举制度的初衷与得失

要说对中国思想文化、知识教育深具影响的政治制度，莫过于科举制度了。

汉代的举孝廉、察贤良，魏晋的九品中正制，其本质都是推荐制，必须依靠清正廉明的系统才能维系，但日久终于禁止不住舞弊、官官相举、崇尚门第等流弊，因此，隋唐以来，创设和完备了科举制。

唐朝科举制，采取"怀牒自列"，即任何人都可以到地方政府报名，不必经地方长官考察评鉴，便都可以到中央参加考试。考试由礼部主持，考试及格，就是进士及第，就有了做官的资格；再经吏部考一次，考查考生的仪表、口才和行政文书等表现，按资质分到各部门任官。所以说，大致上是礼部考查才学，吏部考核干练。因材取士，选贤与能，将真正优秀的人才吸纳到中央政府和地方行政的位置上去。

科举考试设立的初衷与践行，最重要的进步意义是，突破了贵族门第限制，向全国读书人开放参政权[1]，奖励读书进取，学而优则仕，凭考试实绩、客观标准取录人才，来为国家服务。这是在中国真实存在，且历史悠久、独具特色的政治民主。所以，书中再三申说"开放政权，这始是科举制度之内在意义与精神生命"。

书中对存在于中国千余年的科举制度的得与失、利与弊，分析揭示得深入独到。概而言之，有如下几端：

（一）开放政权与官浮于事

科举制度向全社会开放参政权，对报名投考者并无限额，报名者就日益增多，致使录取名额也不得不逐步放宽增多，造成唐代及之后官浮于事的状况：

> 全国知识分子，终于求官者多，得官者少；政府无法安插，只有扩大政府的组织范围。……于是政府中递设有"员外"官，有"候补"官，所谓"士

---

[1]　原书中解释说，唐朝规定，科举考试报名者的唯一限制，即不得为工商人士和违反法令者。在此将工商人士与违反法令者同列，因传统认为，工商人士专为私家谋利益，而科举求取者须专心为国家服务。

十于官，求官者十于士，士无官，官乏禄，而吏扰人"。……知识分子竞求上政治舞台去做官，仕途充斥，造成了政治上之臃肿病。读书人成为政治脂肪。

（二）奖励学而优则仕与抑制工商

科举制度引导民间聪明才智者向政治、德行、才干等方面求发展，鼓励读书人竞相登上政治舞台，去做官，做大官，走"修齐治平"的道路；同时客观上打压人们靠工商致富，为私家谋财富。书中说：

> （科举制度）不断奖励知识分子加入仕途，而同时又压抑工商资本。只鼓舞人为大学者，当大官，却不奖励人为大商人，发大财。"节制资本，平均地权"，大体上是中国历史上的传统政策。

（三）精选培育人才与八股斫丧人才

宋明以后，考科举的人越来越多，也导致科举考试越来越严格。先是宋代的"糊名之制"——匿名评卷，唯书面是举；继之是明清两朝的三级考试制度——院试（县考）、乡试（省考）、会试（中央考），考试内容是以固定的八股文格式阐发经义，经过层层晋级，才有望进士及第。考上进士后，再通过殿试选拔，可在朝读书三年，而后入翰林院当值，翰林院散馆，才能做成翰林。

明清两代，许多大学问家、大政治家，多半从进士、翰林出身。并不是十年窗下，只懂八股文章，其他都不晓得。他们住京都，往往只携一个仆人，养一匹马，或住会馆里，或住僧寺里；今天找朋友，明天逛琉璃厂，检书籍，买古董。或者在当朝大臣家里教私馆。然而，他们负有清望，是政府故意栽培的人才。

三年的京城涵养，从师觅友，读书论学，观察政坛，使他们成长为优良的政治储备人才。这是科举制在精选人才和培育人才方面的长处。

要说八股文桎梏人心，斫丧人才，也是事实。明代下半期到清代末期三四百年间，八股文考试真是中国历史上最斫丧人才的。然而，它也自有一个演变的过程。

从前唐代考试，一定要考律诗，就因为古诗不容易定标准、判优劣，律诗要限定字句，平平仄仄，要对得工整，一字不合法度就不取。标准较易具体而客观。宋代不考诗赋考经义。仁义道德，大家一样地会说，谁好谁坏，很难辨。所以，演变到明代，又在经义中演变出一个一定的格式来，违反了这个格式就不取。这不过是一个客观测验标准。八股文犹如是变相的律诗，是一种律体的经义。这也不是一下子便制定了这格式，而是逐渐形成的。开始时，也并不是政府存心要愚民、斫丧人才，目的还是在录取真人才。然而人才终于为此而消磨了。

谈科举、谈八股的著作可谓多矣，像这样提纲挈领、鞭辟入里，让人得要领、知原委的，实在是少。

纵观全书，在精神主旨上，面对五四以来学术界日益高涨的套用西方理论笼统批判中国历史文化的民族虚无主义浪潮，作者逆流而上，正本清源，欲还中国历代政治制度之本来面貌；在内容观点上，既能联系中国社

《中国历代政治得失》汉英对照版

会历史的全局贯通把握，又有对于某项具体历史事件的分析，眼光独到，揭示了中华民族精神与历史传统之所在；在治史态度和方法上，于每一制度，必明其沿革，究其原委，评骘其得失，以努力还原"历史意见"，睿智地提出自己的"时代意见"，述沿革以知原委，究得失而见传统，从而达成鉴往知来的史学使命。史识、史学、史才三者并举，这正是本书距首次出版半个多世纪后，仍是一部当代人爱读并颇受启发的名著的原因吧。

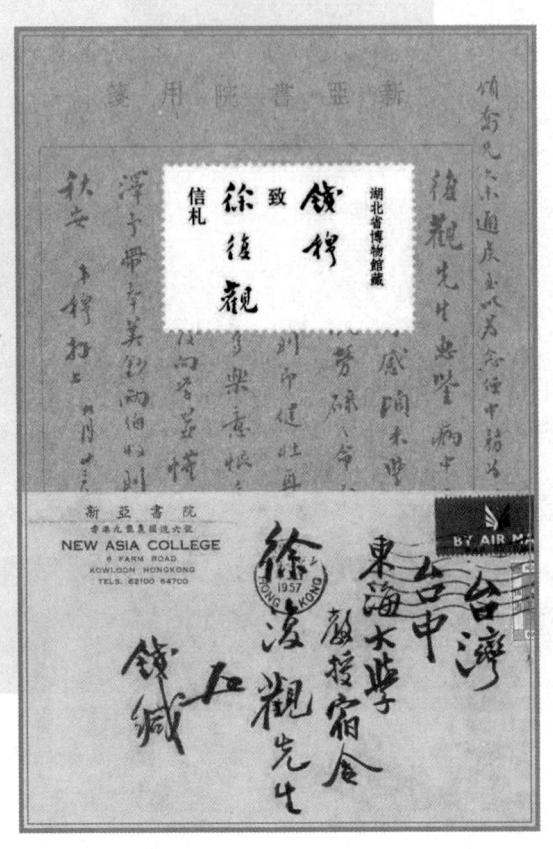

《钱穆致徐复观信札》，钱穆著，钱婉约整理。

中华书局 2020 年出版。

苦撑苦熬的精神：《钱穆致徐复观信札》

连日来，我为中华书局校看的书稿，是祖父钱穆先生 1948 年到 1957 年间写给徐复观先生的书信原件的整理稿《钱穆致徐复观信札》。先是将这些信一封封地读释文字、录入电脑。因原信基本上只署月、日，有的就只署日子，所以，继而是根据部分留存的信封邮戳，更主要是依据内容，对书信进行判断排比、编次年月日。那个时候，是一字一句一封信地复原，正如一砖一瓦一间房地修葺堆垒。现在，书稿的全部清样出来了，正如一个巷陌交错的城池初具规模。我通篇校核，一封封信读来，真可谓见字如面、如饮冽泉。虽然书信写成已经过去半个多世纪，但信中的内容重温起来，很多地方竟然"于今犹然"，不失语重心长的教谕意义。

说起来，写这些书信的那十年，正是钱穆先生一生中最为播迁动荡、难言"岁月静好"的时期。信中最多的内容，一是创办新亚书院，拓展教育教学，因钱穆先生是院长；一是维持和发展《民主评论》杂志，因徐复观先生是主编。

对钱穆先生来说，当时的徐复观先生、唐君毅先生与他一样，是在流离中的香港、台湾对祖国传统文化深怀眷顾与努力维护的同仁。正如徐复观先生所言：

身无一日之储，居无一椽之藉，顾行装尚无卸处，方且相约，欲以赤手空拳，延续中国文化命脉于举目无亲之地、惊疑震撼之时。新亚书院之创立，盖有类于乞食团、托钵僧，特无宗教旗帜之可资凭借号召耳。（1954年《忧患之文化——寿钱宾四先生》）

钱穆先生给徐复观先生的那一封封手书信函，情真意切、推心置腹。书信中，新亚书院初创的艰难和辛苦、自办刊物《民主评论》的曲折维系、办学行政的繁杂与静心为学的兼顾、浮躁学风与学术理想的坚守等内容，构成一幅幅"艰险我奋进，困乏我多情"的特殊历史画卷。这十个字，便是出自钱穆先生为新亚书院撰写的校歌歌词，真是很真实的写照。

1984年，我随家人到香港为祖父九十诞辰祝寿，与祖父母及新亚书院的师生们一起，去参观（他们是重温）新亚书院亚洲文商夜校和桂林街时期的早期校舍。当年的学生告诉我们家属，钱穆先生就是在这里，白天上课，晚上等学生散去，便把教室的桌椅拼合起来，作为临时寝卧的床铺。第二天，趁晨曦微露，又赶紧卷起铺盖，复原课桌，开始新一天的课程教学。如此"教宿兼顾"的桂林街校舍，他一住就是五六年，这就是"身无一日之储，居无一椽之藉"落笔的由来。

钱穆先生只身一人，处仓皇之时，行多艰之事，劳心耗神，常犯胃病。据他的一位学生回忆：

有一年的暑假，香港奇热，他又犯了严重的胃溃疡，一个人孤零零地躺在一间空教室的地上养病。我去看他，心里真感到为他难受。我问他：有什么事要我帮你做吗？他说，他想读王阳明的文集。我便去商务印书馆给他买了一部来。我回来的时候，他仍然是一个人躺在教室的地上，似乎新亚书院全是空的。

书生的感世忧道，就是这样艰难困乏而不忘多情奋发，用祖父书信中常提到的话说，就是全靠"一种苦撑苦熬的精神""唯有苦干"而已。对于新亚书院创业维艰、"事务冗杂"的感叹，特别是院务繁杂与静心读书研究的两难，在书信中反复致辞，几乎贯穿始终。摘引几条如下：

> 新亚事并非无成绩，学生中极有进步有希望者，虽此事弟实牺牲了极多精力。至今三年，从未细心读书，存货出清，恐将倒闭，学殖荒落，极以自憾。然出处所关，亦不能专为自己一人学业打算，并无从打算起。只盼时局好转，便此后生活能稍有安排耳。（1952年）
>
> （作《论语新解》）惟恨人事牵杂，不能一意专心写，只偶提暇，随时写一两条，势不免有疏失。（1953年）
>
> 此积年虚名，只从吃苦中来。（1955年）
>
> 到新居以来，精神殊佳，然冗杂则一如旧况。……应事之外，逼着写文章，更无闲情逸趣沉潜读书，如何得了，如何得了，言此慨然。（1956年）

1954年8月，祖父60岁生日前夕，由徐复观在台湾发起，港台的一些友人为钱穆先生颂寿，将在杂志上出文章专辑。钱穆先生在回信中说：

> 弟忧患余生，饱经苦痛，回忆全是苍凉一片，六十之年惟是六十年苍凉而已。至于志业所就，亦仅仅写得几本书。而方今士不悦学，真能读者殊不多。若朋辈过为揄扬，窃恐转为不知者诟厉。故弟于今年六十，实一无好情怀，非过为矫情也。

很多年后的今天，他的书还在被广泛地阅读和讨论，或正是他不期而遇的结果吧

大稿必有精彩，惟恐下笔过重，不克堪当。此刻虽未能寓目，然已若不胜有内惭之心。声闻过情，实足惕惧，尤值薄世，能暗然方佳。至于学术是非，本不可以笔舌争，只有淡然付之，数十年后，求来者徐定之。（1954年8月27日）

这封"六十感怀"，字字珠玑，苍劲而蕴藉，一语而千钧，正合了《中庸》"君子之道，暗然而日章"的寓意。信中说到"忧患余生"，而来日尚丰，余生正长；说到"苍凉一片"，其实是有坚强的信念和毅力去填充

它的。就是靠着上述那种苦撑苦熬苦干的精神，渐渐换来了新亚书院在香港的立足与发展。他个人也在 60 岁以后的生命中，结出《庄老通辨》《论语新解》《朱子新学案》《中国史学名著》等一系列"钱学"重要著作的硕果。学术本是"为己"之事，独对古人，接续千年道统与文脉，因自信而能于他人的批评"淡然付之"。"数十年后"的今天，他的书还在被广泛地阅读和讨论，或正是他不期而遇的结果吧。学不厌，教不倦，艰险奋进，困乏多情，这是与坚定的历史文化信念分不开的。

在前引学生回忆文章的最后，有：

钱先生走了，但是他的真精神、真生命并没有离开这个世界，而延续在无数和他有过接触的其他人的生命之中，包括像我这样一个平凡的生命在内。

我想说，这些"其他人"不仅是与他有过接触的人，还包括读他的书、追随他的精神世界的人。在这个悠长夏日的雨天，这样一封封地读着他的书信，心境也渐渐豁亮宽广起来，便觉得眼前的困厄、人类所面临的病毒与疾病的威胁、社会所面临的生产与交往的失序，不也正是历史长河中无数激流与波折中的一个吗？虽然或许是其中比较湍急和凶险的一个。身逢其时，身当其事，正不妨学习前贤，坚定信心，平和心态，达观以待。

自己读和劝人读：《论语要略》与《学籥》

　　近几年来，热心阅读和研究钱穆先生著作的人越来越多，有校园里文史专业的师生，也有社会各界的读书人、传统文化爱好者。我也认识一些这样的研究者和热心读者。交往之下，我有时会想，对于一个有志于人文阅读的人，面对《钱穆先生全集》，洋洋大观，应当从何读起？

　　因为《中国历代政治得失》《国史大纲》或者《先秦诸子系年》很有名气，是"钱学"名著，就首先拿来读？或者《八十忆双亲·师友杂忆》里人物故事多，很有趣味，也就先来看看？或者随兴所至，随便挑一本来翻阅？这当然也无不可。

　　需不需要讲究一下进入"钱学"堂奥的读书门径？是不是有个所谓的"读钱问津"？那么，"入门书"又是什么？

　　我想推荐两本书，作为进入钱穆学术著作体系的入门书，也可以说是跟着钱穆先生读国学的奠基之书。这两本书正好都在《钱穆先生全集》中。

　　第一本是"钱学"知识阶梯上的第一步，即《论语要略》，这是他一生多种《论语》解读书中最早期的一本。民国十二年（1923 年）他在江苏省立第三师范学校教国文，《论语》是必修课，讲义写得简明扼要、生动有趣。从古来《论语》的版本，到孔子的事迹、日常生活、主要思想主张，

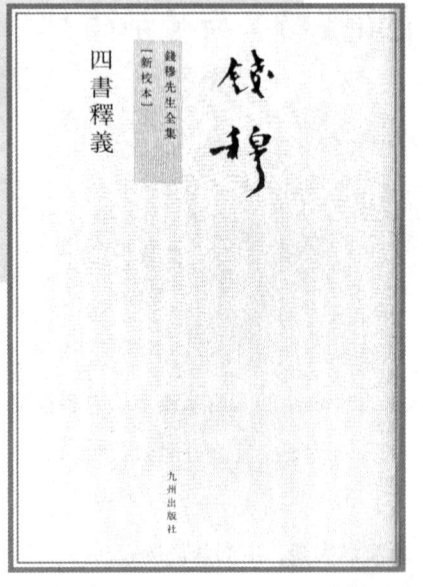

《论语要略》，钱穆著。《四书释义》之一种。

九州出版社 2011 年出版。

《学籥》，钱穆著。

九州出版社 2011 年出版。

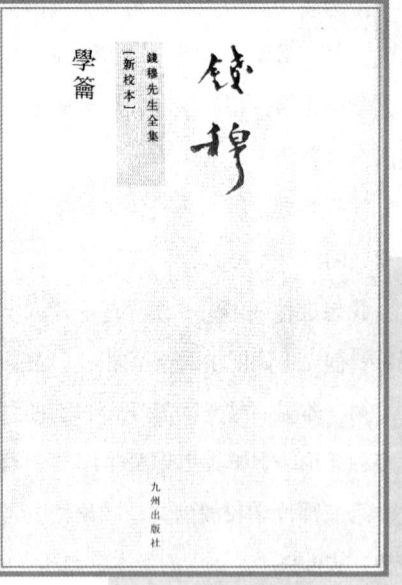

以及孔子的学生有哪些人、他们各自的性情特点如何，等等，读来环环相扣，行云流水，引人进入"杏坛讲学"的孔门气象。

20世纪50年代后期，钱穆先生开始撰写他的名著《论语新解》，行文至半，他在一封给徐复观先生的书信里感叹道：现在回过头来看看，当时《论语要略》所阐发的"有胜于今"，论断更为精彩和"见精神"。可见，钱穆先生也是很看重自己的这本早年之作的。

那么，这本《论语要略》在全集一大排书的书脊上怎么看不到？在选集的单本中怎么也看不到？原来，它除了民国时期有单行本外，20世纪50年代以后就"隐身"了——它与同时期的《孟子要略》讲义及稍后的《大学释义》《中庸释义》，合成了一本书，即《四书释义》。这四种书，可以说都有深入浅出、娓娓道来、切问近思的特点，不仅是很好的儒学入门书，更对读者具有启迪人生思考的意义。

钱穆先生认为，今天的中国读书人，应负两大责任，一是自己读《论语》，一是劝人读《论语》。有志跟着钱穆先生著作读国学的人，以《论语要略》为起点，可以进一步带动对于《钱穆先生全集》中《国学概论》《论语文解》《论语新解》《孔子与论语》《孔子传》等一系列国学基础书的阅读。

我想推荐的另一本入门书，是关于读书方法、读书意趣方面的，那就是钱穆先生的《学籥》。学籥，顾名思义是开启为学门户的钥匙，这本书讲的是读书方法和治学门径方面的内容。

钱穆先生在书中说，中国近代人论学，多尊重西方，誉之为"科学方法"，好像中国传统学问、中国古人为学，是毫无门径和方法可寻的。其实大不然！这本书就是纠正这种误解，弘扬中国传统为学之道的。

书里包括《略论孔学大体》《朱子读书法》《近百年来诸儒论读书》《学

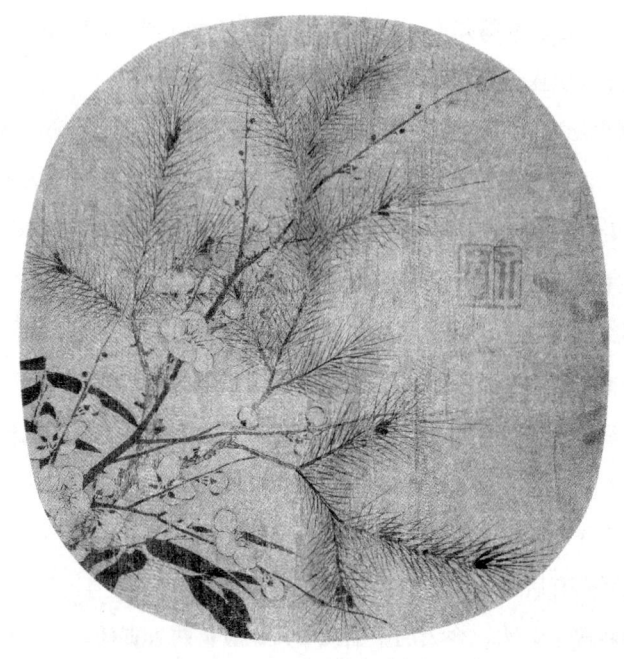

〔宋〕赵孟坚《岁寒三友图》

问之入与出》《推寻与会通》《谈当前学风之弊》《我如何研究中国古史地名》
等篇，主要写于 20 世纪 30 年代和 50 年代。1935 年，北平各大学的学生
发起"读书运动"，其中《近百年来诸儒论读书》一篇，就是钱穆先生在
北大任教时期应学生之请写下的应征文。

　　钱穆先生在此书中，反对"为学问而学问"的"博士之学"，即像乾
嘉学者那样沉迷于考据，以一己的博学与考据功夫而沾沾自喜。他主张读
书人要有担当，要追求陈澧、曾国藩那样的"士大夫之学"。所谓"士大
夫之学"，就是读书为学，首要的是明大义、有关怀，做到"博文约礼""切

问近思"，把学到的知识、道理与自我人生、当下社会联系起来，使读书为学达到"有益于身，有用于世"的目标。

钱穆先生在这里，借陈澧之口，提出了"博士之学"与"士大夫之学"两个概念、两种为学的路径，认为不仅陈澧当时"近人几无士大夫之学"，钱穆先生写书的时候，这样的"士大夫之学"也十分稀缺。这一层意义的提点，我觉得特别重要，对于今天的我们也是十分有必要的。

宋代程颐曾说："今人不会读书。如读《论语》，未读时是此等人，读了后又只是此等人，便是不曾读。"程颐又说："读《论语》，有读了全然无事者，有读了后其中得一两句喜者，有读了后知好之者，有读了后直有不知手之舞之足之蹈之者。"

程颢则说："'人语言紧急，莫是气不定否？'曰：'此亦当习，习到言语自然缓时，便是气质变也。学至气质变，方是有功。'"

今天我们读书为学，不能仅仅是为了谋学分、谋职业、谋职称职务升级等现实的利益。对于希望跟着钱穆先生读国学的读者，能关注读书方法以及为学立场，才正是"读钱"入门、国学入门的前提吧。"学至气质变"进而为"士大夫之学"，这是我要推荐第二本入门书的原因。

以上两条"读钱"路径，希望引起大家的关注和讨论。

思亲补读录

——走近父亲钱穆

钱 行 著

九州出版社 JIUZHOUPRESS 全国百佳图书出版单位

《思亲补读录——走近父亲钱穆》，钱行著。

九州出版社 2011 年出版。

远方的山：《思亲补读录——走近父亲钱穆》

　　父亲钱行自 2002 年起，在天涯"闲闲书话"开了博客，以"毕明迹"为网名，渐次刊贴读祖父钱穆先生著作的心得笔记。那年他整 70 岁。我们叹服他的与时俱进、壮心不已。一转眼，至今已经是第十个年头了（按：本文写于 2011 年）。十年间，他以一个普通读者的心情和笔调，认真、真诚地阅读、记录和书写，收获越来越多的跟帖和博友，有些文章也陆续刊发在报纸、杂志上。看到社会上有越来越多的年轻读者，对祖父著作感兴趣，为祖父的学说所感动，从中得益，父亲一定有一种嘤鸣求友、获得共鸣、受到鼓舞的心情吧。当然，在我看来，他不断写下去的最主要动力，还是出于自己的需要，是听从自己心灵的呼唤：思亲补读，走近父亲。

　　父亲是个疏于管理的人。历年的这些文章贴出去后，他自己甚至都未存底稿，偶有之，也是东一篇西一篇，凌乱散漫，格式不一。我见其越来越蔚然形成规模，觉得也有必要把这些文章整理编排一下，就趁 2005 年回苏州省亲的机会，为他做了一番整理。依照时间顺序，把文章从网上一一下载下米，转换格式，分门别类，整理编辑成一书，当时已有 20 多万字。也曾经有出版社有意出版，后来因一些技术性问题，搁下了。

直到今年，在父亲八十寿辰到来之际，我决定将书稿再次捡起，汇总这十年来父亲所有关于读祖父著作的文稿，删繁就简，整齐类别，成为一编，谋求出版，希望能够作为父亲八十寿辰的纪念。

感谢九州出版社乐意接纳此书，我也借此特别想对张副总编辑和本书责编童老师说声感谢。

张总建议我写个编后记，写写我心目中的祖父，以及与祖父相关的我们家族的事。我却之不恭，就搜检回忆，拉杂写出以下文字。

一

在幼年记忆里，我有父母、祖母、外祖父母，经常走动的还有伯伯、叔叔、两个姑姑几家，因为大人们清一色都是教师，所以我们往往一起过寒暑假，一起陪侍祖母过春节。但是，我心中从没有"祖父"这个概念，更不知道有这个人的存在。

开始知道祖父的存在，是在 1969 年。父母中断了各自在苏州的教职，被下放至苏北农村。当时，虽然戴了大红花，与苏州市教育系统同批下放的人一起，被敲锣打鼓地欢送，但我明显感到这不是件好事，因为外祖母为此哭了好几次。我又隐约知道，这不好的事，之所以轮到我父母头上，与我在台湾的祖父有关——家庭成分不好，才更有必要接受教育。事实上，同年稍早，我伯父一家亦已从苏州被下放到了苏北的射阳。

经过三天的水陆兼程，我们终于到达了目的地：盐城县楼王公社范河大队第三小队。到达的时候，已经天黑，王爹爹（当地"爹爹"相当于爷爷）家没有电灯，又空又大的堂屋里，墙上挂着一盏豆大的油灯。他们的晚饭桌上，只有一碗咸菜卤。这两点我印象很深。我们一家被安排先寄住在王爹爹家。随后，就在王爹爹家隔壁的空地上，村子的最西头，开始动土建屋，建起一排朝南三间、东西南三面是砖、北面是泥土的所谓"三面瓦房"，这要比同村其他人家的一面瓦房和四面泥土房好多了。那年，我6岁。

父母先在范河大队教小学，后来调升到楼王公社镇上教中学。我跟随着，在这里开始读小学。

在家里，父亲让我读唐诗宋词，除了"日出江花红胜火，春来江水绿如蓝，能不忆江南""停车坐爱枫林晚，霜叶红于二月花"等好懂的诗句以外，还有"大漠沙如雪，燕山月似钩。何当金络脑，快走踏清秋"等令我一知半解的诗句。父亲说：读不懂，那就读长诗吧，读《长恨歌》。他的理由是长诗有情节，反而会比短诗更好懂、好读。我就又一知半解地知道了"上穷碧落下黄泉，两处茫茫皆不见。忽闻海上有仙山，山在虚无缥缈间"等诗句。

那时候小学放学，照例是要全班学生排着队一路回家。由于我生得矮小，就总排在队伍的前部，又由于我学习好，经常受到老师的表扬，因而引起一些同学对我的不满，我走在前面，身后就常常会有同学恶作剧，高声怪叫我父亲或我母亲的姓名。我上大学后，才知道这是以触犯"避讳"来羞辱人，一种很见历史文化遗痕的骂人方式。这天，他们忽然不喊我父母的姓名了，而代之以"刺面小人！反动分子！台湾特务！"的呼声，我就想，怎么已经从父母亲上升到了我的祖父？那段时间，我们的语文课本上正好有一节《水浒传》选段，所以，就有了"刺面小人"这一词。

我也曾偷偷地翻出那些著名的"雄文"阅读，似懂非懂中，竟有既震惊又兴奋的感觉。对于那个自己继承了其血脉的祖父，虽然没有"上穷碧落下黄泉，两处茫茫皆不见"的寻觅心情，但多少也生出点"忽闻海上有仙山，山在虚无缥缈间"的奇幻感：这到底是位怎样了不起的特别人物，要被点名批判？也不敢多问父亲，更不可能与别人说起。

在我当时的心目中，祖父就像是一座遥远的山，朦胧神秘看不清，阴云之下，黑魆魆的山影时隐时现。

二

我在 1981 年进入北京大学中文系学习。在此两年前，伯父家和我家经过十年农村的洗礼，也已经分别回到苏州。在改革开放的新时期，在全国上下弥补"文革"耽误的时间和造成的损失的大氛围中，我家大概是找回了下放前在苏州工作、生活的感觉吧。父亲回到了原来的中学，母亲换了一所新开设的初中。最近我看了父亲写的一些回忆文章才知道，当年人是回来了，可比起从前还是失落了许多。此为另文，这里不述。

幸运的是，我们钱家第三代，五房十个孙儿孙女，从 1979 年开始，全部陆续考上了 1977 年恢复高考以后的正规大学，其中上了清华、北大的，就有五人，占了一半。

1980 年，分别 30 余年后，由大陆有关方面和香港中文大学新亚书院协助，父辈们终于得以第一次在香港与祖父见面。我也因此看到了多张祖父的照片，听到家中长辈正面陈述关于祖父的一些回忆。

那座远方的山，因为阴云的渐渐消散，逐渐清晰起来。

我读的是中文系古典文献学专业，祖父知道后，体察到大陆文化风气的变化，非常高兴，即在与父亲的通信中，告知要让我好好用功："我在小学教书时，全国上下正提倡新文学，轻视古典文献，我独不为摇惑，潜修苦学，幸得小有成就。不谓今日北大开立古典文（献）课程，乃出当局指示，世风之变有如此。读行儿信，我心亦甚为激动，极盼婉约能学有所成，不负我之想望。""学有所成"令我愧不敢当，而我亦在此氛围中，开始用功学习自己喜欢的中国古典文史方面的知识学问。

那四年，读了祖父的一些书。记得当时北大图书馆里祖父的著作都是民国本或港台本，不多不全且不好借。在20世纪80年代的文化热潮中，我读了父亲赴港相见时带回来的《中国文化史导论》《民族与文化》《从中国历史来看中国民族性及中国文化》《文化学大义》《中国历史精神》《中国文化精神》《论语新解》《八十忆双亲》等单行本。这些书对当时的我来说，与其说是学问的引领，不如说是一种关于中国文史知识的积累和传统人文精神的熏陶。

祖父的书，让我感到与我当时正接受的大学教育是有不同之处的，简单地说，就是其中的历史知识是与文化信仰紧密联系在一起的。书中对于五千年中华文化透辟的理解、圆融的阐释、坚定的信念，对于近代以来政治文化鞭辟入里的针砭，有一种穿越书本直抵人心、撞击你固有精神世界的强大力量。

20世纪80年代的中国，真是又一个"欧风美雨""拿来主义"的时代，大学里的学习风气非常浓厚，到处洋溢着打开窗户迎接新鲜空气、走出门去寻找新鲜知识的真诚和执着。我阅读了孔子、屈原、司马迁、陶渊明、大小"李杜"，乃至吕叔湘、周振甫、钱锺书等，也曾在大氛围的感染下，今天萨特存在主义，明天柏格森生命哲学，还有弗洛伊德、卡夫卡、汤因比……囫囵吞枣地浏览了不少西方新知的皮毛。在这样的气氛中，也出现了《河殇》等民族虚无主义的声浪。不知是我所学的专业激发了我热爱民族文化的热情，还是祖父的书给了我血脉相连、气韵芬芳的精神启示，那时，我感到自己内心是抵触和远离那些虚无主义的激情的，对于高举西洋某某主义旗帜、摇旗呐喊的"有为俊贤"们，也是敬而远之。

那逐渐清晰起来的大山，开始放出光来。熠熠的光辉，照耀的不仅仅是我，还包括一些像我一样在 20 世纪 80 年代较早地阅读了祖父著作的年轻心灵吧。

三

见到祖父是在我大学三年级的暑假。1984 年，我们与祖父在香港中文大学一起生活了一个月。

为庆贺祖父九十寿辰，香港中文大学新亚书院举办了一系列纪念活动，特意邀请祖父在内地的家属——儿女四人，即父亲、叔叔、两个姑姑（伯父于前一年不幸病故），孙辈二人，即伯父的长子、时在清华大学读书的堂兄和我，到香港与祖父相聚。这是父辈们第二次在香港与祖父相见，我和堂兄则是第一次见祖父。

7 月 4 日我们到的当晚，台湾祖母到山下车站接我们，祖父在新亚书院会友楼的临时寓所坐等。由于罗湖海关手续的拖延，我们比预计晚到了两个小时。推开家门，祖父正坐在沙发上着急。他说，他一个人在家等得实在心焦，就站起来来回踱步，边走边数，已经在客厅走了三千步了。见我们终于到了，他万分高兴。两个第一次与祖父见面的孙儿孙女，上前做了自我介绍，他眯着视力很弱的双目，对我们左右端详。吃晚饭的时候，

〔明〕陈铎《水阁读易图》（局部）

〔明〕沈贞《竹炉山房图》（局部）

〔清〕蔡嘉《秋夜读书图》（局部）

〔清〕钱杜《虞山草堂步月诗意图》（局部）

他兴致十足，说了许多许多，还不时哈哈大笑起来。这是30多年来，第一次三世同堂的团圆饭啊！《八十忆双亲·师友杂忆》中有一句话："余以穷书生，初意在乡间得衣食温饱，家人和乐团聚，亦于愿足矣。乃不料并此亦难得。"可知，他老人家对骨肉离散的痛楚，感受比我们晚辈深刻得多。

然而，祖父远不是只满足于儿孙绕膝、安享天伦的老人，相聚的那些日子里，他更多的时间是查问我们每个人的学习、工作情况，时时教导我们为人、治学的道理，几乎每晚都要谈到12点以后。记得有不止一次，饭后午睡了，他刚进卧室躺下，忽然又走到屋外，叮嘱我们他刚想起来的事情。看着这些隔阂两岸、30年前弃养的他的亲生儿女，他是想加倍地、十万倍地补偿关爱和教导吧。另外，他还通过父辈的回答和介绍，了解他多年萦绕在心的故乡的过去和现在，并对大陆来的儿孙投射着自己对故土的关注和期盼。

有几个小细节，或许值得一记：

那个暑假正是洛杉矶奥运会如火如荼之时，会友楼的客厅里有电视机，饭前饭后，大家坐在沙发上，免不了看看赛事，感叹一下输赢。祖父就叹口气说："你们也像年轻人一样，关心这样的体育比赛？这是西洋人的做法，所有人都只想着争夺金牌，可是，一个比赛就只有一块金牌啊？！我们中国人就不这样，讲究'不以成败论英雄'，就像下象棋，小到一兵一卒，大到象、士、车、马、炮，都有自己不可代替的作用，这才是中国人的比赛方式。中国的体育是五禽戏，是太极拳。"这让当时的我听了，很感新鲜和启发。

我当时正在读大学三年级，祖父就问我北大中文系上些什么课，老师叫我们读些什么书，嘱咐我学习中若有问题多多问他。只是我当时年少懵懂，面对严师般的祖父，更紧张得提不出什么像样的问题。记得有一天晚上，我将下午在香港中文大学图书馆看到"十四经"的事告诉他，问："只知道有《十三经注疏》，怎么刚才看到有'十四经'的说法呢？'十四经'是什么？"他沉默了一会儿，有点生气地说："这不是问题。中国传统就讲'十三经'，你不要管现代那些巧立名目的新说法，要好好地老老实实地读中国古人世世代代都读的书。"虽然是个不像样的问题，但从祖父的回答中，我也记取了"老老实实地读中国古人世世代代都读的书"的教诲。

7月4日到8月6日，三代人共处的一个月，真是既慢又快。血浓于水，亲情是绝对的，而时代造成的客观隔绝，毕竟增加了亲情交融的张力和紧张度。对父辈和我们孙辈来说，长期在自由的家庭氛围中"解放"惯了，突然面对这样一位德高望重、犹如严师般的父祖，小学生般地不断接受教训，还有不断的两岸对话和接受批评，委实会觉得庭训时间的难挨。而要填补和弥合两代人这30年来观念、意识、情感方式上的鸿沟，这33天的相聚，又实在是太短太短！

分别的时间到了，为了避免我们六人一走，祖父一个人在人去楼空的会友楼内落寞伤怀，台湾祖母细心周到，两批人同时离开新亚书院住地，他们先目送我们离开，随后即赶往机场回台湾。

终于走近大山，在领略其巍峨的身躯、庄严的仪态、丰富多彩的植被以外，对于其蕴藏着的博大精深的宝藏，我懂得多少？在离开祖父的岁月里，我需要花费多少的岁月、精力，才能无愧于拥有这样大山般的先祖，无愧于这一个月的庭训亲炙？

四

在香港的一个月中，香港中文大学新亚书院、教职工联谊会、校友会和一些学生个人，先后分别组织了多次大大小小的聚会宴饮、外出参观游览等活动，我们家属也陪侍祖父参与其中。看到几代学生对老师的敬重，看到师生间或严肃或欢快的对话和回忆，也从侧面帮助我们了解自己的父祖，了解在分离的30年间，他在进行怎样的事业，过着什么样的生活。一次次活动给我们留下许多印象，使我们深受教益，很有收获。

有一次的活动是，特别安排一天，带我们家属去参观新亚书院早年的校舍以及祖父当年在港的旧居。祖父当年到香港办学，真是"手空空，无一物"。新亚书院开始时的校舍是租借一所中学的三间教室，只在中学放学后的晚间上课，故校名为"亚洲文商夜校"。一年后才在九龙贫民区的桂林街，租下一幢住宅楼中的六"套"房子，而改为日校"新亚书院"。这些房子白天当教室，晚间就成为教职员包括学生的栖身之地。艰难困苦，可见一斑。至于祖父早年在港的住处，桂林街校舍"教宿兼顾"，一住就是五六年，到1956年祖父重新结婚成家，才"于九龙钻石山贫民窟租一小楼，两房一厅，面积皆甚小。厅为客室兼书室，一房为卧室，一房贮杂物，置一小桌，兼为餐室"，这就是钻石山旧居。1960年，情况稍微好转，他又搬了一次家，就是在沙田乡郊半山上的和风台。这是一个建在山腰上的二层小楼，可远望海湾，风景宜人，环境幽静，可是每次回家，需要登170多级的山路石级。当时祖父已年近七十，他说"因深爱其境"，还是决定租住此楼，并在这里一直住到1967年离开香港到台湾去。

一辆校车，载着大家由桂林街到钻石山，再到沙田和风台，一路参观缅怀。我们内地去的人，只是一路陌生地接受种种印象，但新亚书院那些早已不年轻的学生，则与老师、师母深情地回忆往事。曾经艰苦困乏而能同甘共苦，曾经物质贫乏而能精神饱满，师生共同收获了非一般的人生经历和岁月记忆。那首由老学生们一路唱响的《新亚校歌》，是这份岁月记忆的最好诠释，同时，它又给我以极深的印象，对我深具教育意义。

这首歌由祖父作词，全文如下：

山岩岩，海深深，
地博厚，天高明。
人之尊，心之灵，
广大出胸襟，悠久见生成。
珍重珍重，这是我新亚精神。

十万里上下四方，俯仰锦绣；
五千载今来古往，一片光明。
五万万神明子孙，
东海西海南海北海，有圣人。
珍重珍重，这是我新亚精神。

手空空，无一物，
路遥遥，无止境。
乱离中，流浪里，
饿我体肤劳我精。
艰险我奋进，困乏我多情，

千斤担子两肩挑。

趁青春，结队向前行。

珍重珍重，这是我新亚精神。

这首歌，我只是在那天的车上，听新亚书院校友们一路反复地歌唱。我们家属也像车上的新亚人一样，每人得到一份印有词曲的橘黄色粉画纸歌片。受到他们热情歌声的熏染，晚间回到新亚书院的寓所，我两个姑姑本来就是唱歌能手，我们就又拿出歌片，回忆着白天的情形，哼唱起来。奇怪的是，与这首《新亚校歌》如此短暂的相遇，却使我在此后的人生岁月中，不断地回想起它来，铿锵有力，回荡不已。如今写到这里，那"山岩岩，海深深，地博厚，天高明。……珍重珍重，这是我新亚精神"的旋律，犹清晰如在耳边。

五

我也想借此机会，写一点关于我祖母的回忆。

我的祖母姓张，名一贯，江苏苏州人。1901年出生在苏州一个中产阶级家庭，堂兄张一麐曾任袁世凯内阁教育总长、总统府秘书长，袁世凯策动帝制后，他返回苏州蛰居；"九一八"事变之后，与云南李根源共同发起创立"老子军"，矢志抗日，为海内人士所敬重，时有"吴下二老"之誉。祖母是接受了新式教育的城市职业女性，时任小学教师，1929年经人介绍，与一年前遭遇子丧妻殁的祖父结婚，当时她28岁，祖父35岁。

祖母与祖父共育有四男二女，除第四子早夭，其余五人均在祖母的抚养下长大成人。与祖父结婚次年,祖母即离职随夫前往北平。祖父时任燕京大学、北京大学、清华大学等处教职,祖母则开始弄璋弄瓦,初为人母,伯父、父亲、叔叔、大姑相继在北平出生。可惜这样稳定和美的生活,因1937年卢沟桥事变而中断。由于北京大学等校内迁,祖父只身随校南下,辗转至云南蒙自,继续在西南联大任职。祖母携幼子们则仍留北平,本来准备稍后再伺机择路西行,到西南联大与祖父会合,未料战事不断扩大,行路维艰,加之西南联大的情况也是十分困难,终于未能如愿成行。1939年,祖母带了依次为8岁、7岁、6岁、3岁的四个孩子,由北平退回故乡苏州。父亲说,记得到苏州那年,他7岁,读小学三年级。几个孩子都很聪明,都曾多次跳级,用三四年就读完了小学。不久,祖父一度回苏暂住,陪侍从无锡接来苏州的太祖母共同生活,一年后,祖父又只身返回大西南。后来,小姑姑出生,太祖母病逝,他都没有在家,只是在书信中给我的小姑姑取名"晦"。在那个风雨如晦的年代,有多少个家庭遭受着这样的妻离子散啊。

抗战胜利后,祖父先是仍在成都、昆明等地任教,后来回到江南,在太湖之滨的无锡江南大学任教,祖母与儿女们则一直住在苏州。

1949年春,祖父匆匆南下,应聘广州私立华侨大学,继而前往香港、台湾,一步步远离家乡,在异乡的天空下继续他的事业——传承中国历史文化之命脉!

算起来,祖母与祖父实际在一起生活,就是从结婚到1937年北大内迁这八年间。更多的是长久的海天相隔、音讯难通,更有"文革"期间她本人及儿女们因祖父而受到的牵连。这真是时代带来的个人与家庭的不幸。

不幸不止于此。20世纪50年代初,祖母突发脑出血,抢救、治疗后,成为右边半身不遂的不自由身。这一年,她才51岁。她开始练习拄着拐杖

1938年张一贯与孩子们摄于北平东安市场照相馆
（前排右起依次为钱拙、钱易、钱行、钱逊）

行走，以及从事一切力所能及的事务。在我小时候的印象中，她从不是一个不自由身，她能够用一只左手捏毛巾洗脸，用一只左手端茶倒水、握勺吃饭，用一只左手写字翻书，等等。另有一个姓沈的女佣，长年帮衬她的生活。祖母便在有限的空间里，开拓出另一番不失生机活泼的人生天地。

是的，祖母从没有无奈的叹息，相反总是安详、乐观，给人可信赖的感觉。她以乐观坚定的态度，独自带大了五个儿女，使他们拥有快乐温馨的少年时代，且都接受了在当时力所能及的良好教育，继而拥有自己的事业和家庭。五个儿女，三个上了大学，后来大伯成为苏州大学教授，叔叔、大姑成为清华大学教授，我父亲和小姑分别在苏州的中学和小学做老师。在我眼中，他们都是敬业乐群、事业有成、充满生活情趣的长辈。

祖母病逝于 1978 年。两年后的 1980 年，父辈们首度赴港与祖父聚首，这一天她没有等到。自从 1967 年在"文革"中与祖父中断了书信联系后，真正是音信全无。又过了 11 年，她甚至不知祖父是否还存活在这个世上，便自己匆匆地先去了那遥远的地方。

近几年与两个姑姑聊起家事，最令她们感叹怀念的，是祖母默默承受一切的毅力和无条件给予的慈爱。姑姑说，20 世纪 50 年代中期，祖母刚病残不久，有一次大搬家，即从抗战时居住的苏州耦园，搬迁至后来长期居住的王洗马巷 26 号，那时兄妹们其实还都在苏州，她怎么就不动声色地安排好了一切？过了一个周末，我们就到了新的家了。很多事情就是这样，她独自安排，默默承担，尽量不给儿女们添麻烦！

是的，在漫长的独立支撑的岁月里，她以残疾之身，先是养育儿女，继而送儿女一个个飞离爱巢，远去读书，甚至在外任教，加之我伯父、父亲被迫下放苏北，小姑也到了南京郊县工作，本来应该有人照顾的她，却只剩得一个人在苏州老家生活。她没有过一点对儿女的挽留阻拖之意，而是以胜任乐观的态度，给予儿女无条件的支持和慈爱。

姑姑还说，现在想想，我们真是不懂事啊，只顾自己所谓的事业前程了，不懂得体会妈妈的心。现在"子欲养而亲不待"，真是追悔莫及，心深哀之。

"子欲养而亲不待"，在父辈心里，不仅是对母亲的愧疚，对于早早离世、无缘亲见"文革"后家庭变化的母亲的遗憾，也是对父亲的抱憾，对晚年终于得以相聚，却又随即必须离别，不能稍尽儿女之孝的抱憾。

祖父自60多岁以来，每年新春都自撰春联，以记岁时心绪。1975年是他八十寿辰，其自撰春联"回忆八十年沧桑家乘国步说不尽，常抱千万种心事思今怀古念无穷"。回顾百年来的中国，个人家庭也好，民族国家也好，都不免在社会历史的洪流巨浪中颠簸逶迤前行。纵使尘世无常，终究天道好还，历史人文幸能绵延，生命仍然充满光辉。"说不尽，念无穷"，谨借此联，结束本文。

七里山塘风

钱行 著

钱穆之子耄耋之年
谈诗词、忆往事、
话人生……

七里山

《七里山塘风》，钱行著。

上海社会科学院出版社 2018 年出版。

总是岁月静好：《七里山塘风》

2011 年，我整理父亲读祖父著作的心得笔记，为他编辑出版了《思亲补读录——走近父亲钱穆》一书，一晃七八年过去了。今年（按：本文写于 2017 年），我又把父亲这几年新写的篇什，以及 2011 年未收入上书的其他方面内容，收拢合为此编，取名为"七里山塘风"。这似乎是一个"老苏州"的文史杂谈，但其精神宗旨却与《思亲补读录——走近父亲钱穆》一脉相承。所以父亲自己说，这是上书的续编。

对我来说，所谓"幼承庭训"的记忆，几乎是没有的，有的只是一些生活片段的零星记忆。

年轻时候的父亲，从照片上看，属于英俊清秀的书生模样。随后不久，好像就提前老在那里了。"文革"初起，学校停课闹革命，老师成为"革命"的对象，或隔离审查闭门思过，或被迫劳动以求"改造"。在一次劳动中，他从正在粉刷油漆的铁皮房子的天花板上不慎摔下来，跌坏了腰，从此，腰就有点弯弯的，不能挺直，旁人就背后叫他"驼背"，家人看习惯了，只觉得是他衣服没有穿周正，因为他也一向是不修边幅的。若说深刻一点，那形象，或许就有点"苟全性命""不求闻达""遁形远世""自甘落寞"的样子。有一则相关的故事是，后来下放苏北时，记不清学校组织看电影还是看演出，

〔清〕徐扬《姑苏繁华图》（局部）

反正是全员出动，需要排着队进入礼堂，父亲慢吞吞地走在最后面，被入门检查的拦住，盘问起来，以为他是学校里扫地或烧饭的员工，也想混迹入内看电影……这在家里，是当作笑话传播的一个段子，我当然只是听说的。

我亲身经历的事情是，父亲被迫劳动、不教书的时候，还曾到农村去看田守场。看田，是白天赶麻雀，不让虫鸟啄食生长着的庄稼幼苗——这是早年在苏州郊区的事情；守场，是夜晚住在收割庄稼的场地，以防小偷盗取公家的粮食——这是后来在苏北的事情。学龄前的我，就曾经跟随母亲去苏州农村，看望赶麻雀的父亲。如今留下的依稀印象中，只是稻田里的葱绿、田埂上的闲人，还有手执竹竿如玩具挥舞、一派田园风光、不知今世何世的感觉。

1969 年，全家下放至苏北农村，父母带着 6 岁的我和刚出生半年尚未断奶的妹妹离开苏州。祖母、外祖母可能是有点悲哀不舍的，但少年的我哪里懂得？就知道农田环绕中，泥墙草顶的房子，点着油灯、吃着咸菜的

日子，全然也都是新鲜。父母虽然也下农田，难免插秧插不齐整，割稻割伤了手指，但一样被当地人尊为"老师"，后来，就被上调进公社中学，仍然教书。记得家里当时订阅了不少报纸杂志，大人看的《自然辩证法》《朝霞》，给我和妹妹看的《儿童时代》，等等。就是从那个时候起，父亲教书之余，开始写关于数学与语文的稿子，向外投稿，有时就刊发在上述这些青少年读物上。当然，投的多，发的少，他自嘲这些投稿为"大白功"，可分明看他是乐在其中的样子，记得还带动了隔壁一位北师大毕业的被错划为右派的化学老师，也跟着写稿投稿。中学老师的宿舍前，是一块一块的农田，师生们一起种的试验田，"麦浪滚滚""油菜花金黄"，那都不是书本上的形容词，而是开轩可见的真实。周末闲暇之时，或者到镇上的书店买书，或者到五七干校郊游，或者学校排练文娱节目，母亲弹奏风琴；中学食堂里，春天里的头刀韭菜、夏天里的香菜鲫鱼、冬天里的四喜大肉圆和红烧肉……生活同样美好。

20世纪70年代末，母亲和父亲先后回到苏州。刚回苏州时，是住在王洗马巷祖母的老屋。那是一处老苏州"七十二家房客"那样的老宅子，我们住在某一进的一个院落内，有天井、花圃、大厅，有若干间带落地长窗、广漆地板的房间，还有黑黑的陪弄、可以做暗室的黑房间，等等。小时候，祖母与大伯家和我家就住在这里。从苏北回来，这些地方被分给四五户人家共住，对我们来说，虽有些嘈杂，但还是够住的。至今印象清晰的是，父亲在我们住的正房外墙朝向大厅的木板四联屏风上，抄写了古诗词做条幅，装饰了与别人家共用的大厅的一侧。我们每次吃饭，就对着这四首诗。那大字的墨迹、张贴的位置，至今留在我的记忆里。四联古诗词，从左到右依次是，第一首，杜牧的："远上寒山石径斜，白云生处有人家。停车坐爱枫林晚，霜叶红于二月花。"第二首，白居易的："江南好，风景旧曾谙。日出江花红胜火，春来江水绿如蓝。能不忆江南？"第三首，李商隐的："君问归期未有期，巴山夜雨涨秋池。何当共剪西窗烛，却话巴山夜雨时。"第四首，李贺的："大漠沙如雪，燕山月似钩。何当金络脑，快走踏清秋。"虽然都是熟读成诵的最有名的诗句，父亲选取这几首，应该也是寄托了一时情怀吧。

再过不久，父亲所在的学校给职工分房，一幢五层楼的教师宿舍，一层四家，共二十家。那时不兴按年资、分数选房，不挑不争的父亲分到一套最高层又最靠西边的房子，每到夏天，高温烤炙。不过，从未见父母有过半句怨言与计较。记得那幢楼的整面西墙上，长满了爬山虎，一直高高蔓延到五楼我家的西墙外，又转弯向南攀缘到阳台上。有一年夏天，连续酷热，我们就端着脸盆，一盆盆地往阳台上的水泥南墙及地面上泼水，水泼上去，嗖的一下，就蒸发了，又泼，又蒸发……当时的人家都还没有空调，用这样的笨办法，希望能带走热量。我和妹妹像玩水似的，观赏着水与烈

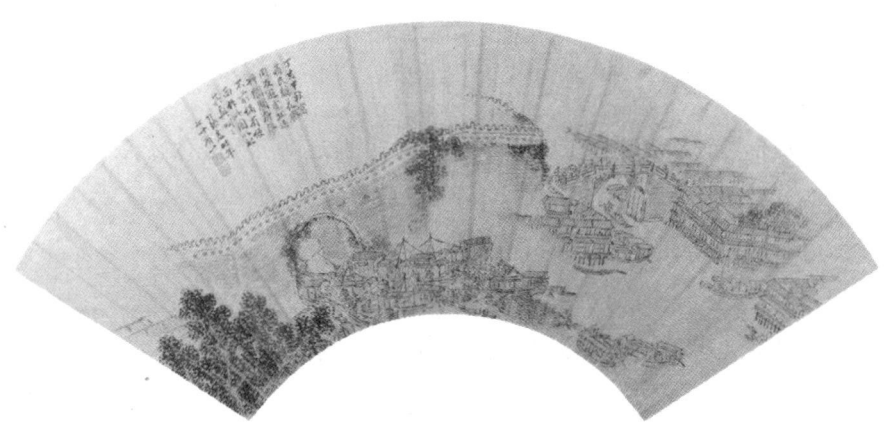

〔明〕张宏《阊门舟阻图》

日的瞬间交换，浑然忘却了炎热难当。

父母就是这样，似乎从来不知愁苦，或者更该说是自得其乐。任何事情到了家里，就都是快乐平和的样子。或许外面风雨如晦，但家里总是岁月静好。用这书稿中常出现的一个词语，就是"不改其乐"。君子所乐者，不是箪食瓢饮、疏食饮水、曲肱而枕，而是虽箪食瓢饮、疏食饮水、曲肱而枕，也能"不改其乐"。那么，君子所乐是什么？书中说：

"学而时习之，不亦说乎？有朋自远方来，不亦乐乎？人不知而不愠，不亦君子乎？"以上三者，就都是孔夫子自言其心境之快乐吧。孟夫子也讲过人生乐事，他说的三乐是"父母俱存，兄弟无故""仰不愧于天，俯不怍于人""得天下英才而教育之"。物质方面的乐，好像都不在论列之中的。孔颜乐处，应到精神方面找。

在这个家庭里长大的我，无形中跟着懂得和学会这种"不改其乐"的生活本领。

那个提前老在那里的父亲，大概是从 20 世纪 90 年代退休以后，在他全心读祖父的书，写那些收在这本书里的文章时，反而变得越来越年轻。那些随意在苏州的名胜、郊野拍下的照片，在我看来，是那样容光焕发、光彩照人，腹有诗书气自华。

抄录两封父亲早年写给祖父的家书：

父亲大人：

前几天得到了手谕，心中很爽快，家中的人都好，三弟也已经考取了崇范，希望大人不要挂念。我从大阿姨校中回家后，看些国文和《文选》，以及家中的一切小说，天闷热时亦到东花园去游戏散步。

这几天这儿大风，东花园中的围墙都坍倒了，将五六株新栽的樱花，压得一株也不剩，山水间的玻璃碎了一大半，假山上的老柏也被折断，却正压在玉兰花上。落叶松和黄杨树各被拔起一棵，枫树和梧桐的枝叶满地都是。房主住的屋子也坍掉了一角。据房东太太说，这次损失有十万元左右，城墙上的电杆和城中的房屋，也和园中的围墙同样的命运，并且有一所房屋压死了五个人，真可怜呀！这都是风的罪孽呀。愿你

安好！

儿　行　叩上　（1943 年）八月十三日

父亲大人膝下敬禀者：

得奉九月二日手谕，慰甚。近日王伯伯家的王应梧亦至大阿姨处补习，星期日教《古文观止》，课外暇时，儿阅《三国志》及《阅微草堂笔记》。校中正值考试，国文及代数俱已考毕。儿以病，国文未考，代数分数尚未

布露，不知成绩如何。

三弟之病，亦已愈，家中之人皆无病痛，望大人勿念。日来校中增早操一课，或有同学有退避意，儿思亦足练体，故无退避意。

家中庭中之花木，大不兴盛，白心黄杨上出小虫，一株已被蚀死，余两株亦奄然无生气。麦冬、文竹为鸡所食殆尽，水仙花所抽新芽，瘦似葱秆，惟仙人掌则勃然有生气，东花园所掘之瑞仁花，虽含苞蕾，然孑然一秆，思亦不能盛开。

敬请

大人福体安康！

儿　行　叩上　（1943 年）十一月二日

这是抗战时期，随祖母住在苏州耦园时，父亲写给时在西南大后方任教的祖父的信。这些信到达祖父手中后，因当时边地纸张紧缺，祖父就拿来在反面做了读史笔记。祖父去世后，家人整理文稿编纂全集时，才又发现了这些抗战家书，当然，是以祖母的信为主，真是珍贵。那一年，父亲11岁。74年过去，这区区两封短信，或可见他当年读书、感怀、记事之一斑；书信之文笔，也可谓清通可喜吧。

父亲的爱读书、聪明博学，我从小就有体会，在大家庭里也是公认的。借用书中评论阎若璩读书的几句话来说，或也贴切："其笃嗜若当盛暑者之慕清凉也，其细缜若织纴者之于丝缕纤缟也，其区别若老农之辨黍稷菽粟也。"

岁月倏忽，沧海早已桑田；青丝白发，而向学之心未艾。父亲在自己《岁晚学步》的文集中写道："岁晚学步，深感人之不可以无寿也。""苟日记"还在继续，愿"思亲补读"的文集，还会有三编、四编……

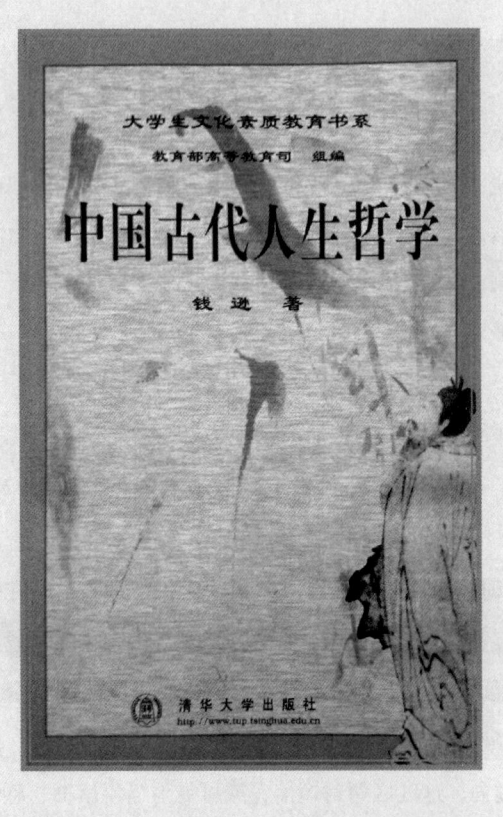

《中国古代人生哲学》，钱逊著。

清华大学出版社 1998 年出版。

态度与方法：《中国古代人生哲学》

如何对待中国传统文化，是自新文化运动以来，几代中国人苦苦探讨的文化问题。近一百年来，有过"打倒孔家店"的革命口号，也有过学衡派"温故知新"的学理探求；有过"批判继承"的基本原则，也有过所谓"抽象继承"方案的提出和被批判。进入新的时代后，"文化热"再度兴起，而对于东西方文化的价值比较、认同择从，更是文化讨论的"热中之热"。要之，客观上，传统文化是挥之不去的，每一个生活在其中的人都受着潜移默化的影响制约，正所谓一个人不可能"抓着自己的头发离开地面"。因此，历代新文化建设者都不得不面对这份珍贵而沉重的历史馈赠。那么，从主观上讲，如何继承民族的传统文化就有一个态度和方法的问题值得讲究。百年来人关于文化的论争和困惑实际上就是对于这一态度和方法问题的探究。

读钱逊先生近著《中国古代人生哲学》一书，对于思考以上问题颇有启发。作者通过向读者展示中国古代文化中人生哲学这一重要领域，体现了自己对待民族文化遗产的态度和方法，即认真总结、批判继承的态度和立足现代生活，运用历史的、辩证的分析方法。

本书原是为清华大学学生所开设的全校公共选修课的讲稿，是基于一个教育工作者多年研究和现实关怀而作成的"一本面向青年读者的书"，因此全书的风格可以说是内容充实具体，语言深入浅出。它以人生哲学的基本思想为中心，分别评述了中国人思考人生的出发点——"人禽之别"，中国人对于群己关系、人我关系和人与自然的关系的态度和认识，中国人生哲学中的两大根本精神——"致中和""修身为本"，并且围绕"修身为本"又论述了古代修养学说的理论基础——"人性论"的不同形态，以及中国古代立志、自省、改过、博学、力行、磨炼、养气、慎独、为己、反求诸己等最基本的种种修养方法。全书最后一章是对中国古代主要道德规范——仁、义、礼、智、信、忠、孝、节、勇、廉、勤、俭、诚等的分析。

关于批判继承，一方面，作者说，"能采取这样的态度，一个基本的根据是对传统文化和道德的两重性的认识"，即传统文化与道德产生于以农业经济为基础的等级制社会，有其时代性的特征；另一方面，人类生活、社会发展又有共同的问题，传统文化是中国古人解决这些问题的智慧结晶，包含着普遍性的内容。因此，"对传统文化的批判继承也就是继承其不变的普遍性的成分，抛弃其时代性的过时的成分，并且使其普遍性的成分与新的时代要求相结合，获得新的时代精神"。自近代以来，批判继承在革命的时代表现为"破旧立新"，往往伴随着激烈的批判和轰轰烈烈的运动；在非革命的平常年代，则表现为"推陈出新"，往往以自发、自觉的形式涵泳吸收。"批判的目的是继承……继承之中有批判和改造。……把精华与糟粕、批判与继承相割裂，不是对批判、继承的正确态度。"

作者的这种理论思想，处处渗入本书的论述中，其最后一章对仁、义、忠、孝、节等所谓封建社会的代表性道德规范的评析，可谓是在这种态度之下的体现历史的、辩证的分析方法的示范。首先，指出它们都具有两重

〔元〕王克孝《二十四孝图·孝感动天》（局部）

性的道德规范，既揭示其与产生年代相关的封建的时代性的一面（这往往是为近代以来文化论争者所反复批判和唾弃的那部分内容，如果只看到这一点，并以偏概全，就容易滑向以往曾出现过的全盘否定传统文化的误区，陷入文化的自我菲薄、虚无主义的境地），又大胆肯定其作为中华民族优秀精神传统的普遍性的意义，强调它们对于当今及未来文化建设仍具有匡救时弊、推陈出新的作用和意义。如说"孝"：

> 孝的社会基础变化了，孝的内容也就要随着变化。这是对传统孝道进行批判的根据。……家庭仍然是社会的细胞，它不仅是一个基本的生活单位，而且在很多情况下也还是基本的经济单位。家庭的和谐、稳定，是整个社会稳定的基础。这又是我们继承和发扬孝道的根据。

只要家庭仍然存在，那么，以报答父母养育之恩为情感基础的养老、爱老、敬老的孝道，就仍然是我们所需要提倡的。说到"节"，或许人们更容易联想到宋儒宣扬的"饿死事小，失节事大"的扼杀妇女的贞节观，这正是鲁迅所批判的"吃人"礼教的一个方面。但重气节的道德要求，从普遍意义上来说，就是对独立人格价值的重视，是对忠于职守、坚持正义、不向权贵低头等高尚人格的追求。苏武大漠牧羊十八年，文天祥、史可法英勇就义，陶渊明不为五斗米折腰，都被公认为中华民族重气节的典型事迹。诸如此类的批判分析，不再于此一一举例介绍。

要之，为了塑造一种理想的高尚人格，不同民族具有各自不同的道德规范、修养方式，上述这些正是中华民族几千年历史创造的独具特色的精神财富。虽然对于高尚人格的追求，是任何时代、任何民族所共有的精神向往，但达到此理想目标的道德规范、修养方式却是具有民族性的。那么，在日益国际化的今天，在进入"现代""后现代"的今天，中华民族秉承民族精神，弘扬民族优秀道德传统去塑造符合新时代要求的高尚人格，就是再天经地义不过的事了。这不仅与守旧因循、食古不化毫无关系，而且有道是：知珍惜者是为福。对于民族传统，如果连自珍、自爱的信心和勇气都没有，不仅不见珍惜，还妄自菲薄，这种态度又怎样能走向世界，走向未来？知珍惜者是为福，使国民都能够明白历史文化而激发爱国之心，以发扬民族优秀道德为己任，这正是建立和完善新时代的人生哲学的基础和希望所在。

历史的和辩证的分析方法，还体现在作者时时把意识和关注点投向现实社会，有将自己的理论和分析方法拿到现实问题上去应战的勇气和真诚。本书特设"市场经济下的义利公私关系""对当前道德建设的思考"等节，对传统人生哲学面临的新的时代问题做出同时代人的新的思考和探索。作者提出，即使是在以利益为驱动力的市场经济时代，利益原则也并不是唯一的原则，经营者在追求私利的同时，也不能不服从社会的整体利益，不能不遵守私利服从公利的原则。而事实上，只有同时遵守这两项原则，才能真正建立起良好的市场经济。因此，个人利益、集体利益服从国家整体利益，力求国家、集体、个人利益的统一，就是市场经济应遵循的最大的"义"。在关于道德建设的思考中，作者对新中国"走历史必由之路"的口号提出思考，强调应把道德和人生信仰的教育落实在对人性的认识和对传统人性学说重新认识的基础上，其实这也就是重申了中国古代道德学说的特点：以人性的善意为出发点，来唤醒良知，修身养性。作者说：

> 道德应该有两个基础：人性的基础和理性的基础，前者是内在的，后者是外在的。……理性和良知，同样重要。

这看似内外并举、两者兼重的论说，实际上是针对否定人性学说、忽视人的良知的反省和批判。

《中国古代人生哲学》以先秦时代的人生哲学为重点内容，是可以理解的。一则，先秦是孕育了中国文化的"轴心时代"，是中国文化"元典精神"（一个民族的基本典籍所体现的基本精神）基本确立的重要时代，正如古希腊、古罗马时代是基督教文化的"轴心时代"一样，了解和把握这个时代的精神可谓"正本清源"，抓住了要领；一则，作者长期以先秦学说为研究对象，既已出版过《先秦儒学》《论语浅解》等专著，那么，以先秦为重点，也可以说是把以往专业研究的结晶简化为浅近、通俗的青年读物，包含了作者走出学术庙堂、关怀现实人生的情怀。而这种注重现实人生的情怀，也正是中国古代文化的重要特点之一。

从现代青年学生喜欢关注西方思想、欲在放眼世界的襟怀下确立自己的人生观和世界观的思维特点来看，本书如果能在有关问题的论述中，兼及西方相关观念的介绍与比较论述，即在出入古今的同时，又能兼涉中西，就更好了。或许，这只是我个人的奢望而已，这种希望了解更多的奢望，正是阅读本书而被激发起来的。而引发读者树立探究之心，也可以说是一本好书的效用之一了。

读《论语》，学做人：《论语》解读

　　程子曰：读《论语》，有读了全然无事者，有读了后其中得一两句喜者，有读了后知好之者，有读了后直有不知手之舞之足之蹈之者。

　　程子曰：今人不会读书。如读《论语》，未读时是此等人，读了后又只是此等人，便是不曾读。

——题记

一

　　三叔钱逊先生猝然去世，到今天已经一个多月了，它带给我的哀伤和沉痛，一点没有停歇。从大学起，我在北京读书、工作，与叔叔家相邻而居，受叔叔的教益，前后有 30 年。可以说，在亲戚中，叔叔是与我最亲近的人。一是因为住得近，走得相对勤，更主要是因为专业相近、话题相关，每次到叔叔家，他必与我有话说。

　　今年（按：本文写于 2019 年）以来，见他不断消瘦，3 月，我曾经劝他去看病。当时，他正在认真地与我谈《论语》，我几乎是打断了他："叔

《中华传统文化百部经典：论语》，钱逊解读。

国家图书馆出版社 2017 年出版。

叔，你最近怎么瘦得这么快，去看看吧。"他也几乎是不耐烦地打断我："人瘦一点有什么要紧？"接着继续他的谈话。4月23日世界读书日那天，他在国家图书馆讲《论语》，我也应邀在北京师范大学图书馆做《论语》的讲座。我们虽然没有见面，但事后互通信息，感到鼓舞。5月中旬，因为外研社英文版《中国历代政治得失》版权的事情，以及新亚书院讲习《论语》的事情，我多次去看望他，听他的意见。可是，叔叔更加瘦弱，听力也更加不好，每次要非常大声几乎喊叫着与他交谈，但他的精神状态、思维和判断力仍然厉害，说话切中肯綮，让我佩服。直到7月18日我香港讲学归来，再去看他，他已经只能用笔谈了，我们谈了很多，写满了两张A4纸。那天得知他同意下周一去看病、住院检查，心下还颇感安慰。

万没有想到，叔叔从住院到去世，只有一个月。据我的堂兄钱军事后告诉我，叔叔在病床上接待前来探望的亲友、同行和各类学生，白天总是打起精神面对来客，人们看到的，仍然是一个目光如炬，笔下谆谆教诲、循循善诱的老师。比如，去世前五天，济南一中的一名中学生，跟随老师和家长到病榻前探望，他鼓励、叮嘱这位会背诵《论语》的男孩："很好，背了，进一步要读、用，读《论语》，学做人。"去世前两天，一位毕业多年的女学生来探望，他说话缓慢、费力，但侃侃而谈了近半个小时，论及中国传统文化发展传承的双轨制——在精英层与民间百姓间两种不同的方式，现在后一种相对薄弱，鼓励这位女生继续在山东办书院。他留下的笔谈记录、讲述录像，还历历在目。直到临终前一天的下午，还接待了好几拨亲戚朋友，包括远道而来的台湾素书楼文教基金会的辛意云老师，他们笔谈得非常高兴。而那些天的晚上，三叔其实就比较虚弱，咳嗽，睡不好觉。没有想到，21日那天夜里，病情更加严重，竟耗尽了他最后的精力。

钱逊，一个微笑着的、特别有魅力的、
每一句话都能说到你心里去的温厚长者和儒学导师

　　叔叔以他生命最后的历程，让我几乎是惊讶地体会到：一个人的精神，原来真的是可以强大到藐视和超越肉体的病痛，使他一如既往地从容教学、思考，恰如春蚕到死丝方尽。

二

　　叔叔平时话不多，是一个少言寡语、略显严肃的人，所谓"言不及义，好行小慧"的事情，在他那里，确实是一点也没有。即使是亲戚之间，他也几乎很少拉家常。如果有的话，也是关心对方的学习、生活、病痛等，说得特别到位，因为他心里真切地装着对方。这时，他就又是一个微笑着的、特别有魅力的、每一句话都能说到你心里去的温厚长者和儒学导师，令人不由得想起《论语》中"望之俨然，即之也温"的君子。追悼会上，很多师友送了挽联，他早年的学生刘巍写的一副挽联，被家属选了挂在送别大堂的楹柱上："继父志弘正道难得真儒直士，传论语训钱学独为至亲尊师"，可谓写照。

这几年，我们叔侄之间说得最多的话题，就是加强社会国学教育，身体力行地劝读、导读《论语》。我知道，他退休以后的近十几年来，有两项常规性的工作：在什刹海书院担任导师，在中国政法大学讲课、培养研究生。最近我才知道，他每周四晚还在崇德爱德读书会讲读《论语》，每周三下午在清华大学的"清华园里读经典"解读《论语》。几年前，我曾经跟他说过，想跟他一起去一次什刹海，感受读书会的做法，听他怎么讲《论语》。现在，这成了永远的遗憾。从他去世后崇德爱德读书会与清华校友会同仁的追忆中可以感觉到，他晚年，特别是最后的岁月里，对于《论语》的讲读、劝学，真是做到了殚精竭诚、鞠躬尽瘁。

三

正是在与他的交流中，我们共同认识到，传承国学精粹，普及人文通识，需要从阅读经典做起，而中国古代经典的阅读推广，又有赖于提高中小学文史教师的国学素养。在他的思路的启发下，2015年我的北京市人大代表的建议案，提交的就是《加强对中小学教师中国传统经典的教育与培训》。

这份建议写好后，他还为我修改过。事实上，那几年，他正在为北京市教委组织的"中学教师国学培训班"担任讲师。

再往前追溯，10多年来，他曾两次敦促我读《论语》。一次是说：你已经做了教授了，在你研究自己专业的同时，还是要多看中国传统经典的书，要多读《论语》，这也是你北大本科古典文献学专业的本行，你是有基础的。因为你是某人的孙女，所以一定不要放松自己在这方面的修养和学习。但那些年，我热心于自己的日本汉学的翻译与研究，时间和心力上无暇旁顾。又一次是2012年，我参与见习了台湾素书楼文教基金会主办、在新亚书院举办的第十二届"中华传统文化研修班"。他对我说：讲读《论语》，早晚要你来接班，你自己要有思想准备，要花时间学习积累。直到2016年前后，我才真正分出时间，把他的期望和嘱咐，试着变成实际的行动。

我曾经用一年半的时间，为不同专业和行业的一般读者，逐章导读《论语》全书，我向他们推荐的参考书，就是叔叔的《如沐春风：〈论语〉读本》和后来国家图书馆出版社增订出版的"中华传统文化百部经典"中的《论语》解读。我带自己的研究生研读《论语》，推荐的则主要是钱穆先生的《论语新解》、朱熹的《论语集注》，还有其他。这几年，我的研究生也有几人是以近代中日两国的《论语》研究为毕业论文选题的。

四

今年1月间，叔叔跟我有过一次谈话。他问我：我的《论语》解读你读过了，整体的感觉如何？有什么批评、改进意见？之前，我曾经几次就自己对于《论语》某一章理解的困惑向他提问，结合他书中的解释和其他未尽之意与他讨论，但一直还没有来得及整理出全部的意见和心得呈交给他。如今，这也成了我无法给他当面交卷的一个永远的遗憾。

当时他对我说，现当代以来，学界研究《论语》，不用说是有了很多注译本、著作，这些注译本和著作，基本上是在西学方法或者当代理念下的某甲"论语学"、某乙"论语学"，是作者的学术，而非《论语》的思想，至少孔子与《论语》的思想倒在其次。在当代或将来，能不能出现一本像朱子做《论语集注》，像你爷爷做《论语新解》那样的，代表这个时代解读《论语》，而不是作者自己的《论语》解读书？我当时想，他未说出的意思是，应该以追寻《论语》的思想真谛为宗旨，以向当代人弘扬传承《论语》的思想真谛为目的，注译《论语》，讲读《论语》。当时我就说：您的《论语》解读，就是做的这样的努力吧？他望了我一眼，望得很深，未置可否。去年11月间，他在国家图书馆录制了"《论语》导读"四讲，每讲半小时。随后的12月到今年5月，又连续在清华大学录制了"逐章讲读《论语》全书"的录像77讲36小时，不可不谓用心良苦，意味深长。"加我数年，五十以学《易》"，写出（留下）代表这一代人的《论语》解读书，叔叔的志愿在此，但愿我没有会错他的意。

《两代弦歌三春晖》，钱辉著。

九州出版社 2022 年出版。

清辉如照：《两代弦歌三春晖》

小姑钱辉的《两代弦歌三春晖》这本书终于出版面世了。我欣慰的心情，有胜于自己出版了一本书。

上

我是这本书最早的读者，从 20 多年前起，就陆续阅读其中的一些篇章。当时，自然没有书的规模，也没有出书的打算。一般是辉姑工作闲余时，特别是退休以后，断断续续写出的一篇篇纪实性回忆散文。最早的、给我印象最深的是《我的农民朋友》中的一组人物速写：老德明、老克、大宝妈、戴姐、幺金奶奶和兆源奶奶、孩子们……一个个带着泥土气息和 20 世纪六七十年代时代特征的人物，意想不到地被辉姑写得活灵活现、呼之欲出，文笔也堪称收放自如、生动传神。读后令人感叹那个时代投影在农民身上的命运，在贫困艰难的生活下，那些农民朋友身上有着淳朴善良、通情达理、尊师崇文的品格，以及难以避免的偏狭与狡黠……

历史上的后山冈不穷，村里有好几处大宅院、高砖房。我的住处门口有极宽的青石台阶，有"台踏"和石狮子之类，曾经辉煌的过去由此可见。但不知在某年某月，这里产生了历史性的转折，现如今后山冈却穷得叮当响。

……他的脸色灰灰的，尽管有端正的五官也不能给人以英俊的感觉；他是个瘦长条子，个子原本不矮，不过现在他的背已经驼了，就自然矮了一截，高个子的优势也就荡然无存。他的手指被烟熏得蜡黄，身上的衣裤不蓝不灰，说不上是什么颜色，到处都晃荡着，人们可以由此想象到里边那瘦削的肩膀和肋骨毕露的胸脯。

随手摘录一段书中的文字，就可以证明以上我对于辉姑文笔的赞词。那些年，我时常在辉姑家的桌头或厕上，看到翻卷着的一册册《小说月报》《小说选刊》《译林》等，知道她是常年订阅的，再繁忙的生活、再复杂的心境，也总有文学陪伴。这或许是她从乡村小学教师、从吴县人大常委会领导的身份摇身一变，就可以轻松写出如此文章的秘诀所在吧。

"写得真是好啊，让人想起闰土、祥林嫂……"当我与北京的三叔感叹这些文章的好时，我替我父亲整理编辑的文集《思亲补读录——走近父亲钱穆》《七里山塘风》等书已经出版。三叔就对我说："你小姑的文章写得好，以后你也要把她写的，编辑出版成书。"这句话，我一直记着。

辉姑陆陆续续写出了她自己30年的乡村教师生涯，写了她最挚爱的母亲、我的祖母张一贯女士"坚韧一贯的人生"，写了她记忆模糊却追思深远、给了她一生恩泽与影响的父亲——钱穆先生，还有20多年交往中渐行渐亲、由敬而爱的我的台湾祖母、她的继母胡美琦女士，三位长辈也都是教师。这些内容现在被编成书中的各个章节，有时间上的先后顺序，又有内容上的穿插呼应。两代人的悲欢离合、妻离子别，相隔的岂止是一道

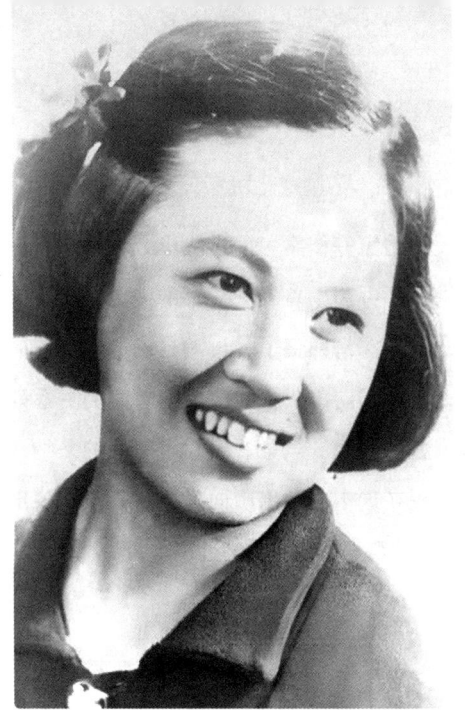

钱辉：匆匆的见面和真实的照片，
证实父亲重又回到我们的生活之中

台湾海峡？那些人生情感中最重要的母女之情、父女之情、夫妻之情，于
平常人家或许只是司空见惯的活色生香，而在辉姑的生命里，在辉姑的笔
下，则显得更为复杂与沉重，带着时代的印记，带着家庭成员所特有的深
刻牵挂，以及无奈的隔阂。字里行间有温暖，有失落，有欣慰，有叹息……
真可谓"此情可待成追忆"，借助这本书，这些情感终于得到部分的抒发
和弥补。那些换位性的思量、共情式的理解，使得跨越一个甲子悠悠岁月
的人物，在书中得以团聚，实现血浓于水的相融，达到追问思索以后的理
性的文化认同。犹如一轮明月，照耀在钱家的庭院里、轩窗旁，让人走过
坎坷，相会在明月的清辉中，获得安详与温暖。

　　三年前（按：本文写于 2022 年），三叔走了；今天，这本书出版了。
向辉姑表示祝贺外，我第一想到的，是要告诉我的三叔。

去年春天，《钱穆家庭档案》面世，出版方九州出版社专门策划了在故乡苏州的诚品书店举办新书首发式。书的编者——我父亲钱行与小姑钱辉出席了首发式，他们深情回忆了父母对自己教养之恩的点点滴滴。就在那次首发式以后，我正式向出版社建议，把辉姑的一系列文章整合起来，出版一本《钱穆家庭档案》的续集。感谢出版社的采纳，感谢责任编辑的倾力相助，才有了现在这本书的出版面世。从三叔建议出书，到我请托出版社，到表弟表妹协助整理书稿，出书过程本身，凝聚了大家的惺惺相惜、情意相通。

1984 年 7 月，全家在香港为钱穆先生祝寿

书名最终定为"两代弦歌三春晖",是我代为拟定的,略带文学性,意在突出两代人薪火相传、跨越时空、弦歌不辍的教学生涯,被编辑赞许并采纳。其实,在此之前,辉姑也曾设想过其他几个不错的书名,补记在这里,可以更多角度地反映本书的意趣与内容:"我与我的父亲母亲""追思与重逢""乡村女教师""从耦园到西山"……可见,书的主旨,不仅仅是现在书名中所提示的"教育"与"报恩"两个关键词;书的内容,也不只限于辉姑个人的回忆录或者我们钱家的私人性档案。通过"这一家"的记录,读者或许可以从中读到自己对于过往时代的记忆与印象,读到似曾相识的人与事。

> 1980年来了,大地回春,万物复苏。谁都没有想到,这一年会有这么大的事情发生,我们的生活由此发生了重大的改变。
>
> 春节刚过,忽然得到了父亲的消息。
>
> …………
>
> 匆匆的见面和真实的照片,证实了一个重要的事实:父亲重又回到我们的生活之中。

书中记录了弥足珍贵的两次相聚——1980年和1984年的暑假,钱穆先生与他在大陆的子女,在相隔31年后,终于在香港新亚书院相聚。相聚是重逢,重逢又像是初识,包括真正初识的他的孙辈代表——我和我的堂兄,是后一次参与其中的人。我也有《远方的山》一文,追忆那时两岸三代人在香港会亲的情形。

下

在中国现代文学史上，不知是否为巧合，有好几个"姑妈"的形象很是出名，包括真实生活里的姑妈和小说人物的姑妈，都投注了作者深挚的情感。如张爱玲的姑妈张茂源以及她小说人物的姑妈，杨绛的姑妈杨荫榆以及《围城》中的姑妈，都给我较深的印象。"姑妈"们经历不一，身份各种各样，而大家庭里侄女与姑妈的情感，却很相似地表现为一种处于长辈与姐妹之间的、亲切的信赖关系。我与辉姑的情感，有点类似这样。

辉姑是公认的集漂亮与能干于一身的"六小姐"，辉姑排行第六，"六小姐"是我外婆对她的称呼，"阿六"是祖母和我爸爸对她的称呼。在我早年的记忆里，辉姑能拉手风琴，会唱歌，像一个文艺工作者；辉姑能声情并茂地朗诵诗歌及童话，极其好听，是小学语文教师的榜样；她的字写得像书法作品，可以拿来当字帖。她有时也会厉声教训孩子们，并且自己声称："钱辉姑姑凶的哦！"不知到底是"凶"了她的哪一个侄子或侄女？反正我没有印象被她凶过什么。

1984 年到香港为祖父祝寿，前后一个月时间在香港，这是我与辉姑相处的最长时间。当时我大学三年级，她 40 岁出头，在那样一种特殊的时空环境与活动中，有很多难忘的记忆，留在各自的心里。等读到书中的《我家的 1980》《重逢》《新亚漫想》等篇目，我佩服同样一起经历的事情，她记得是这么清楚、全面而深入。

辉姑是我父亲这一辈中最小的妹妹，但对这个大家庭来说，她却发挥了很大的作用，做了很多不可或缺的、重要的事情。因为她一直在故乡苏州附近工作，而她的兄长和姐姐，或远在北京，或下放在苏北农村 10 多年。

富润屋，德润身，心广体胖，故君子必诚其意

钱家的男子偏重讷于言、慧于心，钱家的女子则是敏于行、有担当。辉姑在西山时，照顾晚年的祖母有年，并为她送终。当祖母预感到自己将在太湖中的这个岛上离开人世时，曾心疼地对小女儿说："你拿我怎么办呢？"没想到，辉姑妥妥地用船将祖母奉回了苏州，入土为安。后来，又是她在苏州，一一为英年早逝的大伯、大伯母、一生未婚的大姨婆等人料理后事。

年又一年做着这些事，她承受了多少痛心和辛劳，却从没有听她埋怨过。多少年后，我们后人去为长辈亲戚扫墓时，如果路径不清楚，都是打电话给辉姑，由这个"大总管"指路。说到这里，真好像辉姑之所在，就是这个大家庭的故乡后援之所在。书中《落叶归根》一篇，记述了她与台湾祖母一起，在太湖边的家乡，为祖父归葬寻找墓地而奔忙与沟通等事。这其实只是"慎终追远"这一系列事情中最具代表性的一桩而已。

对大家庭中的晚辈，辉姑擅长于在成就自己乐趣的同时，给予我们美好的影响。比如，她手工编织一件毛衣、一条围巾，她在缝纫机上做花裙子、布围兜等等，在那个物质匮乏、审美更匮乏的时代里，她以这些心灵手巧的作品，告诉我们生活在任何条件下都可以不失追求美的心境。正如幼年时，她还住在苏州城东的耦园的时候，严寒的冬天傍晚，她会在东花园那个有一圈凹槽的石凳上，把花瓣、草叶撒入凹槽，再倒入清水，第二天清早，就可以在石凳上收获一个镶嵌了花叶的晶莹剔透的冰花环。如今，你若到耦园游览，在城曲草堂西厢外的小院子里，还可以看到这个石凳，每次到那里，我就会联想起家里人口耳相传却未曾见过的辉姑当年的"浪漫杰作"。退休后，她热心于书法进修，好几年间，她抄写的《钱氏家训》金字版和墨字版，以及一副副的大红春联，都一一分送给钱家第二代、第三代的兄弟姐妹们。我儿子牧野小的时候，辉姑奶奶为了鼓励他写好字，专门在卡片上用钢笔楷书抄写了数十首古诗："两个黄鹂鸣翠柳，一行白鹭上青天""姑苏城外寒山寺，夜半钟声到客船"……厚厚一大摞，装在牛皮纸口袋里，送给牧野。

近几年，辉姑先是小中风，继而高血糖，后来不知何故，变得四肢颤抖，不良于行，就不得不缺席了每年清明、冬至两次的上西山为祖父母扫墓祭祖的活动，变成只有我父母与表妹同行或先后前往。与同在苏州、往来最为亲密的她的二哥二嫂即我父母，也从原来的两对夫妇互相来往，变成我父母不打招呼随时上门（因为她不能出门）的模式。虽然患病在身，但是，如果与她通视频，听她讲话，她仍神采奕奕，美丽不减当年。至少在我看来，底蕴固在，风韵犹存。就像暑假里我和父母突然登门看望，站起来迎接的，是一袭蓝白格子布拉吉长裙的辉姑。蹒跚居家的日子，她还是把自己收拾得整洁而美好。我不由得感叹，能够把老与病变成"逆来顺受"，坦然与之相处，并不改乐观开朗、为人着想的心态，就是辉姑了。谁无老迈之时？这分明是一个"可以为师也"的榜样啊。

通读本书可以看到，在过去漫长的岁月中，遇到时代加给她的种种无厘头、额外的困苦时，她总是云淡风轻，可以把无奈变成不经意的顺变。这就是《中庸》里说的"君子无入而不自得焉"的境界吧？辉姑用她平凡而不寻常的80年岁月，练就了这一人生本事。接纳困苦，不改其乐，或者正是源自"坚韧一贯"的祖母的示范，或许也是家风之所在吧。

去年4月，那个坐在新书首发式的台子上，双手颤抖却仍能声音朗朗、娓娓道来的辉姑，犹在眼前。当时她给每一位来参加首发式的读者，赠送了自制的鲜花图案的书签，她说"以文会友"，祝愿大家在阅读中获得快乐。

此刻，辉姑的又一本新书问世了，她又在准备什么花样送给读者呢？当然，花样在次，相信此书本身，已是对读者的最好馈赠。

之二

偷得浮生半日闲,

吟诗赏画,

似羽化而登仙,

做了一次梦回唐宋的美丽访客。

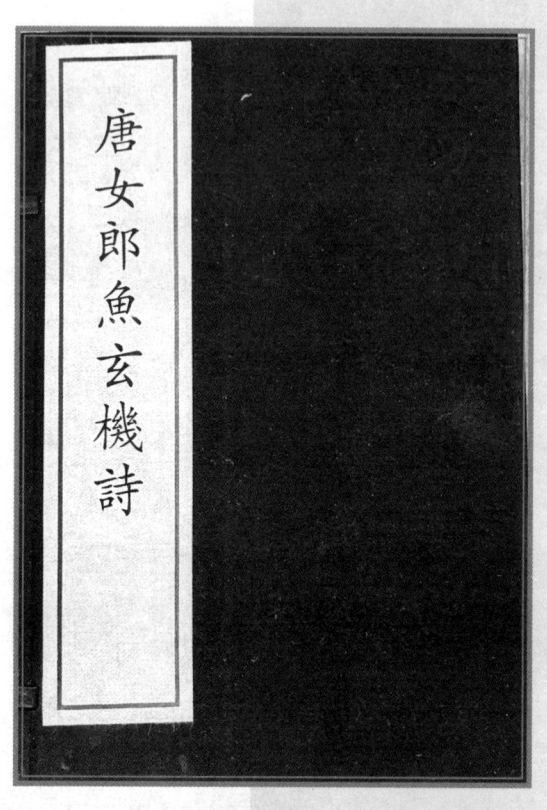

《唐女郎鱼玄机诗》，鱼玄机著。

国家图书馆出版社据清代黄丕烈所

藏宋临安书棚本《鱼玄机集》影印出版。

只为卿卿一卷诗：《唐女郎鱼玄机诗》

唐女郎鱼玄机是诗人、道士，还是一位有着传奇般爱情经历的奇女子，所以，在中国有限的才女诗人中，她的故事颇为世人熟知，知名度比之班昭曹大家、薛涛女校书、李清照易安等也毫不逊色。

《全唐诗》卷八○四有《鱼玄机小传》，曰：

> 鱼玄机，字幼微（一字蕙兰），长安里家女。喜读书，有才思。补阙李亿纳为妾。爱衰，遂从冠帔于咸宜观。后以答杀女童绿翘事，为京兆温璋所戮。今编诗一卷。

根据这段简短的文字，以及她留下的49首（或50首）诗，索引钩沉，铺陈补缀，她那倏忽一生的生平事迹、情感遭遇，足可编撰出动人的故事，那将是一个以风华绝代、才情卓越的女主人公为中心，情节曲折复杂，人物命运波澜起伏的电影或连续剧脚本。不知是否会有导演真的将之搬上银幕，但鱼玄机传奇经历中亦俗亦雅、兼具古典命运和现代性格的倾向，真可谓是具备了构成一部引人注目的连续剧的要素了。

还是来看她留下的真实诗作吧。这悠悠一卷诗，穿越千余年，是她才情和心声的写照，据此我们看到一个才华横溢的诗人聪慧而善感、多情且深情、率性甚至纵情，从少女、少妇到出家，一路走来的形象。

　　"自恨罗衣掩诗句，举头空羡榜中名。""里家女"出身薄寒，无门第家世可恃，唯自负诗才，叹息自己身为女儿，不能像男儿般金榜题名、及第出仕，这是言志之作，也是叹息之声。

鱼玄机诗集（一）

唐女郎魚玄機藏詩
賦得江邊柳
翠色連荒岸煙姿入遠樓影鋪秋水面花落釣
人頭根老藏角窩枝低繫客舟瀟瀟風雨夜驚
心郎枕上潛垂淚花間暗斷腸自能窺宋玉何
必恨王昌
寄國香
夢復添愁
著□遍羅袖愁春懶起粧易求無價寶難得有
贈鄰女
旦夕醉吟身相思又此春雨中寄書使窗下斷
腸人山捲珠簾有愁隨芳草新別來清宴上幾
寄題鍊師
度落深塵
霞綃剪爲衣添出繡幃芙蓉花普
稀駐展屈鵑爲語開籠放鶴飛高堂春睡暮　山水帔
兩正霏霏
寄劉尚書
八座鎮雄軍謠諑蒲路新汾川三月雨冒水百
花春閣圍長空鎖千戈父覆塵儒僧觀子夜歸

　　诗中最多的篇什，是写给夫君李亿子安的，她的身份是妾，聚少离多，如《春情寄子安》有句："别君何物堪持赠，泪落晴光一首诗。"如《书情寄李子安》有句："秦镜欲分愁堕鹊，舜琴将弄怨飞鸿。井边桐叶鸣秋雨，窗下银灯暗晓风。"如《隔汉江寄子安》："江南江北愁望，相思相忆空吟。鸳鸯暖卧沙浦，鸂鶒闲飞橘林。烟里歌声隐隐，渡头月色沉沉。含情咫尺千里，况听家家远砧。"更如《闺怨》有句："春来秋去相思在，秋去春来信息稀。扃闭朱门人不到，砧声何事透罗帏。"短暂蜜月后，鱼玄机就不得不长期离别夫君，品尝思念的滋味，心境或是热烈，或是期待，转而焦灼，甚至哀怨，种种情致，跃然纸上。

诗中另有许多怀人、赠人，抒写相见或是离别的篇什，应是出家入咸宜观之后，广结文人迁客、琴师商贾、放任自流、率性纵情的写照。

她曾与温庭筠交往甚密，视温为老师和诗友之间，如《冬夜寄温飞卿》有句："苦思搜诗灯下吟，不眠长夜怕寒衾。"如《寄飞卿》有句："珍簟凉风著，瑶琴寄恨生。嵇君懒书札，底物慰秋情。"此外，还有与刘尚书、李员外、任处士及诸友人的唱和之诗。这些诗作毫不掩饰自己内心对于激越之情的渴望与得到后的欢愉，如《感怀寄人》有句："月色苔阶净，歌声竹院深。门前红叶地，不扫待知音。"如《迎李近仁员外》全诗："今日喜时闻喜鹊，昨宵灯下拜灯花。焚香出户迎潘岳，不羡牵牛织女家。"

欢愉之情，毫无掩饰。

鱼玄机纵有卓越诗才，但因为人小妾，又遭遗弃，故而发出"易求无价宝，难得有心郎"的感叹，这是她的古典命运；而她入道观后，贴出"鱼玄机诗文候教"的招贴，公开广结文缘，表现了一个古代女子难得的勇气，尊重自我内心，追随自然本性，这似乎又带有挑战世俗的现代性格。后人将她"自能窥宋玉，何必恨王昌"等诗句理解、指责为自暴自弃、纵情极欲、冶艳放荡，实在有责之过苛的嫌疑，倒难免让自己落得封建卫道者之讥了。包括她最后因婢女暗通自己的情郎而怒杖之，使其毙命，也显出鱼玄机张扬自我、珍视情感、刚烈不屈的性格，如果只是纵情放荡，不必如此较真，以致赔上自己 26 岁青春宝贵的生命！

我个人比较喜欢她诗卷中为数不多的表现出悠闲、疏淡、旷达的句子。有一首《题隐雾亭》：

> 春花秋月入诗篇，白日清宵是散仙。
>
> 空卷珠帘不曾下，长移一榻对山眠。

又一首为《暮春即事》，全诗为：

> 深巷穷门少侣俦，阮郎唯有梦中留。
>
> 香飘罗绮谁家席，风送歌声何处楼。
>
> 街近鼓鼙喧晓睡，庭闲鹊语乱春愁。
>
> 安能追逐人间事，万里身同不系舟。

《唐女郎鱼玄机诗》传世最早的有宋刻本，为临安书棚本，历经千百年历史烟云之后，为乾嘉年间苏州四大藏书家之一的黄丕烈得到。那时他40岁，正住在苏州王洗马巷，经营他的荛圃，因而也自号"荛圃""荛夫"，后升格为"老荛""荛翁"，他的"百宋一廛""士礼居"藏书也正处于盛期。为了庆贺喜得此书，他特请余秋室学士绘鱼玄机画像于卷前，又召集同好来荛圃观赏。这些人多是诗人雅士、藏书家，大家围坐一起，玩赏鱼诗，珍视之，喜爱之，并按"荛、翁、属、题、唐、女、郎、鱼、玄、机、诗"11字各为一韵，分配11人，每人依自己所得字韵作诗一首，咏叹鱼女命运或鱼诗才情。偶得一书，聚友观赏，并分韵题诗，这是"士礼居"藏书处常有的雅集雅事。这次的题鱼诗雅集，有诗如顾莼《分韵得"女"字诗》："新装一卷争看，幽怨千秋谁语。有心郎竟何如？还羞牵牛织女。"又如夏文焘《分韵得"诗"字未定草》:"知有才名到此时,枉缘小婢恼情思。尊前珍重人围看,只为卿卿一卷诗。"

现在我们看到的国家图书馆出版社据黄丕烈藏本影印出版的《唐女郎鱼玄机诗》,除保留宋版原貌蝴蝶装印迹外,另有题图人物画,以及莃圃分韵题诗等嘉庆以来 21 家题诗题词,合集为一卷。全书刻本纸色微黄,墨色清晰,题诗字迹多样,或娟秀纤丽,或浓墨遒劲,除内容外,极具善本珍籍兼文物艺术的双重观赏性。

且以诗卷最后一首清人抑或民国间人的题诗作结,因为它似也表达了我的赞叹:

> 今古双璧百宋奇,就中尤爱女郎诗。
>
> 坊南秘籍精严甚,况是千秋绝妙辞。

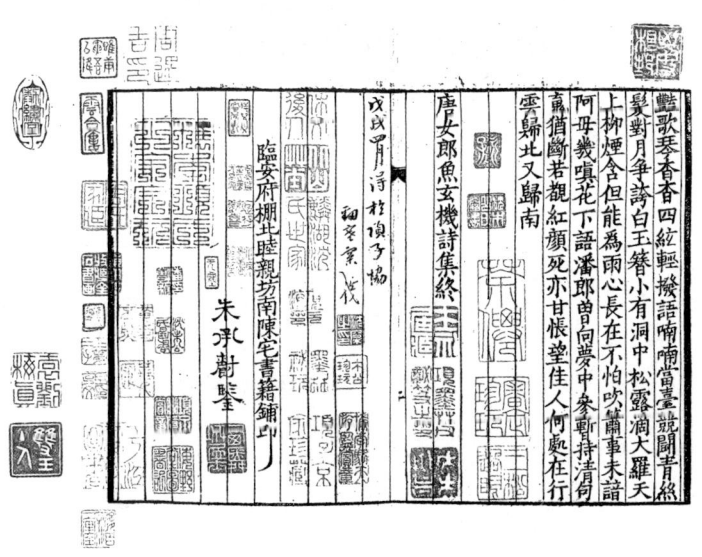

鱼玄机诗集(二)

《明解增和千家诗注》，一函一册，
黄绫封面。

北京图书馆出版社 1998 年据中国国家
图书馆所藏明彩绘本原书影印出版。

老少咸宜：《明解增和千家诗注》

很多人少年时代可能都读过《千家诗》，但未必看过这么华美的本子。

拿我自己来说，曾在中学时期的某天放学后，在学校书店里，偶以七毛五分钱买下一本《千家诗》。它不同于当时通行的横排左翻的书籍，以水蓝色绢绫花纹为封面，竖排题签，向右翻开，里面墨色版框，竖排繁体，上图下文，双行小注。书后还附有"一东二冬三江四支"的《笠翁对韵》二卷和唐代司空图《二十四诗品详注》一卷。在 20 世纪 70 年代末的当时，它以从内容到形式的古韵优雅，给一个善感的中学生平添了几多爱好古诗词、追慕古典美的情愫。后来才懂得，这本长春古籍书店的《千家诗》是影印本。这本书从此成为我的爱物，一直跟随着我。

世传《千家诗》有众多版本，最早传为南宋刘克庄（1187—1269 年）所选。克庄字潜夫，号后村居士，福建莆田人，官至工部尚书，但他流传下来的主要还是诗名。他不仅写诗，有《后村先生大全集》，还是诗词的鉴赏家，有诗话存世。他遴选唐宋诗人五言和七言绝句、五言和七言律诗成《分门纂类唐宋时贤千家诗选》，这是《千家诗》的第一种本子，它有 22 卷，分 14 门 442 目，共收诗 1200 余首，一定程度上反映了刘克庄作为诗词鉴赏家的审美品位，但与蒙学读本无关。

（左图）又得浮生半日闲（唐代李涉句）
（右图）老妻画纸为棋局，稚子敲针作钓钩（唐代杜甫句）

　　我们现在所说的蒙学读物《千家诗》，主要有两种本子。一个是题为"南宋谢枋得选注"的两卷本。他以刘克庄的《分门纂类唐宋时贤千家诗选》为底本，大量筛汰，选录了七言绝句和七言律诗共百余首，成为通俗易学、简易实用的儿童诗歌教材，沿袭刘本，仍题名为《千家诗》。由于福建建阳正好是宋代以来三大刻书中心之一，世传所谓"麻沙本""崇化本"即出自建阳当地麻沙、崇化两大书坊林立的刻书重镇。谢枋得编好诗选后，据以教授儿童，而书坊人家看中此选本简易实用，估计会有相当的社会适用性和需求量，便主动付梓印刷，据以牟利。谢枋得的《千家诗》因此成了畅销书。但不知为何，谢本只选七言，缺失五言。到清初，王相仿谢本补选了五言绝句和五言律诗各一卷，与谢本合一，题为"增补重订千家诗注解"。此后，虽《千家诗》多有各种"重印本""新镌本"，又有多种"注释本""笺注本"，还出现不少绘图本，但这个四卷合辑本成为通行的标准本。以上所说我珍藏的爱物也是这个四卷本。

通行本《千家诗》四卷，选有七言绝句94首、七言律诗48首、五言绝句39首、五言律诗45首，共计226首，多为唐宋两代著名诗人的名篇佳作，历来脍炙人口。每种体裁按四时节令春、夏、秋、冬编排，所选诗绝大部分清新自然、浅近易懂、朗朗上口，题材涉及山水田园、咏物题画、赠别思乡、吊古伤今、侍宴应制等，特别是配以版刻图画的绘图本，丹青墨卷，古韵芬芳，使读者在品味诗情诗趣的同时，观赏画意匠心，在诗情画意中放飞思绪，得到心灵的陶冶和满足。如果说《千家诗》当年是为幼儿蒙学所编选的，如今，它却是雅俗共赏、老少咸宜，可以作为我们随时学习和亲近中国诗文传统的读物之一。

回到本篇的主角——《明解增和千家诗注》上，这是国家图书馆藏明代手抄、手绘彩色插图本的影印版，它黄绫封面，华丽庄严，开本宏朗，气度不凡。全书一卷，加厚皮纸，版口鱼尾及行栏均为朱红，版式上图下文，每首诗的上部，配以相对应的彩色插图一幅及依原韵的和诗一首。书卷整

云淡风轻近午天，傍花随柳过前川（北宋程颢句）

体抄写工丽、绘图精美，由于图画以天然矿物质为颜料，更有金粉描饰的金色线条，通篇赤橙黄绿青蓝紫，色彩斑斓，美艳如新，呈现出华美灿烂而不失古色古香的韵致。据专家考证，这是明末宫廷内供皇太子、小皇帝学习的读本，最有可能是万历皇帝朱翊钧幼年的读本，他6岁被封太子，10岁登基，这个版本是作为太子太傅的张居正为太子、幼皇帝学习着想，命宫内准备的。

明宫廷内府的这个皇太子读本，从内容上看，一卷，收七律36首，相当于谢枋得本第二卷的简本；从绘图上看，色彩的华丽美艳如上文所说，而图画的风格则院画气息较浓，繁密工致有余，疏淡洒脱稍嫌不足。人物刻画特别是眉宇间所应有的或思恋、或哀怨、或欣喜、或恬淡等神情，部分有欠准确。当然，配画真正做到与诗作神韵匹配、相得益彰，确实并不容易。这里大多数画与诗相配得还是比较契合，可谓相映增辉，如杜甫的《江村》《与朱山人》《九日蓝田崔氏庄》，晏殊的《寓意》等；少数画似乎较难揣摩是对应哪联哪句诗而作，或者说未能很好地表达诗意，如程颢《偶成》"万物静观皆自得，四时佳兴与人同"的旷达悠闲，如崔涂《旅怀》"蝴蝶梦中家万里，杜鹃枝上月三更"的委婉感伤，表现得就不尽人意。相比来讲，上文所述长春古籍书店的墨刻版画，倒是多出几分疏朗写意的空灵，更易与诗的境界契合。

看着这一幅幅华美富丽的图画，那些雕梁画栋的宫殿亭台，那些峨冠博带的君臣文武，甚至那些野渡扁舟、柴门吠犬，那些缕缕轻扬的炊烟，那些梁上飞燕、水中翔鸥，如今似都已隐入历史的深处，不见了踪影。当诗歌所描写的社会生活发生了彻底的嬗变，而诗歌所咏叹的物理人情却经久不息，千余年后依然引起我们心灵的共鸣。你是否也觉得，但得古卷一

图文并茂

尋隱者不遇　賈島
松下問童子
言師採藥去
只在此山中
雲深不知處

汾上驚秋　蘇頲
北風吹白雲
萬里渡河汾
心緒逢搖落
秋聲不可聞

蜀道後期　張說

册在手，偷得浮生半日闲，吟诗赏画，似羽化而登仙，做了一次梦回唐宋的美丽访客？

即以杜甫《江村》诗一首作结，聊供吟咏回味：

清江一曲抱村流，长夏江村事事幽。

自去自来梁上燕，相亲相近水中鸥。

老妻画纸为棋局，稚子敲针作钓钩。

多病所须惟药物，微躯此外更何求。

107

《清·孙继芳绘镜花缘》，北京大学图书馆编，张玉范、沈乃文主编。

作家出版社 2007 年据北京大学图书馆所藏清代孙继芳彩绘《镜花缘图》出版。

女儿国里多异事：绘本《镜花缘》

　　《镜花缘》以唐武则天时代为背景，描写的却是超出当时一般读书人眼界、知识结构的不同寻常的世界，被认为是一部与《西游记》《封神榜》一样，具有浓厚神话色彩、浪漫幻想、奇情迷离的古典长篇小说。

　　书中前 50 回，借落第秀才唐敖远出海外游历之事，展示了君子国、小人国、女儿国、两面国、无肠国、黑齿国、翼民国、智佳国等想象中国度的奇风异俗、奇人异事、仙花野草、鸟兽虫鱼。

　　君子国城门上写着"惟善为宝"四个大字，士庶人等，无论富贵贫贱，举止言谈莫不恭敬有礼，是个"好让不争"的"礼乐之邦"。宫廷上，宰相谦恭和蔼、平易近人，脱尽仕途习气；集市上，卖者主动少要钱，力争卖出上等货，而买者不但不还价，还主动多添价。或许这正是传统中国人对于理想社会的憧憬，以及对于专横跋扈、贪赃枉法的官场腐败和尔虞我诈、恃强凌弱的现实社会的讽喻。

　　女儿国则表达了歌颂女子才华、提升女子社会地位的良好愿望。在女儿国里，乾坤颠倒，男人穿衣裙做妇人状，以治内事；女子反穿靴帽，以治外事。因为女子的智慧、才能不仅不弱于男子而且胜过男子，所以，这里从皇帝到辅臣都是女子。

落第秀才唐敖远出海外游历

　　相反，在小人国里，不仅国人身材矮小，不足一尺，儿童更是仅有四寸高，行路时为防大鸟所害，无论男女老少，必三五成群，手持器械以防身。更主要的，小人国风俗浇薄，人人寡情少礼，满口说的都是相反的话——本来是甜的东西偏偏要说成苦的，是咸的东西却偏偏要说成淡的，人人诡诈异常。

　　两面国的人天生两副面孔，面向着人是一张脸，背对着人又是一张脸。即使面向着人的那张脸，也因对面的人不同而变化无常，如面对"儒巾绸衫"者，便和颜悦色，满面谦恭光景；面对破旧衣衫者，便冷漠无情，话无半句。

　　还有无肠国里富翁刻薄恶毒，用粪做饭供应奴仆。翼民国的人喜欢听阿谀奉承的话，故身长五尺，头也长五尺，因为奉承话就如高帽子，今日一顶明日又一顶，渐渐地人头就越来越高；又由于好话听多了，轻飘飘地

她们打算盘、测勾股

背生双翼，但也飞得不远。结胸国的人好吃懒做，所以胸前高出一块。犬封国的人长着狗头，豕喙国的人长着一张猪嘴，等等，不一而足。虽说是离奇幻想，虚空不实，但透过这些辛辣诙谐的笔调，能看到作者对现实社会丑恶现象的鞭笞和嘲讽。

又有智佳国，顾名思义，拥有一批智慧超群、爱好思考的国民，尤好天文、卜筮、勾股算法等诸般技巧，但正由于智佳国人用心过度，人人活到三四十岁，便皱纹满面，犹如老翁一般。这里是不是又暗寓了对于外来"奇技淫巧"的否定和对于自然、质朴、简单生活的肯定呢？

小说后50回借百花仙子和众花神被贬人间、进京应试、高中女科的经历，描写了一批花仙花神恃才傲物、吟风弄月的浪漫情致。这些才女的化身，在武则天的女科得中高第，遂在宫廷学馆连日畅饮，她们或吟诗作赋，弹琴绘画；或灯谜酒令，弈棋斗草；甚或辨析音韵，研讨数学几何，好一派时代不同了，男女都一样，巾帼不让须眉的景象。这些才女不仅妩媚动人、潇洒活泼，而且才高八斗、学识超人，令人赞叹。在莲花塘边的凉阁里，众女子一边吹箫弄笛，管乐之声借着水面，顺风飘扬，越发清越；一边投壶嬉戏，且各有各的式子：流星赶月、鹞子翻身、富贵不断头、朝天一炷香……另一端的秋千架旁，才女们一起一落，欢畅啸傲，各人也有自己的招式：平步青云、鲤鱼跳龙门、金鸡独立、指月高升、凤凰单展翅、童子拜观音……真是别出心裁，出人意表。

异国风情和注重女性，反映了乾隆至道光年间，部分知识分子知识兴趣的新趋势。

《镜花缘》出版后，多有绣像版问世。著名的有广州芥子园巾箱本、上海点石斋印本，前者大致只是人物绣像，不涉及故事情节；后者则首次根据小说情节，一回一图地描绘该回的主要故事情节，另有 20 幅人物像。

我手中这本《清·孙继芳绘镜花缘》，画家基本如连环画般完全依据情节的展开作画，有的一回一图，有的一回数图。所画色彩鲜艳明丽，以蓝绿为主调，和谐而润泽。在线条的运用上，则粗细结合，动静有致：亭台楼阁、草木山石刻画细致，或端庄或娴静；人物造型不失生动诙谐，神态毕现。纵观全书，画家特别善于抓住书中具有代表性的场景（如异域风情），或转瞬即逝的生动片刻（如花神才女们花园作乐）等内容，多做渲染。如第四十五回"君子国海中逢水怪 丈夫邦岭下遇山精"等海外游历的内容，多用三四幅图描绘；再如第七十四回"打双陆嘉言述前贤 下象棋谐语谈故事"更是一回连用七幅图之多，渲染才女们欢快嬉戏的场景。

此次北京大学图书馆善本部主任张玉范先生挂帅进行的整理工作，使

她们相聚斗百草

得深藏馆阁的古籍珍本能够走向更多更广泛的文学、绘画爱好者，编者还为每幅图加配了相关情节的说明文字，使之图文并茂，读来饶有兴趣。

最后，摘抄《镜花缘》文字一小节，随书中人物一起，做个猜谜游戏：

> 紫芝道："琼英姐姐且莫掷骰，妹子说个灯谜你猜：'三九不是二十七，四八不是三十二，五七不是三十五，六六不是三十六：打一物。'"掌红珠道："我猜着了，可是'十二'？"紫芝道："'三九''四八''五七''六六'，凑起来都是十二，姐姐猜得真好。但妹子刚才有言在先，打的是个物件，请姐姐把'十二'取来看看，如果是个物件，就算姐姐猜着。"红珠不觉笑道："呸！我只当是个数目哩。"邵红英道："可是'双陆'？"紫芝笑道："这个猜得却好。至于是不是，且等我看看花湖再来回复。"

　　《影印文溯阁四库全书四种》四册一函，分别为经部《易图说》、史部《长安志图》、子部《墨法集要》、集部《璇玑图诗读法》四书。选择甘肃省图书馆藏文溯阁《四库全书》中图文并茂，书写优美，兼具可读性、观赏性的经、史、子、集各一种，上海古籍出版社2003年影印出版。

　　全书裁制装潢一依《钦定四库全书》文溯本原本，开本宏阔，特制绢料封面，包背装，内用上好宣纸，红栏直行，每页8行，每行21字，注文双行小字。封面也如当年一样，分别用绿、红、蓝、灰对应经、史、子、集。据考，当年乾隆曾有诗曰："经诚元矣标以青，史则亨哉赤之类。子肖秋收白也宜，集乃冬藏黑其位。"本应以青、赤、白、黑对应四部，后四库馆臣据乾隆诗意加以变通，将之确定为绿、红、蓝、灰四色。

古籍的渊薮：影印版《四库全书》

古语曰"盛世修典"，《四库全书》大型丛书就是在清代乾隆盛世修成的一大文化经籍宝藏。从乾隆三十八年（1773 年）皇帝采纳安徽学政朱筠上奏，决定开设四库馆开始，到乾隆四十六年《四库全书》第一部编成，再到乾隆五十二年陆续完成七份副本的誊录，共历时 15 年，参加编纂工作的官员、文人 400 多人，誊录人员 3841 人。全书共收书 3460 余种（或曰 3503 种）79337 卷，每部装订成 36300 余册，汇集了从先秦到清前期历朝历代的主要典籍，可谓皇皇巨制，卷帙浩繁，被誉为"千古巨制，文化渊薮"。

《四库全书》成书后，乾隆帝对其收存贮藏十分重视。他决定仿效天一阁规制，专门修建馆阁以收藏之。在编书抄书的同时，命营造藏书处，先后建成承德避暑山庄的文津阁、圆明园的文源阁、故宫的文渊阁、盛京沈阳的文溯阁。津、源、渊、溯四字，一则以水取意"天一生水"，以求书库永保平安；二则也以河川寓意，说明这里是所有书籍、学问的渊源和津梁。文津阁、文渊阁、文源阁、文溯阁史称"内廷四阁全书"或"北四阁"，主要是供皇帝阅读备览服务的。后来考虑到天下文人学子读书的需要，又命将陆续抄缮的三套《四库全书》分别送藏于扬州文汇阁、镇江文宗阁和杭州文澜阁，史称"江浙三阁全书"或"南三阁"。这七座藏书楼日后各自经历了几番聚散播迁，折射了乾隆至民国以来中国社会的动荡不安。

故宫文渊阁：收藏第一部《四库全书》，乾隆四十七年（1782年）春，装潢藏阁完成。"九一八"事变后，故宫博物院图书馆为防不测，1933年将之全部装箱，运往上海，后辗转重庆、南京，中华人民共和国成立前夕被携往台湾，现存台北故宫博物院。

盛京沈阳文溯阁：乾隆四十八年（1783年）入藏。抗战期间归伪满国立奉天图书馆接管。中华人民共和国成立后，由东北人民政府收回。1966年，文化部决定移交甘肃省图书馆代管，保存于新建的专库中，至今完好无损。

圆明园文源阁：乾隆四十九年（1784年）春入藏。乾隆每年入住圆明园时，几乎都要阅览此书。咸丰十年（1860年）英法联军火烧圆明园，文源阁全毁。

承德避暑山庄文津阁：乾隆五十年（1785年）入藏。避暑山庄是清帝避暑处，此部供皇帝避暑时阅览。1909年清学部筹建京师图书馆，奏请将文津阁本移至京师图书馆。不久，清亡，1914年仍将文津阁移交京师图书馆。现存国家图书馆。这是内廷四阁《四库全书》中保存最完整的一部。

扬州大观堂文汇阁和镇江金山寺文宗阁：由两淮盐运使经营管理，供当地士子阅览、借抄。咸丰三年（1853年）太平军攻入镇江、扬州，两阁均毁于战火。

杭州西湖圣因寺文澜阁：由两浙盐运使管理，每年盛夏，曝书一月，以防虫蛀潮湿，起到了供士子传抄、播扬学术的作用。1861年，太平军第二次攻克杭州时，文澜阁受灾，当地绅士丁申、丁丙兄弟逃难至此，见散书遍地，随地拾起检视，发现竟是《四库全书》，遂托书商大力搜访购求，加上当地士人的抢救性搜集，使文澜阁《四库全书》共存8000余册。

1880 年，由丁氏兄弟和当地绅士倡议，在政府的支持和协助下，依旧制重建文澜阁，1882 年起陆续补抄，到 1888 年告一段落，使之基本恢复原貌。1911 年，浙江省立图书馆建成，文澜阁本移至该馆存放。

《钦定四库全书》皇家气派，开本宏朗，制作精良，无论内容还是形制均让天下读书人孜孜以求，向往一见，但因其卷帙浩繁，深藏宫室秘府，又不易为一般人所见。自民国起便不断有各种影印本问世，特别是最近 20 多年来，各种纸本和电子本《四库全书》全本、选本，几乎成为出版界的热门之一，以至于出现所谓"后四库全书时代"的说法，其间优劣得失已引起物议，这里不论，暂且介绍各重要版本如下：

1935 年上海商务印书馆影印文渊阁本《四库全书珍本初集》，全套 1960 册。1986 年台湾商务印书馆全本影印出版大 16 开本《文渊阁四库全书》，全套 1500 册。1989 年上海古籍出版社将台湾本改为 32 开本出版。1999 年香港迪志文化出版有限公司分别与上海人民出版社及香港中文大学联手，在内地和香港同时出版发行了依据文渊阁本的《四库全书》电子版。2004 年鹭江出版社出版线装文渊阁本《四库全书》，全书重新设计，大 8 开本，上下 4 栏，共 148 函 1184 册，限量印刷 300 套，国内定价 39 万元人民币，国外定价 9.9 万美元。上述各种均以文渊阁本为底本。2005 年底，文津阁《四库全书》也由商务印书馆、国家图书馆合作，影印出版面世，全书每套共 500 册，首印平装本和精装本共 100 套，平装本定价 20 万元，精装本为 25 万元。

与上述影印全套《四库全书》相比，这里介绍的文渊阁影印仿真本只有一函四种，可谓内容上萃取精华，形式上毕肖逼真，真正做到让读书人"买得起，放得下"，所谓"昔日皇家御阁宝，今朝珍藏百姓家"是也。

《怀素自叙帖三种》，一函三册。

学苑出版社 1999 年据首都图书馆藏兰州公署本、莲池书院本、绿天庵拓本影印出版。

一日九醉：怀素《自叙帖》

　　怀素《自叙帖》传世墨迹纸本现藏于台北故宫博物院，关于它的真伪多有世论。1983 年启功先生曾发表《论怀素〈自叙帖〉墨迹本》一文，考证其应为宋人摹本。2003 年台湾东吴大学教授李郁周和青年学者王裕民分别出版专著《怀素〈自叙帖〉千年探秘》《假国宝——怀素〈自叙帖〉研究》，与启功先生持相同观点。2004 年秋，台北召开"怀素《自叙帖》与唐代草书"学术研讨会，台北故宫博物院为此布置特展，两岸几代学者细研遗墨，正反两方各抒己见。与会学者大多对目前台北故宫博物院所藏的真实性持高度评价的态度，但也不否认还存在若十疑点，尚待进一步研究。

　　从历代金石目录可知，怀素《自叙帖》真迹在宋代传世有三：一在苏子美（舜钦）家，一在蜀中石阳休家，一在冯当世家。苏氏本首缺六行，由苏舜钦补上，后由明文徵明摹刻入石，有水镜堂文徵明释文拓本传世。石氏本道光年间由那彦成初刻于兰州公署，复刻于河北保定莲池书院，有拓本传世。冯氏本不传。这套《怀素自叙帖三种》，精选馆藏怀素《自叙帖》三种即兰州公署本、莲池书院本和长沙绿大庵拓本，原貌影印，为嘉惠学界书坛的雅举。三种拓本款式、笔意不尽相同，可供比对鉴赏。其中，绿天庵拓本与台北墨迹本行款风格最为相近。

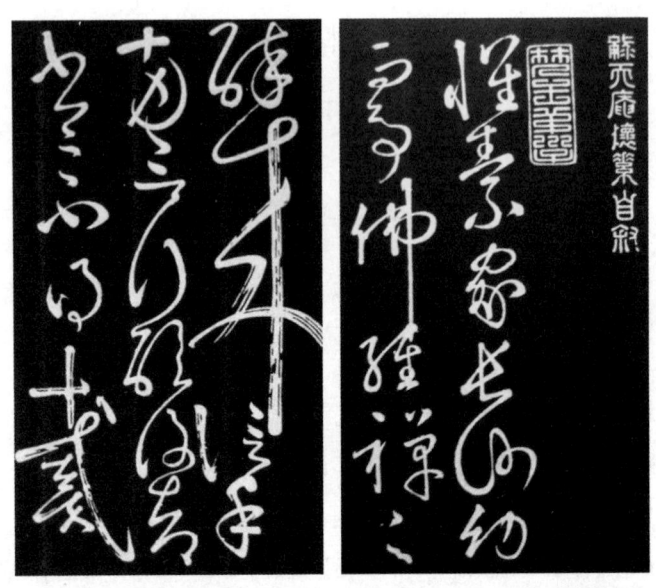

怀素《自叙帖》（局部）

　　怀素禅师，字藏真，俗姓钱，长沙人，幼年即好佛出家。自入佛门之日起，他便喜好书法，每于读经坐禅之余暇，深研前贤遗墨，临摹不辍。关于他勤奋习字的事迹，相传有三个典故：一是说他用笔太勤，以致秃笔无数，渐成笔冢，重演了隋朝智永禅师"退笔冢"的美谈；二是因为他习字颇勤，以致无力买纸自足，于是，从前人"芭蕉叶上题诗"得到启发，在寺院里种植了十亩芭蕉，日以蕉叶代纸练字，并自号居室为"绿天庵"；三是他好饮而豪饮，甚至一日九醉，酒酣兴发之际，便到处挥毫泼墨，竟直书于寺院的粉墙之上，致使满壁酣墨纵横，因此得"醉僧"之称。

　　怀素以草书名世，书风疏放率真，不拘细节。他远承张芝、王羲之之遗绪，近接唐狂草发轫者张旭的旷达率性，在此基础上发展成自己的独特风格，所谓"颠张狂素""以狂继颠"是也。张旭工肥，酣畅淋漓中见肥劲，豪情万丈；怀素喜瘦，龙骧豹变中不失俊逸清坚。所以，任何能成艺术大家者，既在于能够悉心鉴取前人精华，更贵在能够自出机杼，驰骋天纵之才，成就革新硕果。

怀素存世的草书不少，有《论书帖》《千字文》《圣母帖》《藏真帖》《苦笋帖》《食鱼帖》。《自叙帖》成书于他的中晚年时期，全书 698 字（或 702 字），前半截自叙个人学书和创作的经历，后半截记录当代名公对他书法造诣称颂的诗文，通篇显示出自信坦荡、毫无矫饰而超然物外的胸襟，正像员外郎钱起所赞许的："远鹤无前侣，孤云寄太虚。狂来轻世界，醉里得真如。"从书法艺术上来看，全幅一气呵成，狂风骤雨，驰骤不羁。其中最大的字长 22 厘米、宽 15 厘米，而最小的字只长 1 厘米、宽 1.5 厘米，可见其谋篇布局上的"狂"态。不过，正如前辈书法家凌云超所分析，《自叙帖》虽笔带癫狂之意，但在布局和笔姿方面，实是谨守法度、不越雷池的，他的放纵是"加意放纵"，他的任性也不失"任性安排"。匠心独运而不着痕迹，这或许正是艺术大师独步书坛的高明之处。

最后，抄录《自叙帖》中唐人评怀素书法语数端于下，庶几有助读者理解想象：

张礼部云："奔蛇走虺势入座，骤雨旋风声满堂。"卢员外云："初疑轻烟淡古松，又似山开万仞峰。"王永州邕曰："寒猿饮水撼枯藤，壮士拔山伸劲铁。"朱处士遥云："笔下唯看激电流，字成只畏盘龙走。"……许御史瑝云："志在新奇无定则，古瘦漓骊半无墨。醉来信手两三行，醒后却书书不得。"

《康熙帝传》，〔法〕白晋著。

珠海出版社 1995 年出版。

法国老师的帝王学生：《康熙帝传》

　　康熙今年 44 岁，执政已经 36 年。他一身丝毫也没有与他占据王位不称之处。他威武雄壮，身材匀称而比普通人略高，五官端正，两眼比他本民族的一般人大而有神。鼻尖稍圆略带鹰钩状，虽然脸上有天花留下的痕迹，但并不影响他英俊的外表。

　　但是，康熙的精神品质远远强过他身体的特性。他生来就带有世界上最好的天性。他的思想敏捷、明智，记忆力强，有惊人的天才。他有经得起各种事变考验的坚强意志。……老百姓极为赞赏他对公平和正义的热心，对臣民的父亲般的慈爱，对道德和理智的爱好，以及对欲望的惊人自制力。更使人惊奇的是，这样忙碌的皇帝竟对各种科学如此勤奋好学，对艺术如此醉心。

　　以上是康熙帝的法国老师白晋在其《康熙帝传》中对他的帝王学生的描述和赞美。白晋是受法国国王路易十四和法国科学院派遣来中国的五人科学考察团的成员之一，他虽然也是耶稣会的传教士，但与其他来华耶稣会传教士显然不同：他们是以"国王的数学家"之身份，带着科学仪器和法国国王"改进科学和艺术"的敕令来到中国的。他们在海上辗转近三年，

康熙帝热情学习、大胆引用西方文化

于1688年初到达北京。不久，白晋与考察团的另一成员张诚被留在宫中，为康熙帝讲几何、哲学、人体解剖等西方新学。

康熙帝对他们这些科学家兼传教士给予了充分的信任，对他们带来的科学知识表现出极大的关注和学习兴趣。先说几个实例：

早在康熙帝尚未亲政的1664年，由于保守势力弹劾当时的钦天监监正、德国传教士汤若望邪说惑众、图欲谋反，因而发生"钦天监教案"，将汤若望等人判罪入狱、处死或流放。汤若望因此病故。1669年，亲政不久的16岁的康熙皇帝，让继任钦天监监正杨光先和汤若望的助手、比利时传教士南怀仁，同时分别预测次日正午日影的准确位置，用实验验证真知，昭告群臣，树立科学的威严。于是，罢免杨光先的钦天监监正职位，重新起用传教士南怀仁为钦天监监正，并且为汤若望平反昭雪。钦天监是管理天象、制定历法的机构，历来被认为是与朝廷命运攸关的重要位置。康熙帝继承顺治帝之制，将此大权委任给一个外国人，体现了君王崇信真知、任人唯贤的雄才大略。自此，清宫中传教士声望日隆，日益发挥更加显著的作用。就是这个南怀仁，在三藩之乱时，还奉命为清廷制造过一批适合山地作战的轻型火炮。

1693 年，康熙帝接受张诚的建议，准备调用传教士对清代舆地进行全面普查，绘制清代全国地图。为此，委派白晋回法国招募有关人才，购置器械。上述白晋所著《康熙帝传》就是他在 1697 年回到法国后，为了满足路易十四及各界人士了解清国及其宫廷的愿望，而写的上呈路易十四的报告书；与此同时，还献上一帧康熙大帝的画像。次年，白晋带领新招募的传教士科学家回到中国。此后，康熙帝让他们从测量长城全图开始，分别测绘了内地 18 省以及满洲、蒙古的地理地貌，并于 1717 年终于完成《皇舆全览图》32 帧。此前中国的地图不讲经纬度，只是以十里方圆为一基本方格绘制平面图，拼合起来就算是地图。这不仅是中国第一次经过实地勘测后，运用最新的地理测绘手段绘制出来的，以经纬度为基准，体现城市、河流、山脉位置的科学地图，而且在此后的整个清代，这份传教士与满汉大臣通力合作绘制的地图，也是最好、最准确的地图。李约瑟在《中国科学技术史》中称："不但是亚洲当时所有地图中最好的一幅，而且比当时所有欧洲地图都更好、更精确。"可见它在世界范围内也具有无可比拟的领先水平。

传教士们应邀为康熙帝讲解西方科学知识：南怀仁讲解数学仪器的运用、天文学中最有趣和最容易理解的东西，以及几何学、静力学；徐日昇讲解乐理。关于康熙帝热心学习几何学的情形，白晋写道："他于某一天

125

告诉我们，他将欧几里得的书读了不下十二遍，我们为他用鞑靼文（满文）翻译了此书。……康熙帝兴致勃勃地学习这种学问，他除了每天与我们一起度过两三小时外，白天和黑夜还要将许多时间用于这种学习。"几何学习告一段落后，康熙帝又要学习西方哲学，让白晋和张诚用满文编撰了一本《古今哲学》，这是以法国皇家学院院士、哲学家杜阿梅的同名著作为蓝本编写的。后来，康熙帝身染疟疾，被传教士从欧洲带来的奎宁治好，促使他又对西医、西药和人体解剖学发生兴趣，清宫中建立了一个小型实验室，制造西药，并大量信用西医、西药，为皇帝、皇族、大臣甚至侍从治病。

在"华夏中心主义"和"严夷夏之防"的传统观念和体制下，中国朝廷向来蔑视外国民族，即使是接待外国使节，也都把他们看作是来朝贡的，傲慢无比。但是，康熙帝纠正了以往统治者的这种傲慢与偏见，在处理外交事务上，他极力表现出宽仁、热情、平等和礼貌的姿态，这是他胜于此前皇帝的地方，也是他比他的子孙们更为高明大度之处。在订立《中俄尼布楚条约》的前后，他礼遇莫斯科派来的使节，宽待雅克萨战争中的俄罗斯俘虏，派徐日昇和张诚随清国代表出席双边谈判，最终以大国的实力和风范成功抵制了俄罗斯的进犯，安靖了中国北方边疆。他还以同样宽大的胸襟，热情地接待荷兰、葡萄牙使节，既尊重他们又很好地安抚了他们。传教士李明说："他颐然和蔼，动作温柔，一切容态举止都像是位君主，一见便引人注目。"一位荷兰使节说："他慈祥、稳重、举止端庄，他那威严的外表……他的容貌和举止，让人一看便知是品行高尚的人。"清初在朝廷和康熙帝身边任职的许多传教士，都曾留下他们关于中国的见闻录或专论，对于康熙帝，除了他不是一个天主教信徒令他们遗憾外，几乎都给予了从外貌到精神、从能力到品格的赞美和推崇。

康熙帝这种对西方文化的热情学习、大胆引用，造就了康熙王朝中西方文化交流的空前活跃和西学东渐的丰硕成果，这也是形成康雍乾三朝盛世的重要原因之一。而康熙帝之所以能够这样对待西方异文化，一个重要的原因是：崛起于东北一隅的满洲贵族，虽然已君临天下，但在他们发展、壮大的过程中，所接触到的周边文化，蒙古族文化也好，藏族文化也好，都是比他们进步成熟的文化，有自己的文字、宗教以及政治制度等，更不必说汉文化的辉煌和发达。清朝皇族一向善于吸取和采纳这些先进的异族文化，来促进和完善满族文化的发展。众所周知，满文即是在吸取蒙文特点的基础上改造创成的，而满洲王公大臣们对于汉文化的学习、研究更是制度性的；清初各帝的汉文化修养、诗文写作能力，也远远超出了明末诸帝。这样一个善于向异族文化学习的清朝皇族，面对西方近代科技文化，自然也会表现出接纳、学习、为我所用的阔大气派，传教士带来的种种新鲜玩意，对康熙帝来说，只不过是另一种先进的异文化，如果它能够助我平定三藩、统一天下，如果它精确、实用、有效，为什么不大胆地采纳、使用它呢？

白晋对路易十四说：

> 可以肯定，这位皇帝是自古以来君临天下的最完美的英明君主之一，从许多方面来看，他都与陛下极其相似。

确实，路易十四缔造了国力强盛、文化繁荣的路易十四时代（1643—1715年），伸法国雄踞欧洲。在其稍后的康熙时代（1662—1722年），清国更是一个疆土辽阔、充满方兴未艾的强大生命力的亚洲大帝国。康熙帝和路易十四，在当时堪称领导东西方世界的伟大君王。

　　《林屋山民送米图卷子》，一种
是现代平装，一册，岳麓书社 2002 年
出版。

　　一种是仿古籍线装，一函一册，
为"苏州图书馆古籍珍本丛刊"之一，
中华书局 2007 年出版。

民心自有向背：《林屋山民送米图卷子》

这书的内容，说起来包含了一环套一环的故事。

本书的核心故事是"林屋山民送米"。林屋山是我小时候熟悉的故乡名胜之一，在苏州洞庭西山上。洞庭西山是太湖里的一个花果山，盛产碧螺春、杨梅、枇杷、银杏等，因山下有个林屋洞而得名"林屋山"。那么，林屋山民为什么要送米？他们要送米给谁？

事情发生在清光绪年间的 1890 年，当时，洞庭西山的地方官叫暴方子，名式昭，他是河南人，在西山做巡检。巡检是个小得不能再小的从九品官员，用现代的话说，相当于西山的镇长吧。在吏治颓靡的晚清，这位士人出身的小官，一身廉洁，勤政爱民，在西山为官五年间，深得百姓爱戴。

暴方子在西山做了几件事：一、绝收贡纳。该地有三家典商，按照过往规矩，每年向巡检缴纳 360 文钱。他的前任都悉数收取，中饱私囊，暴方子却分文不取，悉数转给地方慈善机构"继善堂"储存，以备救济孤贫。二、移风易俗，改良民风。他协助巡抚力行禁赌博、禁妓馆、禁吸鸦片烟，使当地诸弊竞绝。三、奖励乡贤，推广文化。他布衣草鞋，徜徉于山水村野间，遇先贤祠墓即将泯废者，就捐资刻石，为乡贤树碑立传。他又访求山中遗老诗文集，将自己不多的官俸捐出来，促成诗文集的印行。

那年，有外地人来西山放蜂采蜜，由于蜂过多，影响了花果的授粉和收成，危害到西山果农的生计。暴方子先是阻止、逐退放蜂人，未果，便将官司打到苏州府。几经周折，这位为民请命的芝麻官，却因"性情乖张，做事荒谬"遭弹劾而被罢官。

被罢官后，暴方子一时竟没有钱资搬迁家眷回河南故里，而且不到十几天，家中柴米无继，炊烟即断。时值隆冬大雪，远近百姓得知后，便自发上门慰问，先是送上几斗米、几担柴，不久，更是"蔓延至八十余村，为户约七八千家"，周围百姓，无论老农妇竖、樵牧僧尼，纷纷肩挑船载，将柴米菜蔬，甚至鸡鱼酒肴，冒雪送来。山民的这种自发行动，显然已不仅仅是对一个贫窘小官的同情支持，更是对官府昏庸无道的无声抗议。为此，太湖厅、苏州府和江苏省各级政府大为震惊，斥暴方子为"讹诈百姓，敛费索米"。暴方子问心无愧，据实回禀说："此乃万众心情所愿，怨者不能阻，爱者不能劝，非势趋利诱所能致，亦非乞求讨索所能得也。"他

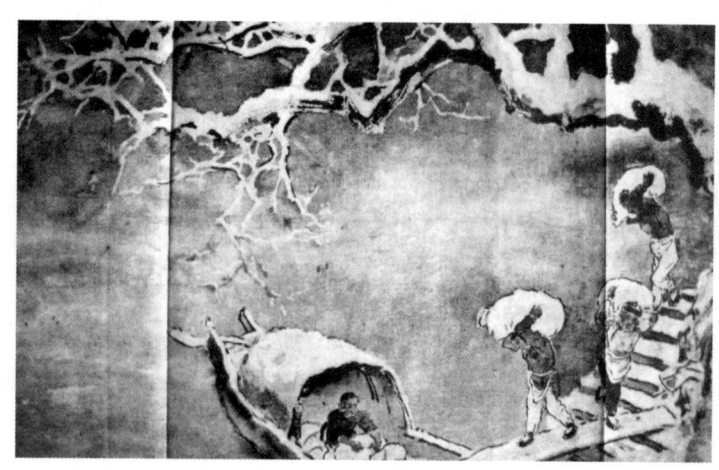

《林屋山民送米图》（局部）

将每日乡民送来的钱物柴米等，从光绪十六年（1890 年）十二月初六日到次年正月二十九日一一记录造册，成《柴米簿》，除自用外，悉数转赠慈善机构"继善堂"。

送米故事一时之间被当地传为"山中嘉话"，西山名士秦散之（秦敏树）听闻后，于次年绘《林屋山民送米图》，并作长诗咏之，题于图前。俞曲园（俞樾）与暴方子祖父暴大儒为同科进士，晚年寓居姑苏，与暴方子亦多有交往，方子被诬免官前后，俞曲园曾竭力与官府周旋，终无力挽回，遂作《暴方子传》，并为《林屋山民送米图》题额。在他给方子的信中有"百姓之讴歌，万不敌上官之考语，足下宜慎之"等语，实乃身处晚清黑暗吏治下正直文士之沉痛感慨，可谓切中时弊。另有吴大澂、吴昌硕、曹允源、江瀚等名家为之题咏，又有郑文焯作《雪篷载米图》，渐渐地，积多遂成长卷。

《雪篷载米图》

吴大澂诗中有"遗爱遍山村，穷黎直道存。官如能造福，民岂不知恩"等句，真实质朴地表达了晚清时代官民之间的情感互动方式，令人回味久之。

半个多世纪过去了，这些诗画卷子始终是暴家后人悉心珍藏的传家宝。在战火连绵、兵荒马乱的年代，特别是抗战期间，为防日寇掠夺，暴家人曾用多层桐油纸包裹，密藏于家中隔墙间，埋藏于地下，卷子才得以保存下来。1947年岁末，暴方子之孙暴春霆，在北平持长卷遍请当时在京名家题咏，胡适、朱光潜、冯友兰、游国恩、俞平伯、浦江清、朱自清、马衡、于海晏、张东荪、徐炳昶、陈垣、沈从文、黎锦熙、李石曾、张大千等人，纷纷为之挥笔题字，徐悲鸿又抱病新绘《雪篷载米图》。这件事被钟叔河称为"一次长达半个世纪的征文"。

如果说暴方子事迹引发林屋山民送米，反映了清末"百姓的感动"，那这么多名人高士愿意应征题咏，则可看作在同样吏治腐败的民国年间引发的"文人的感动"。胡适不仅为长卷作序，并以"六十年前洞庭山里的一段故事"为副题，在当时上海《申报》上发表，还意欲出资援助暴春霆选用当时质量上乘的珂罗版印刷这些诗文图卷。胡适用现代学者的眼光，评价了这份诗文图卷的史料价值："这卷子里有许多名家的手迹，当然都很宝贵。但更可宝贵的还有三件：一件是洞庭山各村人民送柴米食物的清单，一件是上司训斥暴君的公文，一件是他亲笔抄存他自己答复上司的禀稿。这三件是中国民治生活的史料。"1948年6月，集合了清末和当时名家图绘及题咏的《林屋山民送米图卷子》，由北平彩华印刷局以珂罗版印制了100本，分赠题咏作者。

又是半个世纪过去了。颇有意味的是，诗文图原件曾穿越历史烟尘，躲过了日寇的兵火劫夺，却不幸毁于"文革"，即使是1948年的印本，至今也存世流传得极少了。

2002 年，老出版家钟叔河辗转借得 1948 年印本，编成《林屋山民送米图卷子》，由岳麓书社用铜版纸印刷出版。五年之后，苏州图书馆又据该馆收藏，为保存珍贵地方文献，推广乡贤遗迹，完全按照民国原本，影印出版 2000 册以飨世人。

最后，以钟先生所说结束此文吧：

> 若无此文字流传，无论如何暴方子这个人我们是不会知道的。语云："纸墨寿于金石"，当然更寿于个人的生命。我们能借得赵国忠君珍藏的原本来编订印行，亦无非想借纸墨来延长一点书生意气（亦即是所谓的士气），就是能让它不绝如缕也好。

《海国图志》，魏源著。
岳麓书社 2011 年出版。

大梦谁先觉：《海国图志》

　　19 世纪前半期，正是西方资本主义国家蒸蒸日上之时，为了扩大生产，他们纷纷将其贸易市场扩展到东方亚洲各国；而此时的中国，仍是一个以"天朝"自居的封闭帝国。早在 18 世纪末，乾隆皇帝曾以"天朝物产丰盈、无所不有"拒绝过英国国王乔治二世要求通商特权的提议，并把中国向英国出口茶叶、瓷器、丝织品称作"天朝"对外国的"加恩体恤"。这一方面表现了乾隆对资本主义强国英国的傲慢，另一方面也透露了堂堂"天朝"帝王对正常的国际通商的无知。直到鸦片战争的炮火轰开了中国国门，道光帝旻宁还不知道他的敌国英吉利"地方周围几许？所属国共有若干？……与俄罗斯是否接壤？有无贸易相通"。身为当朝皇帝却对最基本的世界知识如此无知，近代中国在国际交往中处处被动挨打，也就是在所难免的了！

　　然而，鸦片战争的失败，毕竟不是一场一般的战争失利，它使"天朝"的威风受到空前的凌辱，使中国屈从于外来势力，第一次处于弱小的位置。这对当时的知识分子来说，无论如何是一个难以接受的严酷事实，不能不引起一些感觉敏锐者的哀痛和忧思。

　　《海国图志》便是当时先觉者的忧愤之作。

　　作者魏源，1794 年出生于湖南邵阳一个小官僚地主的家庭，鸦片战争

画境文心·顾志军版画

时，他曾亲身参加过抗英斗争，战争的失败使他深切感到清政府的腐败无能和英国的强大军事实力。就在中英双方签订《南京条约》后的三个月，即1842年12月，他的《海国图志》问世了。

魏源在该书序中说："是书何以作？曰：'为以夷攻夷而作，为以夷款夷而作，为师夷长技以制夷而作。'"中国人很早就懂得"知己知彼，百战不殆"的道理，魏源深感要防御侵略者，克敌制胜，首先必须了解"夷情"。因此，他在书中全面介绍了世界各国的地理、历史知识，介绍了西方战舰、火器、养兵练兵之法等军事"长技"。此书一出，即在国内引起热烈反响，风行一时，成为人们了解世界历史、地理知识的最重要且最详备的读物。作者亦于初版50卷本后，为该书不断增扩，不断再版，于1847年、1852年分别增扩成60卷本、100卷本。及至魏源死后，仍有别人的续补本出现。当时，人们谈起《海国图志》，把它和徐继畬的《瀛寰志略》并称为"近来谈海外掌故"之"嚆矢"（见王韬《〈瀛寰志略〉跋》），或誉之为"国人谈瀛海故实者之开山"（见钱基博著《近百年湖南学风》）。这样的评价是切合实际的。

《瀛寰志略》10卷，于1848年刊行，也是介绍世界地理及各国概况的专著，因其内容比较精审谨严，所附地图比较准确，出版后亦受到热烈欢迎，与《海国图志》齐名。可是它出版刊行晚于魏书六年，在立意高远、篇幅卷帙方面亦稍逊于魏书，因而就"开山之功"而言，还得让位于《海国图志》。

当我们称誉《海国图志》，为它戴冠加冕时，不能不提到它背后的功臣——林则徐的《四洲志》。

以禁烟主战而闻名的爱国将臣林则徐，是中国近代历史上第一个"睁眼看世界"的人。在他督粤期间，十分注重了解敌情和外事，还专门组织精通英语的人员，大量翻译外国书报，其中据慕瑞的《世界地理大全》而译成的《四洲志》，成了后来《海国图志》的滥觞。魏源是林则徐的莫逆之交，1841年6月，在林则徐被发配伊犁的北上途中，魏源在江苏京口（今镇江）接待了他，二人同宿一室，对榻做彻夜叙谈，两人痛感山河破碎、身世浮沉，国事家愁，一齐袭上心头。就在这个细雨连绵的不眠夏夜，林则徐把在广东搜集、翻译的有关国外资料和《四洲志》原稿，全部赠托给魏源，嘱他编成《海国图志》，以全面介绍世界知识，开拓国人的眼界。

魏源拜别林则徐后，就发愤著书，在《四洲志》以外，他又广泛搜集中外有关著述，对历代史志、明以来岛志中的相关材料以及外国人的著述，一一整理、增补，仅用一年多时间，就在1842年底编成了50卷本的《海国图志》。此书57万字，比《四洲志》的字数增加了5倍，附地图23幅、洋炮图8页。后来的100卷本增至88万字，附各种地图75幅、西洋器械图式42页。魏源称自己编此书是"钩稽贯串，创榛辟莽，前驱先路"。确实，这部开创性的著作，凝聚了他的辛劳和心血。

《海国图志》的第一、第二卷，为"筹海篇"，这是魏源精心撰述的部分，总述了作者的应敌防御之策。在守御之策中，他批评官兵腐败不堪用，提出操练兵团水勇来御敌；在款敌之策中，他提倡中国应与各国开展贸易，以通商互利；在攻敌之策中，他设想可以调动夷之仇敌来攻夷，更为重要的是，他在此提出了著名的"师夷之长技以制夷"的先进思想。这些思想和策略，在当时未必尽能实施，但对封闭腐败的清政府来说，实在是极为大胆而有益的建议。尤其是"师夷"思想，对后世产生了积极而深远的影响。

从19世纪60年代起，以曾国藩、李鸿章、左宗棠等人为首，在"自强""求富"的口号下，大力开展学习西方的洋务运动，先后办起了江南机器制造总局、金陵机器制造局、福州船政局等，洋务运动以学习、引进西方的轮船、枪炮等先进军事技术为重心，与《海国图志》"师夷长技"的精神内容是基本一致的。左宗棠就十分重视和推崇此书，曾为其重刊本作序，称他们的洋务活动是"魏子所谓师其长技以制之也"。虽然洋务派们的"师夷"主要是为了"制民"，而不是"制夷"，在这点上严重削弱了魏源的爱国思想和抗御外侮的精神，但洋务运动把新型军事工业引进中国，在客观上对中国近代工业的发展起到了促进作用。这间接证明了《海国图志》对中国发展资本主义的理论具先导意义。直到三四十年后，资产阶级改良维新人士，也还从《海国图志》中汲取有益思想，并在此思想基础上发展、推进，终于在戊戌年间掀起了震动中外的"戊戌变法"运动。在这一思想演进历程中，魏源的"师夷"思想成为沟通这两代中国优秀知识分子的精神纽带。

冯桂芬、王韬、康有为都曾认真研读过《海国图志》，冯桂芬十分赞同"师夷长技以制夷"的主张，并把"不仰赖外夷"之说，发挥为"不购船雇人""自造、自修、自用"的主张（见冯桂芬著《校邠庐抗议·采西学议》），王韬则在师夷军事"长技"的基础上，初步提出政治要求，主张师夷之政治"长技"，进行维新变法。康有为把《海国图志》作为西学的基础，并系统地把"师夷"思想推广到经济、政治、教育等领域，从而拟定出较为完整的资产阶级改良变法纲领。

《海国图志》的大部分篇幅是介绍世界各国概况，分图、文两部分。在地图部分，有亚洲、非洲、欧洲、美洲各国图，展示了中国汉代以来世界各国的地理形势。在魏源以前虽也有利玛窦、南怀仁、艾儒略、蒋友仁等所撰的各国地图，地名用土语译音，但由于传本少而极难购置，流传不广。魏源的这些地图更加详备，并且融中国史乘与西人图谱于一体，在地图上一一标出当地在历史上的古名旧地，如朝鲜有高丽、新罗、百济等旧称，印度有天竺、身毒、痕都、温都、忻都等古名，便于中国读者阅读、了解。此书出版后广泛流传，才使中国人明了世界各国的大致布局。

在文字部分，作者依次介绍了东南洋、非洲、欧洲、南北美洲各国，尤为着重东南洋和英国。关于东南洋，魏源引用了中外著作 40 多种，全面介绍这些国家。他对越南的严禁鸦片之事十分赞赏，他介绍缅甸、越南打败英夷兵船的战绩，并推荐他们的制胜战术。在魏源看来，越南、缅甸这些邻近小国勇敢地抗御外侮，抵制鸦片，中国为何在西方侵略者面前节节败退，使鸦片流毒全国呢？吕宋、爪哇和日本或沦亡或强盛，前车不远，可资借鉴。魏源在叙述欧洲各国时，用四分之一的篇幅专门介绍英国。他从自己的研究和对现实局势的观察中发现，英国是当时中国最强大、最直接的敌人，也是欧洲乃至世界最富有"长技"的国家。他认为英国之所以能在近代迅速富强、称雄世界，就在于"不务行敦而专行贸""佐行进以行兵""兵贾相资"，即发展工商业，壮大军事力量，两者相济以称雄世界。他还揭示了英国靠征服弱小民族、残酷剥削殖民地人民以富强自己的本质，借以提醒自己的同胞救亡自卫的爱国意识。在介绍欧美国家时，魏源甚至提到了美国和瑞士的联邦制度和议会制度，并且对之表示了仰慕和向往。从这些介绍中，我们不难看出魏源爱国保种的良苦用心及对腐败清政府的斥责。

书中还有一部分，用图表的形式介绍西方各国的宗教，比较中西历法的异同，用年表排比出中国、西洋纪年表，便于读者不仅在空间上，而且在时间上认识中国与西方国家的相互关系。

全书最后一部分为"夷情备采"，着重介绍西方国家的先进科技及军备武器，如船舰、火炮、地雷、水雷、望远镜等，说明它们的制造方法和使用方法，并附图例。这些知识即魏源所谓"师夷长技"的"长技"。他为了使自己的这一主张在中国真正得到落实，精心尽力地介绍所有他收集到的这些先进技术，提倡人们学习这些技术，以使中国走向富强之路。

综上所述，我们可以看到，《海国图志》不仅是一部介绍海外史地的世界历史地理专著，而且涉及外国政治、经济、文化、宗教、科技、外交等多方面知识，几乎集当时新学之大成，可以说是一部新学百科全书。此书还有理论、有实例地阐述了作者面向世界、学习西方、谋求富强、抗击侵略的先进思想，代表了当时中国知识分子中最积极有益的探索和主张。

这本书出版后，颇引起外国人士的注意。当时，普鲁士传教士郭实腊专门为英国殖民者搜集我国情报。由于魏源在《海国图志》中抒发了战败

〔清〕沈宗骞《归去来辞图·临清流而赋诗》

后的愤慨，发表了自己对政治、军事、外交的见解，因而成为郭实腊猎取的对象。在该书出版后不久，他便做了摘译，提供给英国当局，作为他们研究战后中国像魏源这样的中小官僚知识分子的思想材料。

　　用今天的眼光来看，《海国图志》不免存在缺憾，全书除"筹海篇"及各部分的叙文、按语等是魏源本人亲自撰述之外，大部分文字是辑录他人著作汇编而成的。作者对原有材料中的错误与欠缺，未能做较多的纠正，而且在他自己撰述的那一部分中，也存在讹误和不妥之处，例如，他说："亚墨利加一土，孤悬宇内，亘古未通声闻，英人于前明万历年间探得之。"其实，发现美洲大陆的是意大利人哥伦布，并非英国人，而且是在1492年，远比明万历年间早得多。然而，在100多年前，魏源能够编出这样一部篇幅巨大、内容丰富的著作来，实在已是十分不容易的事。它的意义与价值不容低估。

当时，封闭自守的清政府不仅无知狂妄，而且还反对人们翻译外国书籍，调查外国情况。在这种情况下，魏源编出《海国图志》，确如给当时中国这个黑暗封闭的屋子开启了一扇窗户，使其中的人民从闭塞逐渐走向开放，让那些被禁锢得麻木不仁的头脑，去接触和认识世界先进国家的新鲜事物，从而获得自救自强的能力。

从学术界来说，当时仍是沿袭乾嘉学风，学者们大多注重埋首书本的考证训诂之学，并且越来越趋于烦琐空洞、闭门造车。魏源和当时与他齐名的龚自珍，积极倡导知识分子要抛弃只顾考据的学风，而去关心社会现实，经世济时。龚自珍在鸦片战争前一年便过早去世了，未来得及力行这一主张，魏源继此后，为之做出了毕生的努力。他在中英鸦片战争的炮声中赶作《圣武记》，追叙清朝开国以来的历次用兵盛况和赫赫武功，希望政府和国民由此缅怀往昔的光荣历史，探寻国家盛衰兴替的缘由，继而激起救国图强的雄心；他精心研究编写《元史新编》，倡导学术界加强对边疆地理的研究，以防御侵略者，守卫国土；他的《海国图志》更是开启了战后知识分子了解世界、学习西方的治学新路径。所有这些，为晚清学术界从考据之学走向务实学风，做出了重要贡献。

《海国图志》于1854年在日本翻译出版，立刻受到日本开国论者的热烈欢迎，对日本在"倒幕运动"和"明治维新"中，从封闭走向开化，学习西方，谋求富强，起了积极推动作用。日本历史学家井上清在其《日本现代史》中明确指出：

> 幕府末期的日本学者、文化人等，经由中国输入文献所学到的西洋情形与一般近代文化，并不比经过荷兰所学到的有何逊色。例如横井小楠的思想起了革命，倾向开国主义，其契机是读了中国的《海国图志》。（《日本现代史》第一卷"明治维新"）

如果说生活是海洋，书籍是舟，《海国图志》便是近代中国人从静止的家国驶向广阔未知世界的第一叶扁舟。

首为商战鼓与呼

盛世危言

郑观应 著　王贻梁 评注

中州古籍出版社

《盛世危言》，郑观应著。

中州古籍出版社 1998 年出版。

重商思想的初倡：《盛世危言》

在中国封建社会中，历来崇尚"重农轻商""重农抑商"的经济观念。在这个自给自足的农业大国里，人们习惯的经济生活方式是自行生产、自行消费。人民以温饱自足，以安定为福。丰衣足食可谓国家经济发展的最高要求，而达到这一要求的手段无外是勤力农事、奖励农业和减除一切浪费及奢侈。工商活动历来都被认为是占据生产人口、妨碍农业生产、促成浪费奢侈的无益行为，因此长期以来受到轻视甚至抑制。直到近代初期，这种思想观念及其赖以生存的经济基础，仍未有动摇、改变。

第一、第二次鸦片战争后，清政府被迫开放通商口岸，中国人与外国人打交道的机会越来越多。1862年清政府成立总理各国事务衙门，就是为处理外交事务而专门设置的。在当时的外交事务中，商务是最多、最主要的。国际形势的迅速变化，客观上已使商务问题上升到重要国政的显赫地位。

但是，一个2000多年素来轻商、抑商的国度，不可能一下子在思想观念上重视商务问题。《天津条约》签订后，咸丰皇帝曾有意以全免关税为条件，来换取"公使驻京"的要求，这一事例很鲜明地反映出清政府对商务的无知和轻视，而对自己政权威严的何等看重。总之，办商务的目的不在于通商获利本身，而完全是政府外交上的一种制衡手段，其最终目的

〔清〕沈宗骞《归去来辞图·登东皋而舒啸》

只在于维护统治，包括政治秩序及经济秩序，等等。

在这时候，只有少数人开始渐渐认识商务的重要性，并有志在中国真正倡导发展工商业。这些人大多是处于洋务运动重要位置上的官员，或是住在通商口岸，接近商业竞争战场，经常与外商接触的督抚、知识分子。例如，长期在上海英国教会所办"墨海书馆"中工作，而且游历过英、法、俄等资本主义国家的王韬；长期任曾国藩、李鸿章幕僚，并出任清朝驻英、法、意、比四国公使的薛福成；留学法国，亦任李鸿章幕僚的马建忠；等等。这些人在他们的著作论述中，已不同程度地提到或论及"重商"的问题。

然而，对于重视商务、发展工商业这一问题，在文字上进行全面系统论述，而且再三修订、不断增补，形成较完整思想的，要算郑观应的《盛世危言》。它可以说是近代中国第一部倡导发展资本主义工商业、以商求富、以富求强思想的著作。

1842年7月，即中英签订《南京条约》之前一月，郑观应出生在广东省香山县雍陌乡的一个士绅之家。香山县离广州不远，与香港隔水相望，在鸦片战争前，这里就有不少居民与外国商人打交道，其中经商致富的人就较多。鸦片战争后，香山人充当外国洋行买办的人越来越多，因而香山县有"买办故乡"之称。在郑观应的家族和亲朋中，就有不少在上海等地做买办。这样的家乡环境和家族关系，促使郑观应在17岁参加县试失败后，就抛弃历代读书人科举仕途的传统模式，而走上了"赴沪学贾"的道路。

在此后的岁月中，郑观应先后在英国宝顺洋行、太古轮船公司担任过买办，又自己经营贸易，投资轮船公司，还担任过上海机器织布局总办、轮船招商局总办、上海电报局总办等重要职务。列身于外国洋行、官僚企业的激烈竞争之中，一方面，他辛勤经营，日夜操劳，积累了丰富的商务知识和经验教训；另一方面，他还不忘学习英文，"究心泰西政治、实业之学"，并把自己救时救国、抵制侵略的思想主张著述成书，以广流传。

1873年，郑观应写成《救时揭要》一书，这时，作者的认识还主要表现在对外国侵略者的义愤上，他控诉侵略者贩卖中国人出洋为奴的罪恶，揭露外国资本主义侵略中国利权、践踏华民的行径，也初步提及保卫商民、收回利权的主张。

1880年，郑观应又完成《易言》一书，如果说《救时揭要》反映了作者对外国资本主义侵略的感性认识的话，那么在《易言》里，这些感性的认识得到了理性的升华。郑观应对自己的思想进行了初步系统化的论述，提出了具有资产阶级改良主义色彩的思想体系，那就是：抵抗外国资本主义侵略，发展民族资本主义工商业，实行君主立宪的政治体制。由于这种从感性认识到理性认识的升华，作者自己把《易言》称为《救时揭要》的续篇。

由于时代的变化，郑观应经历的不断丰富，他对事物的认识也更为深刻，更加全面，这使得他又不满于《易言》，而在其基础上修订增扩，于1894年编成《盛世危言》。从《救时揭要》到《易言》再到《盛世危言》，反映了郑观应资产阶级改良主义思想从早期雏形到成熟体系的演变发展，也体现了中国近代"重商"思想从产生、发展到基本完善的成长过程。

《盛世危言》的版本很多，在1894年出版了第一版后的6年中，又先后再版过增补修订本20多种，可以说是中国近代出版史上版本最多的一种书。其书名有"盛世危言""盛世危言续编""盛世危言增订新编"等，卷数也多次更动，有5卷本、3卷本、14卷本、4卷本、8卷本等。这些版本不一定都是经过郑观应手定和同意的，据专家分析考定，其中经作者手定，能代表他思想发展变化的，是1894年的5卷本、1895年的增订新编14卷本和1900年的增订新编8卷本（见夏东元著《郑观应传》）。

现在，我们参互这三个本子，来看看作者是怎样阐述他的思想的。郑观应说：

> 有国者苟欲攘外，亟须自强；欲自强，必先致富；欲致富，必首在振工商；欲振工商，必先讲求学校，速立宪法，尊重道德，改良政治。

这里，郑观应很有层次地表述了自己的思想，可以作为我们理解《盛世危言》的思想纲领。

思维方式（组图）·顾志军版画

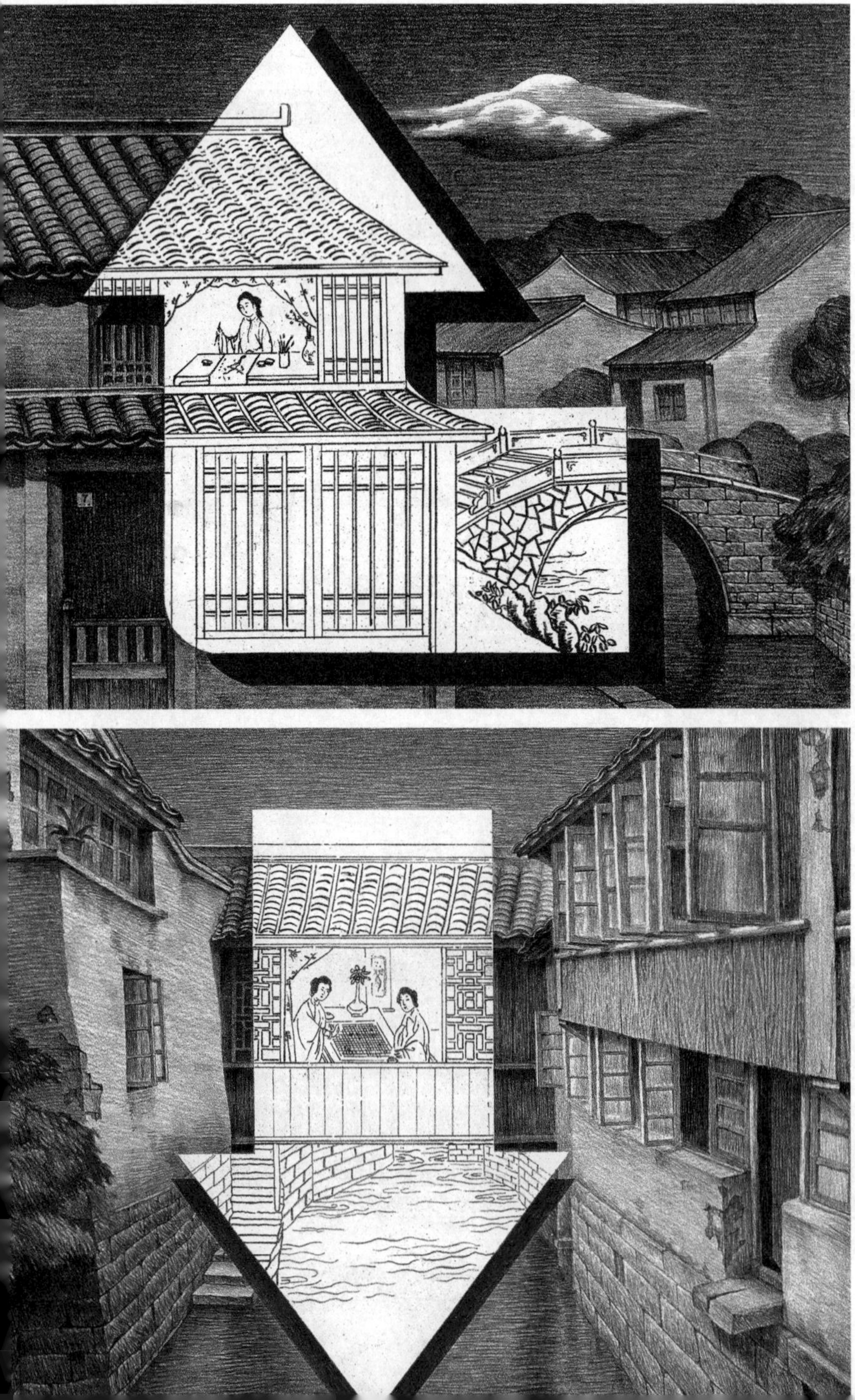

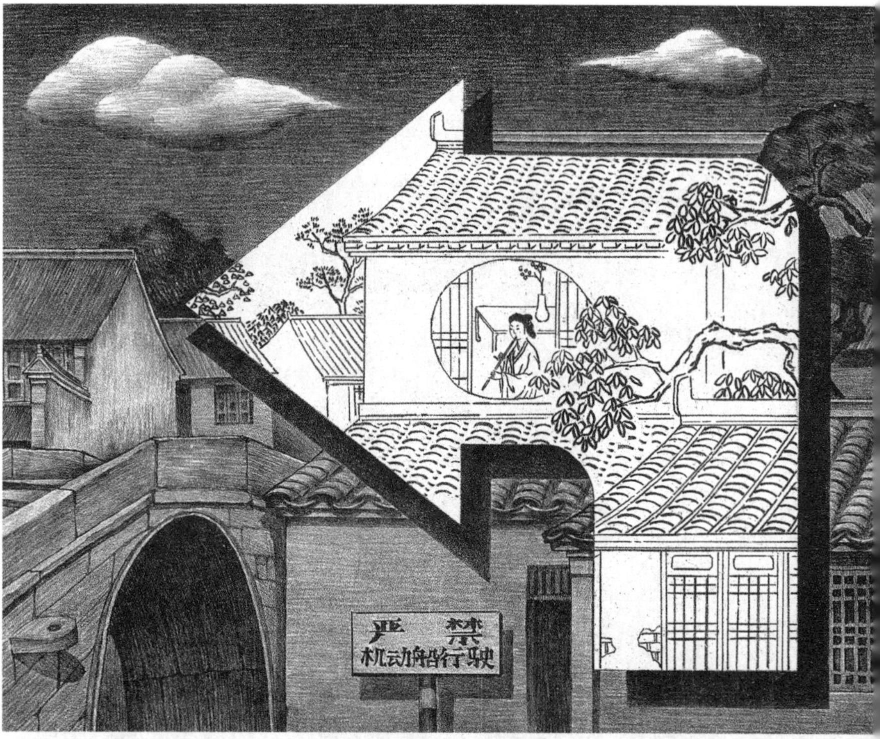
严 禁
机动船行驶

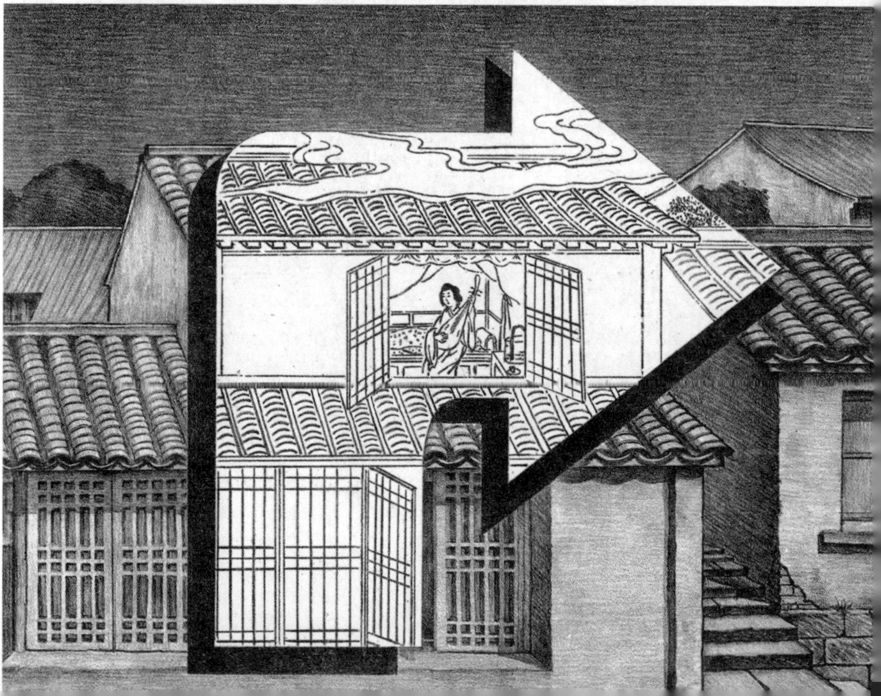

⊕志军摘录老苏州·苏州考古

公元一仟九佰七十六年在城北疏通齐门西侧入城河道及建筑泵房的工程中发现了古齐门出土的遗物和对其出土的木块进行碳十四测定知其建筑年代为宋代齐门位于城北因阊门朝向当时的齐国故名清初城楼题额"巨心拱北"在二十世纪五十年代初拆除城门和城楼从苏州的城址可以说明早期以防御为宗旨的军事性"城堡"以山川而为之的筑城目的之后城从防御到经济商业手工业等为目的的市的出现

六

水城门·顾志军版画

当时，有"商战"和"兵战"两种口号，郑观应明确指出，要抵抗外国侵略者，"商战重于兵战"，兵战固然不可忽视，但它是"末"，商战才是真正重要的，是"本"。要进行商战，必须有大量丰富而价廉物美的商品进入市场与外国资本主义竞争，而这需要有强大的工业做后盾。因此，郑观应极力主张中国要发展自己的近代工业，以达到"有工以翼商"的目的。

郑观应认识到西方近代工业采用先进的机器技术，使劳动生产率比起手工作坊得到十倍、百倍的提高，这是西方资本主义致富的根本道路。因此，他十分重视学习西方科学技术，主张引进先进的机器装备。

工商业发达的又一重要条件是新式的交通运输和电信设备，它能降低商品运费，及时了解商业行情。郑观应十分重视近代航运、铁路、电报等事业，在书中，他对发展这些行业的意义和方法一一进行了说明。

近代工业和交通运输，又必须具备动力、原材料等，对此，郑观应提倡大力发展煤炭、金属的采掘和冶炼等工业。此外，还要自办银行，解决生产和流通中的矛盾，促使商品和资本的快速周转。

应该说，郑观应的"商战"理论，对工业的生产和流通的全过程都有了较全面的考虑和相应的论述。尽管从现在看来，他的论述不免粗浅和疏漏，但在当时，对于一个素缺工商传统和基础的国家进行资本主义工商业"启动"，是具有推动意义的。

与此相关，郑观应还论述了教育、思想观念、政治体制等问题对发展资本主义工商业的重要性。由于工厂、矿务、交通运输、银行等在中国都是新的行业，要把它们办好，很重要的一条是要有足够的新式管理人才和技术人才，"借才异域"，不仅工薪高，增加了产品成本，而且受人挟制。因此，郑观应把创办学校、培养新式人才看作商战的重要一环。

近代工业和交通运输，又必须具备动力、原材料等，对此，
郑观应提倡大力发展煤炭、金属的采掘和冶炼等工业

郑观应指出,传统社会以农为本、商为末的观念,只是与"小农各安生业,老死不相往来"的古代社会相适应的思想,而今的社会正处于"各国兼并,各图利己,借商以强国,借兵以卫商"的局势,中国要蓄强,必须彻底改变"轻商"的错误思想观念。而且,为了改变工商业者的地位,清政府应效法西方国家,设立商部综理商务,亲近商民,倾听他们的意见,而不再把他们"目为市侩"。

发展工商业,还必须有与之相适应的政治制度做保证。郑观应在《易言》中,已提出实行君民共主的议政制;在《盛世危言》中,发展为明确地提出中国应建立君主立宪制度。这反映了他在承认君权前提下的资产阶级民主要求。

综上所述,以发展资本主义工商业为基本决策,以创办学校、培养新式人才、改革政治体制为辅助保证,而达到"攘外"救国的目的,这就是郑观应的资产阶级改良主义思想体系。

《盛世危言》的刊行问世,正值中日甲午战争民族危机严重和资产阶级维新思潮日益高涨之时,它所宣传的"富强救国"思想,在广大知识分子中引起强烈反响,加之郑观应本人在政商界的杰出才干和较高威望,使《盛世危言》在官方乃至朝廷受到重视和推广。礼部尚书孙霈、安徽巡抚邓华熙,都曾向光绪推荐此书,光绪读后为该书加了朱批,命总理衙门印刷 2000 部分发给属臣阅读。郑观应自己排印了 500 本,很快被求索一空。而全国各省书坊翻刻印售的,竟达 10 万册之多。这种情形真可以说形成了一股"《盛世危言》热"。

我们来看看当时人们对《盛世危言》的评论(见夏东元著《郑观应传》):

论时务之书虽多，究不及此书之统筹全局，择精语详，可以坐而言即以起而行也。……上而以此辅世，可为良药之方；下而以此储才，可作金针之度。（湖广总督张之洞《增补盛世危言统编·序》）

于中西利弊透辟无遗，皆可施诸实事。（安徽巡抚邓华熙《上光绪帝荐书》）

倘能从此启悟，转移全局，公之功岂不伟哉！（洋务实业家盛宣怀《致郑观应函》）

所载中外各事，中华人近以该书作南针，迄来场中考试常出该书所序时务为题目。（《新闻日报》1897年3月2日）

时之言变法者，条目略具矣。（翰林院编修蔡元培《杂纪》）

郑观应本人对此书也很自负，他认为如果清政府能"采择施行，认真举办，于大局不无裨益"（见郑观应《致盛宣怀函》），"则我国二十一行省百姓，无不感激"（见郑观应《致英博士李提摩太书》）。

《盛世危言》对戊戌变法有直接的影响，康有为在多次上清帝书中提出的变法方针，如经济上实行"富国之法"——钞法、铁路、机器轮舟、开矿、铸银、邮政，"养民之法"——务农、劝工、惠商、恤贫；政治上提倡开议院；文教上提倡改革科举制度，学习西方科技，等等，正是继承并发展了《盛世危言》的思想。

孙中山的早年思想，也与《盛世危言》有密切关系。孙中山是郑观应的同乡后辈，据说他在香港雅丽士医校学习时就曾与郑观应通过信，"研讨改革时政意见"（见冯自由著《中国革命运动26年组织史》）。光绪二十年（1894年）孙中山向李鸿章上书，提出改良主义纲领："窃尝深维欧洲富强之本，不尽在于船坚炮利、垒固兵强，而在于人能尽其才，地能尽其利，物能尽其用，货能畅其流。"（见《孙中山选集·上卷》）这段话从内容到文字，与郑观应在本书自序里的说法，几乎没有多大差别。

郑观应及其同时代的工商业者也许永远不会忘记 1903 年这个不寻常的年份，这一年，清政府成立商部，这真是一件划时代的大事，自秦王统一中国 2000 多年来，中国第一次专门设立机构，实行保护商人、奖励工商的政策。重视工商业终于成为国家的基本经济政策。由于商部的成立，清政府接着颁布了《公司律》（1903 年）及《破产律》（1906 年），各大城市相继成立商会，于是，保护工商业在中国逐渐合法化和合理化。1906 年 10 月 8 日，清朝商部颁布《勋商章程》，规定按投资现代企业资金数额的多少，分别依次封子爵一、二、三等，男爵一、二、三等，以及四、五、六等卿，三、四、五品衔等。中国历史上的爵位向来赐予有军功的人，而清代汉人封爵尤为不易。如今，投资兴办新式企业竟可封爵，这不能不说明当时政府看重商务、奖励投资的诚心和举措。

可是，此时清政府民心已失，社会一切均不稳定，几年后，辛亥革命结束了清帝国的命运，清朝采取重商的措施为时太晚，因而未能收到良好的效果。

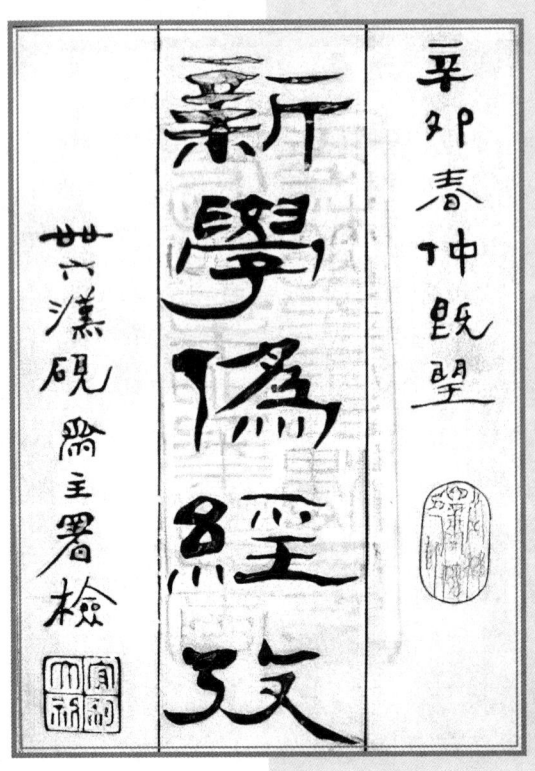

《新学伪经考》，康有为著。

初版于清光绪十七年（1891年）。

中华书局2012年出版。

一场思想风暴：《新学伪经考》

  《新学伪经考》是康有为所著的一部关于经书辨伪的专著。1891年初刻于广州，在它出版后不到十年，曾被全国各地争相翻刻印行达五版之多，也曾遭到清政府降旨严令禁毁。人们或喻其为思想界的"大飓风"，或赞之曰"字字精确""古今无比"；也有人指责它"非圣无法，同少正卯"，对之又恨又怕，甚至发出宁可让魏忠贤配享孔庙，也不能让康有为扰乱时政的哀叹。

  一本经学考据之书，为什么能引起全国上下如此重大的震惊，得到如此毁誉不一、极端迥异的评论？

  正如上帝在欧洲中世纪漫长的历史中始终充当着世界的主宰者一样，经书、经学，在中国秦汉以来的悠悠岁月中，也一直占据着至高至圣的学术地位。经书历来被看作是古圣先哲们留给后世的经典著作，是读书人安身立命、为学行事的金科玉律；对经学的研究，一方面反映了中国知识分子的社会理想、人生追求，另一方面也为历代统治者施政治国提供理论依据。传统经学内部分今文经学、古文经学两个派别，西汉盛行用当时通用的隶书书写的今文经学，西汉中晚期，从民间逐渐搜集起来的图书中和孔子旧宅内，发现了用战国时期六国古文书写的经本，由此，古文经学渐兴，至东汉而极盛。今、古文学派由于经本的不同而涉及经义、解释的不同，因此各有家法，互相攻击。到东汉末出现大学者郑玄，他博学盖世，治经不拘泥于今、古文学派的门户之争，他参互各说，以古文经书为宗，兼采今文学说，重新写定群经注本。从此，今文经学的家法混淆湮灭，今文经本也渐渐不传，后代读经研经的士大夫都以郑玄写定的群经本子为主要依据，视其为经学正统。

《新学伪经考》对经书的考据，恰恰是对传统经学正统的大反叛，它骇人听闻地指出：古文经书都是伪经，是刘歆为了协助王莽篡夺刘汉正统而伪造的，是所谓"新学"，新学是指王莽新朝之学。历代学者称郑玄以来的正统经学为"汉学"，康有为针锋相对地指出，所谓"汉学"，其实只是"新学"。梁启超在其《清代学术概论》中介绍本书的要点时说：

（一）西汉经学并无所谓古文者，凡古文皆刘歆伪作。

（二）秦焚书，并未厄及六经，汉十四博士所传，皆孔门足本，并无残缺。

（三）孔子时所用字，即秦汉间篆书，即以"文"论，亦绝无今古之目。

（四）刘歆欲弥缝其作伪之迹，故校中秘书时，于一切古书多所羼乱。

（五）刘歆所以作伪经之故，因欲佐莽篡汉，先谋湮乱孔子之微言大义。

这实在是一场威力无比的"大飓风"，它宣布古文经是伪经，这就从根本上动摇了近2000年来儒家知识分子读书治学的立足点，震撼了世世代代读书人坚定不移的思想观念，自此，不仅经书，而且其他一切古书，都因为刘歆的"多所羼乱"，而必须重新检查估价。更有甚者，古文经既然是赝品，那么，建立在这些赝品之上的封建统治的君主皇权、典章制度等，也就失去了它们的神圣性和尊严性。这样，这场大飓风所袭击的范围，就不仅是思想界、学术界，而且直接关系到国家政治秩序的稳定。它的意义，实在可以称得上是 19 世纪末中国式的"哥白尼革命"。

我们不禁要追问：作者何以如此"冒天下之大不韪"，写作这样一部惊世骇俗的著作呢？

不遇知音·顾志军版画

首先是个人因素的作用。康有为，就是那个 1895 年在北京领导发起"公车上书"的著名举人。这年三月，清政府签订了丧权辱国的《马关条约》，消息传开，群情激愤，康有为此时正在北京应顺天府试，他与在京赶考的 18 省举人，在宣武门外的松筠庵聚议，草疏 18000 多字的请愿书，集合 1300 多人，于 5 月 2 日来到都察院的门口请愿上书，公开向朝廷提出

"拒和、迁都、变法"的政治要求。这一震惊中外的事件，就已反映了作为领导者的康有为卓荦不群的性格和高瞻远瞩的思想品格。

康有为，1858 年出生于广东省南海县的一个理学名族，后人多称其为康南海先生。他早年曾接受良好的传统文化教育，稍后又接触、阅读了《西国近事汇编》《环游地球新录》等西方翻译著作；还亲自游历香港，感到西人治国颇有法度，此后便认真研读西学，"以经营天下为志"。加上他聪慧过人、勇敢决断、富于创见、锲而不舍、自信力极高等优越的主观条件，使他能努力实现自己的理想抱负。

其次是社会状况的促成。康有为目睹中法战争以来中国外患迭起、清廷腐败，痛感"国命危阽，民生日悴"，遂"慨然发愤，思易天下"（见陈千秋《长兴学记·跋》）。他认为只有变法维新，才能挽救危急的时局。1888 年，他趁进京应试之时，上书光绪皇帝，提出"变成法、通下情、慎左右"的主张。这是他第一次公开提出变法主张，却因顽固派的反对、阻挠，未能上达皇帝，还遭到顽固派的横加指责和嘲谤，他感到失望而痛心。继此，康有为在北京住了一年多时间，眼看朝政腐败，读书人士气萎靡，风气闭塞，他懂得，要在这暮气沉沉的社会中进行维新变法，阻力将是巨大的。1890 年，他返回故里。次年，在广州长兴里创办万木草堂，决心以著书讲学来开创风气，制造舆论，培养人才。他的学生中，梁启超、麦孟华等人，就都曾在日后的戊戌变法中起过重要作用。康有为在万木草堂带领学生讲述中外之法，探讨救国之道，他一面讲学，一面著述，写出了《婆罗门教考》《王制义证》《女毛诗伪证》《周礼伪证》《新学伪经考》《史记书目考》《孟子大义考》《墨子经上注》《孟子为公羊学考》《论语为公羊学考》《春秋董氏学》等一系列著作，这些书表面上是有关经学的考据之作，其实都是集中攻击正统的儒学经典，含有强烈的政治色彩。《新学伪经考》就是其中最重要的一部著作。

再次是学术继承的启发。在康有为之前，辨伪活动已有所发展，特别是明清以来，胡应麟的《四部正讹》、姚际恒的《古今伪书考》、崔述的《崔东壁遗书》等辨伪专书，积累了辨伪思想和辨伪方法。对于古文经书的怀疑与考辨，也早已被朱熹、阎若璩、魏源等人所提及，他们对《古文尚书》《毛诗》《周礼》等单本经书有所考据。而对康有为产生极大而直接影响的，是廖平的《今古学考》。廖平是与康有为同时而稍长的今文学家，他的《辟刘篇》指责刘歆篡乱经书。1889年，廖平到广州谒见张之洞，康有为到广雅书局拜访了廖平，廖平拿出《辟刘篇》，康有为读后深受启发，引为知己。正是在这些基础之上，康有为才得以全面怀疑古文经书，并把伪经的始作俑者归之于刘歆。

作为维新变法的舆论先导，《新学伪经考》是针对传统中国思想、政治体系中最要害的部位——儒学正统经书而直接发难的，这是对2000年来一脉相承的封建体制的重大挑战，是对正统派文人和顽固派官僚的最有力的打击。当时，"中体西用"的论调盛极一时，早期改良主义思想家们虽然主张学习西方，但指向的仅是军事、工业、交通等先进科技，对于中国传统的纲常伦理、典章制度等所谓"中学"，则未敢有丝毫非议，而且企图以"西学"之"用"，来挽救、振兴"中学"之"体"。康有为的这本书，则是改革"中学"的先声。欲立先破，他在书中反复痛斥刘歆造伪的罪恶，说他"作伪书，乱圣制""篡孔统"，使近2000年的历代文人深受蒙蔽，"咸奉伪经为圣法"，于是，"孔子之道不著"，他打着还孔学本来面目的旗号，声称自己要"发奸露覆，雪先圣之沉冤，出诸儒于云雾"（《新学伪经考·序》）。

其实，他的真正用意在于对当时一切正统的思想学问、典章制度进行全面的批判和彻底的否定，只有先打破正常的思想秩序，使人们对正统的观念发生怀疑，动摇信仰，才有可能在此基础上鼓吹新鲜的思想，进行维新变法。在这一意义上，《新学伪经考》确实起到了解放思想的作用。它在学术上推翻了古文经学"述而不作"的传统，在思想上打破了正统文人泥古守旧的惰性，在政治上打击了顽固派"恪守祖训"的势力，为变法清除了绊脚石。

在此，我们不能不提到康有为的另一本书《孔子改制考》。如果说《新学伪经考》是戊戌变法的舆论先导，那么《孔子改制考》可以称得上是戊戌变法的理论根据。康有为在《新学伪经考》出版后的第二年，着手撰写《孔子改制考》，共花了五年心血，于1897年出版。书中着力阐发"托古改制"的理论，认为六经是孔子手作，孔子在六经中假托古圣先王的言行来宣传自己的政治观点和改革主张。本书还发挥公羊学的"三世学说"，认为据乱世、升平世、太平世是人类社会递进的不同阶段，孔子改制就是要改乱世之制，以进入升平之世。康有为把孔子塑造成托古改制的"素王"，推崇孔子为千秋万世的教王。他进而提出，可是孔子之道却被歪曲了2000多年，无人能了解它的真谛。康有为把自己作为孔子道统真谛的继承者，声称他的变法主张是完全合乎孔子思想的。《孔子改制考》明确道出了康有为借孔子改制而为维新变法张本的真实用意，为他把"据乱世"的封建主义中国改造成"升平世"的资本主义中国提供了理论根据。顽固派攻击此书"明似推崇孔教，实则自申其改制主义"，倒是十分准确的评说。

在理论准备的同时，康有为连续发表上清帝书，一步步陈述自己的变法思想，提出"采法俄日""设立议院""大集群才""改革制度"等主张，这些上书打动了光绪皇帝，在统治阶层中影响极大，许多官员竞相传抄，议论纷纷。上海、天津的报纸还把其中有些内容全文刊载，使变法思想广泛流传，康有为也成了朝野公认的维新派领袖。1898年正月，康有为上《应诏统筹全局折》（即《上清帝第六书》）提出了进行变法的总体规划，光绪读后，立即发给总理衙门的王大臣会议，变法终于正式提到了朝廷的议事日程上，而此份上书，即成为戊戌变法的施政纲领。

《新学伪经考》不仅在维新变法运动中立下赫赫功绩，而且以其思想影响，启发了学术界的一代辨伪风气。20世纪20年代初掀起的古史辨派，即受到晚清今文学派特别是康有为《新学伪经考》《孔子改制考》的极大启发。古史辨派的主要人物顾颉刚、钱玄同等人，是康有为的崇拜者，他们在提到自己疑古思想的形成时，都曾说及康有为《新学伪经考》给予自己的巨大震动和启发，钱玄同还为《新学伪经考》的重刻本作了一篇长序，全面评说此书的成就，推崇康有为的伟大贡献。一方面，古史辨派的学者们正是在《新学伪经考》大胆疑经的精神引导下，进一步对一切古籍进行全面系统的考辨工作；另一方面，也只有在《新学伪经考》扫除了经书神圣不可侵犯的威严后，他们才有可能在此基础上怀疑一系列与经书密不可分的古书古事。古史辨派以其"大胆地假设，小心地求证"的治学方法，对中国先秦至两汉的古籍进行了全面的考证辨伪，从而揭示了历史真实与神话传说的各自真面目，为科学地研究我国古代历史提供了确凿可信的史料。《新学伪经考》对此方面的开风气之功不可忽视。

然而，作为一部学术考据著作，《新学伪经考》的武断强辨曾遭到后代学者的批评。梁启超在《清代学术概论·二十三》中评此书曰·"往往不惜抹杀证据或曲解证据，以犯科学家之大忌，此其所短也。"如康有为为了证明刘歆一手伪造古文经，硬说凡是《史记》《楚辞》等先于刘歆时代的书中所引用或提及古文经的地方，都是刘歆羼增的；甚至出土的钟鼎彝器上的古文经，也都是刘歆自己铸造了埋藏到地底下以欺骗后世的。这显然是与实际情理太不相合的说法。又如本书的急于断言结论而疏于详密考证，也被近代学者指为"有新闻纸的气息""只是宣传而不是学术"，等等。

1930年《燕京学报》上发表钱穆先生的《刘向歆父子年谱》十余万言，这篇长文以排比时事的年谱形式，用丰富确凿的史实，联系西汉末年学术思想演变发展的趋势，证明了刘歆制造伪书在时间上的不可能、在情理上的说不通。自此，"刘歆造伪"说在学术界才算真正被推翻。钱穆此文是经学研究上的重大成果，它解决了经学史上长期争辩不清的今古文问题。虽然康有为的主要观点被否定了，但《新学伪经考》在晚清思想界所产生的维新影响力，却成为历史的事实。

华夏文物账：《华夏之路：文物里的中国通史》

  《华夏之路：文物里的中国通史》这套装帧典雅、印刷华美的"华夏文物账"，可以让你一帙在案，跟随一册册图文穿越千年万年，在欣赏一件件文物珍品的视觉盛宴中，细数悠悠华夏文化发展史上的无数风流蕴藉。

  书中内容十分丰富，本文仅从"中外文化交流"这一角度，对华夏文化确立与发展过程中的源与流、内与外，做一点介绍与评析。

  众所周知，商代青铜器文明臻于美善，高度发达，但我们不能忽略，在今天所见的商代青铜器中，不仅仅有中原商王朝的后母戊鼎、偶方彝、青铜编钟等代表性器物，还包括了同时期北方肃慎、狄戎，东方东夷、淮夷，东南方吴越，西南方蜀等东西南北各地方的各具特色的、精美的青铜器。

  以第二册中"夏至春秋时期的少数民族"为例，就可以看到很多这样的青铜器。如出土于内蒙古夏家店下层文化的"铜鼎"（前2000—前1500年），具有商代早期铜鼎的特点，说明了北方民族很早就与中原青铜器文明有了交流。内蒙古出土、约为商朝的"铃首铜刀"，铸造精良，证明了其既与中原青铜冶炼技术有交流融汇，又发展出了游牧民族自己的特色需求，这把带有镂空球状响铃的不长的精品"铜刀"，适合骑马民族个人携带，用来切割兽肉。又如出土于湖南宁乡的商中晚期"四羊方尊"，

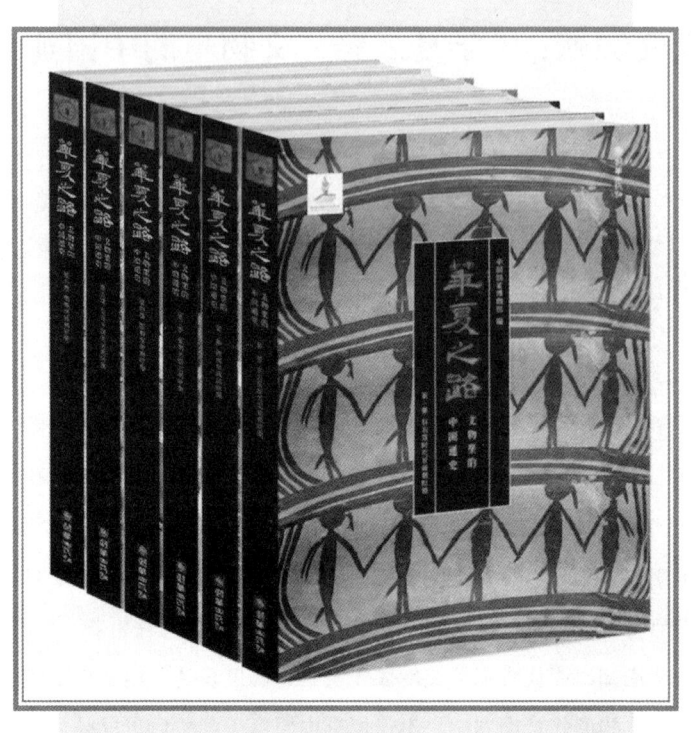

《华夏之路：文物里的中国通史》
六卷精装本，中国国家博物馆编。
朝华出版社 2021 年出版。

属于当时的"三苗"地区所产，被誉为"臻于极致的青铜器典范"，列名"青铜器十大国宝之一"。出土于安徽阜南的商代"龙虎铜尊"，是属于一个叫"淮夷"的古老部族所出，纹饰明显具有地域特色，也堪称精品。更远的还有出土于广西、湖南等地，属于古越国的商朝"象纹铜铙"、春秋时期的"鼍龙纹提梁卣"（鼍龙是扬子鳄），都是具有鲜明南方湿地地方特色的青铜器。

这些青铜器的遍地开花，不正是中原华夏文化早期发展的足迹，一步步由内而外向四方扩展的印记吗？

下及战国秦汉，再具体说一件有意思的青铜器——1956年发现于云南省昆明市晋宁区石寨山遗址的西汉"诅盟场面铜贮贝器"。书上说明：

> 此器出土时器内贮贝300余枚，上铸圆雕立体人物127人，以干栏式建筑上的人物活动为中心，表现了滇王杀祭诅盟的典礼场面。

从1956年到1960年，云南考古队对石寨山进行了10多次的考古发掘，出土了同时收入本书第三册的"滇王之印"金印以及很多"贮贝器"和"铜鼓"等青铜器，如"七牛虎耳贮贝器""贡纳场面贮贝器""纺织场面贮贝器"等，这些贮贝器是古滇国青铜器中的独有器物，是用来盛放海贝和珍宝的宝物箱，贮贝器上雕塑的祭祀、贡纳、战争、纺织等大量的现实生活场景，是古滇人生活的缩影，体现了滇王贵族们的至高权力。参考古代文献可以知道，古滇国是战国末期到西汉时期云南滇池附近的少数民族地方政权，《史记》中就有战国楚国、西汉武帝时期与古滇国的交往，以及汉武帝赐以"滇王之印"的记载。石寨山这一大批西汉时期青铜器的出土，不仅为了解古

滇国宗教、政治、生产生活以及与中原政权的关系提供了重要历史信息，
也把华夏文化的大雪球向更遥远的南国滚动了一步。

　　古代中国与海外的交通和经济文化交流，借助陆上与海上的"丝绸之
路"，由来已久，且规模渐趋扩大。西域开拓者、经营者张骞、班超，西
行取经的法显、玄奘、义净，还有唐代鉴真和尚、明代隐元和尚的东渡日
本传播佛法……这些脍炙人口的人物故事早已为人们所熟知，除此之外，
在更加漫长而广大的时空中，曾发生了无数同样重要却已经被历史淹没了
的中外交流的人、物与事。常言说"往事如烟"，幸有华夏文物在，雪泥
鸿爪，在有限的古代文献外，为后世保存和记录了那些穿越广漠流沙、冲
破惊涛骇浪的使者，用生命谱写的丰富多彩、富有传奇性的中外文化交流
的历史篇章。

在这六大册书中，每册中有"周边少数民族""中外文化交流"或者"国际关系"等篇章，都收入了相关的文物图片与解说文字。有西域与欧洲的古钱币，在甘肃和新疆等地的东汉墓葬中出土。有西域与欧洲的玻璃器皿，如广州出土的西汉"蓝玻璃碗"、广西贵县出土的东汉"碧琉璃杯"、河北景县出土的东罗马遗物"网纹玻璃杯"等。有北方游牧民族特色的铜刀、铜杯、银壶，如出土于青海大通县孙家寨的银壶，是公元 3 世纪叙利亚一带罗马时期的制品；出土于山西大同的北魏镏金镶嵌高足铜杯，明显具有西亚风格。这些文物都默默记录了两汉魏晋时期沿着丝绸之路，华夏与西域以及更为遥远的欧洲地区的人员往来与物资交流。

细说一尊"牙雕骑象菩萨像"，是甘肃榆林石窟的传世珍品，用整块象牙雕成，像对折的宣传册一样可以开合。合起来是一尊持塔骑象的菩萨像，分开来左右两面各有 25 个区格，分格连续雕刻了释迦牟尼本生故事，总计有人像、车马、塔等近 300 个具体细微的造型。关于这件作品，专家推论为：

> 整件造像构思巧妙，具有高度的艺术水平。从人物、动物造型及佛塔等建筑物形制看，应是古印度佛教造像。从艺术风格看，疑为公元三四世纪物品。唐代有许多中国僧人西行印度求法，这件造像可能是他们带回中国供养而传存于榆林窟的。

至于统一富强的唐帝国，国际贸易大为增加，中外交往频繁，首都长安更是一派国际化都市的景象，仅从唐三彩一项，即可见一斑。第四册"科技文化与社会生活"部分，收录不少唐三彩，这些作品塑造了丰富多样的

唐卡　释迦牟尼佛（局部）

外国人形象——行旅俑、乐舞俑、武士俑、仕女俑，还有卷发深色的昆仑奴俑。想象一下，如果这些陶俑一一活动起来，那就是一幕幕唐代各国人民交往交流的活报剧。

晚至明清时期，那些越来越精致繁复的瓷器、玉器等文物中，就有如日本"七宝珐琅瓶""黑漆描金山水笔筒"，高丽"彩色笺纸"，意大利"鼻烟壶"，痕都斯坦（印度）"青玉嵌白玉宝石盒"等外国政府和个人送给中国政府的礼物，一件件可谓高端大气、精美绝伦。

值得称赞的是，书中还收有许多历史地图与示意图，如第二册的《战国时期各部族分布图》《战国铁器出土地点分布示意图》《战国货币流通图》，第三册的《西汉十三州刺史部和西域都护府示意图》，第四册的《唐代北庭都护府、安北都护府示意图》，以及第六册的《清前期对外贸易港口示意图》等，左图右史，对读者阅读历史文物时了解相关背景知识多有帮助。

本书初版于 1997 年，所收内容为原中国历史博物馆"中国通史陈列"（2011 年起，改为中国国家博物馆"古代中国陈列"）中的代表性文物，此次再版，在保持原有文物图片文字的基础上，对原文物的资料性解读部分做了反映新的研究结论的订正，图片也做了更新更好的技术替换与编排呈现。

与此同时，不少文物发掘出土以后，研究人员对它的认知与解读，有一个发展的过程，纠正谬误、争议待决等在所难免。本文介绍的文物，如"司母戊鼎"后来改正为"后母戊鼎"，"滇王之印"出土后的身份争议等，在本书简短的解释文字中，都做了相应的学术性介绍。多年前买过一本《中国国家博物馆展品中的 100 个故事》，正是国家博物馆馆长及馆内专家们共同编写的，类似这样的图书文字正是可以与本书参互阅读的好搭配。

关于古代中外文化交流，关于丝绸之路上的文物，近年来有不少新的发现与新的研究成果，这方面的内容也是最近 10 多年国家级、省市级博物馆专题特展的热门主题。本书如果能增多收编这方面的文物藏品，并做相应的介绍将更好，这一点或许不只是我一个读者的愿望。期待这套大书，还能有第三版、第四版问世。

之三

虚而后能容，

柔而后能克刚，

知雄守雌，

现实的酸就变成了心境的甜。

武士道

〔日〕新渡户稻造 著

日 本 丛 书 · 日 本 丛 书
日 本 丛 书 · 日 本 丛 书

商 务 印 书 馆

《武士道》,〔日〕新渡户稻造著,张俊彦译。
商务印书馆 1993 年出版。

花为樱花，人为武士：《武士道》

《武士道》是一本轻薄的小册子，翻译成中文只有 100 页刚刚挂零；这又是一部意蕴厚重的文化名著，在日本近代思想史上具有重要地位。它是一个世纪前东方人在遭遇西方文化之后，面对西方文化的挑战，所进行的最早的自我发现和自我剖白，也是针对西方所做的最早的东西方沟通和对话的努力。一个世纪过去了，如今读来，仍觉意味深长。

一

这是 100 多年前的一段对话：

"您是说在你们国家的学校里没有宗教教育吗？"

"没有。"

问话者是一位比利时著名法学家，他随即大惑不解地说：

"没有宗教！那么你们怎样进行道德教育呢？"

当时正是所谓"欧风美雨"席卷大地的时代，富国强兵、物竞天择、适者生存这些起源于西方的理念，随着他们的坚船利炮，随着他们的传教士、洋教习一起来到东方，使得东方的传统理念、传统价值观受到空前的挑战乃至颠覆。同时，两种不同性质的文化在学术思想的层面开始互相对话，尽管这种对话像以上这样，多从惊讶、不解甚至责难开始。但正是基于这种来自异文化全新视角的质问，激发和促成了被问者的仔细思考。

新渡户稻造是上述对话中的被问者，这本《武士道》正是他面对西方文化对日本的质疑而作，也是为更好地追寻历史、增进自我认识而作。作者早年毕业于札幌农学校，并在该校接受洗礼成为一个基督教信徒，1884年到美国约翰斯·霍普金斯大学深造，获博士学位后又转赴德国学习。1891年回日本，先后在札幌农学校、京都大学、东京大学任教，并出任东京女子大学第一任校长。指出这样的学历和职业背景，是为了说明作者的知识教养和视野范围。

1899年，他利用在美国宾夕法尼亚州疗养的闲暇，直接用英文写下了这本向欧美人介绍日本文化核心内容的《武士道》。书写成后，当年即在美国出版，其日文版次年在日本出版，并在之后的六年中再版发行了10次之多，还先后被翻译成德语、波兰语、波希米亚语、匈牙利语、俄语、法语、挪威语等。短短时间内不仅引发日本国内的热读，更刺激了世界关于日本文化的关注和讨论。

为什么要以武士道作为解读日本文化的钥匙？新渡户稻造说：当我对造成我正邪善恶观念的各种因素进行分析之后，才发现正是武士道使这些观念深入人心。因此，如果不了解封建制度和武士道，那么，现代日本的道德观念也终将会是一个不解的谜。可以说，武士道正是造成日本国民性、维系日本传统道德精神的关键。新渡户稻造关于武士道的这一发现，可谓不仅相当深刻，而且十分必要。

二

新渡户稻造在这本简洁而意蕴深厚的著作中,一层层抽丝剥茧地为我们阐释了武士道的产生原因、思想宗旨、社会作用及其对于日本、日本人的影响。

武士道"正如它的象征樱花一样,是日本土地上固有的花朵",它是伴随着日本封建制度的建立而发展起来的一系列武士阶层的道德行为准则:勇武为本、忠诚至上、重名轻死、刚烈隐忍。它以日本固有的神道教教义——对天皇的膜拜、对主君的忠诚、对祖先的尊敬、对父母的孝行为原则,又吸取了从中国传来的佛教的平静、隐忍、柔顺、听凭命运的意识,以及儒家仁、义、礼、智、信等道德信条,在日本漫长的武家社会逐渐融合、凝结、完善成为一套传统伦理道德体系,成为日本民族精神的主体。

日本民谣这样唱道:"花为樱花,人为武士。"武士道精神最初是作为武士的神圣职责而起步的,随着历史的发展,它已经不仅仅是武士阶层的道德准则,还成为日本全体国民的崇高信仰和理想追求。作者指出这一点表现了其相当的识断力和深刻性。正如戴季陶在其《日本论》中指出的那样,表面上,日本最盛行的宗教是佛教,但日本人骨子里普遍信仰的是神道教,而将神道教教义体现在日常社会生活、人伦道德中的,则是武士道。

> "武士道"这一种主义……他的最初的事实,不用说只是一种"奴道"。武士道的观念,就是封建制度下面的食禄报恩主义。……在武士道的上面穿上了儒家道德的衣服。……由制度论的武士道,一进而为道德论的武士道,再进而为信仰论的武士道。到了明治时代,更由旧道德论、旧信仰论

的武士道，加上一种维新革命的精神，把欧洲思想融合其中，造成一种维新时期中的政治道德的基础。这当中种种内容的扩大和变迁，是很值得我们研究的。（戴季陶著《日本论》）

然而，这一在明治维新之后的近现代日本社会仍然活跃着的伦理道德体系，"充其量它只是一些口传的，或通过若干著名的武士或学者之笔流传下来的格言。毋宁说它大多是一部不说、不写的法典，是一部铭刻在内心深处的律法"。这部"不成文的法典"，使日本人身在其中而不自知，不识庐山真面目；而处于另一端的西方人，或是同处东方的中国人，面对谜一般的日本，更是如雾中看花。正是在这一背景下，新渡户稻造这本书以武士道的渊源、义、勇、仁、礼、诚、名誉、忠义、克己、自杀与复仇、刀等章节，为读者一步步解读武士道，就是十分必要的了。

当我们跟随作者从武士道丰富的思想源头跋涉探源，一路在作者信手拈来、娓娓道来的历史典故、民谚俗语和民族风情中，生动切实地领略武士道的抽象精神时，我们深深感到作者立足本土文化的坚定信念和深厚情感。因为事实上，在 19 世纪 20 世纪之交，西方的思想家、教育家不乏主动关注东方文化的，他们根据自己对东方典籍的阅读以及在东方生活的经历，写出了最初解读中国和日本的著述。这些著作具有"他者的眼光"，但其中不乏自觉或不自觉的"欧洲中心主义"的论调，对于东方的日本难免不抱有误解和基于误解的责难。纠正误解和回应责难，正是新渡户稻造的写作缘由，他在第一版自序中明确表示了自己与他们不同的立场：

不过，我所以胜过这些大名鼎鼎的理论家的唯一优点在于：他们只不过是站在律师或检察官的立场，而我却可以采取被告的姿态……我将会以

早樱　钱婉约摄

更加雄辩的言词来陈述日本的立场！

　　这远远不同于中国清末民初一些故步自封、足不出户的封建士大夫的保守和自恋，这是一个具有西方视野的近代知识分子应对挑战、揽镜自照，所发出的对于本民族文化的深情剖白和理性辩护。

三

当时中国、印度等历史悠久的东方国度和东方文化，也同样经历了来自西方的挑战，因此引起文化心理上的巨大落差，如中国从"天朝上国"一下子跌落到了对民族固有文化的自卑、自责甚至自暴自弃的低谷。钱穆先生对这种现象曾有过犀利的批评：

> 近五十年来的中国人，无论在政治、学术、军事、工业，一切人生的各方面与各部门，实在够不上说有雄心、有热情。……他们似乎用的自我批评的理智的成分太多了，而自我尊重的情感的成分则太嫌稀薄了。他们并不想做第一等人与第一等事。至少在世界的场围里面，他们是谦谦不遑的。救亡与谋生，是这一时代最高的想望。模仿与抄袭，是这一时代最高的理论。（钱穆《五十年来中国之时代病》）

在同时代的东方民族中，只有少数人能够例外，新渡户稻造就是这样的少数人，此外，还有印度的泰戈尔（1861—1941 年）、中国的辜鸿铭（1857—1928 年）以及稍晚的林语堂（1895—1976 年）等人。他们都有西方文化的教育背景和生活经历，从而具备本民族大多数人所不具备的世界性视野和思维力度，进行所谓"两脚踏东西文化，一心评宇宙文章"的工作。所以，泰戈尔才能以其英文诗《吉檀迦利》获得 1913 年度的诺贝尔文学奖，这是西方世界颁发给东方的第一份诺贝尔文学奖项，印度的乐观、虔诚、开朗如"天真烂漫的天使的脸"才向世界展露；所以，辜鸿铭才会拖着一根长辫，优雅地用英语向西方人揭示、阐释《中国人的精神》（1915 年）；所以，林语堂在美国，不仅仅满足于用小说和散文随笔来怀念《京华烟云》，怀念故乡的"雅舍"，还深情而不乏理性地撰写文化论著《吾国与吾民》（1935 年）。

在这一意义上说，新渡户稻造以及他在印度、中国的同道，代表了本民族的自尊和自信，成为那个时代缺少东方身影和声音的世界舞台上，难得的东方的代言人。他们不仅是东方民族文化的坚定信仰者和深情爱护者，同时也是西方文化的诤友，是世界文化的观察者、思考者和献策者。

追溯历史来看，在经历了 19 世纪末的甲午战争、20 世纪的日俄战争和日本侵华战争之后，连同"武士道"在内的日本传统文化和民族精神，在新的历史高度，受到思想学术界世界性的质疑，这是新渡户稻造当年所没有想到的，也是我们应该据此进一步探究的思想课题。

1906年，日本近代文明启蒙期最重要的人物之一冈仓天心，在美国出版 The Book of Tea，日译为『茶の书』。

中译本《说茶》，百花文艺出版社2010年出版。

意蕴深长"人情的碗"：《说茶》

1904 年，冈仓天心受聘于波士顿美术博物馆，担任博物馆东方部主任。在此期间，他以宽阔的文化视野、亦文亦史的精粹文笔，用英语写下了《说茶》这本展示东方文化的著述。他不是纯粹地、如教科书式地向西方宣讲、传授东方文化知识，通观《说茶》，我们看到的是一位觉醒的东方知识分子、艺术家，在"西方的冲击"下，满含激情和义愤的诉说。

他在开篇第一章里写道：

> 当日本沉迷了温文尔雅的和平的艺术中时，西方人惯常把日本看作野蛮的民族；相反，当日本在满洲战场开始进行大屠杀时，他们却称日本为文明的国度。最近，有大量关于武士道——这种教导我们的战士为献身而自豪的关于死的艺术——的评论，但是，几乎没有人注意到充分表现我们的生活艺术的茶道。

1906 年，正是日本与俄国在中国的领土上进行罪恶的殖民地争夺战日俄战争过后不久，作者的义愤既是对于日本追随西方列强，崇尚强权、武力扩张的批判，更有对基于西方价值观，误解甚至践踏日本文化的不满。

"一般的西方人看到茶道的仪式，便在隐藏着的自满中把它看作东方古怪和稚气的千百种怪癖的又一例。"冈仓天心是艺术工作者，惯于将历史文化现象提升到艺术的层面来思考和论述，用他的话说，如果说武士道是日本国土上战士的艺术、死亡的艺术，那么，在不义的战争刚刚结束之时（值得特别指出，在当时能够如此反省甲午战争、日俄战争的战争行为的日本人寥寥无几），为什么不来讲讲我们的生活艺术——茶道呢？

正如冈仓天心所说，当欧美人不解或责难东方的道德、宗教时，他们却毫不犹豫地接受了这种褐色的饮料——午后的红茶成为英国上流社会中的重要习俗。但是，说到茶道，对于这"人情的碗"中所蕴含的"茶的哲学"，他们又能了解多少呢？《说茶》便是要"从一个茶碗里做出大的文章来"！这是作者通过茶道的产生、流传、仪式及其背后潜隐着的微妙的哲学，来解释东方日本的道德修养和审美精神的一次努力。

冈仓天心告诉我们，茶道既是一项崇尚宁静、克己、简约、和谐的修身科目，又是一种充分享受美的仪式的人生艺术。日本茶道大师千利休曾将茶道的主旨凝练为"和、敬、清、寂"四字。茶道在日本不像在中国是一种品茗消遣、聚友交谈的饮食和交流习俗，而是一项陶冶道德性情、增进审美情操的终身修养课程。它不仅是日本的，还蕴含了从中国传来的儒、释、道的精髓，堪当东方文化崇尚艺术、爱好和平、追求和谐的象征。

当饮茶者走进寂静、古雅、枯荒、渗溢着禅机的庭院，通过装饰着石灯笼、碎石的甬道，迈向专门的茶室时，室内榻榻米中的围炉上，正进行着茶道的准备。然后，饮茶者进入程序。茶师煮水、点茶的动作和器具，有一定的规范；饮茶者跪坐在榻榻米上，也要按照一定的程式和动作甚至特定的心境，接受这满含着浓厚意蕴的"人情的碗"。这一切容易被外道人说成是"繁文缛节"。而正是这种特定的环境气氛、特定的行为要求、特定的仪式流程，造成一种近似宗教要求的"仪式规范"，它帮助参与者忘却和放下俗世的纷扰，在克己、宁静、和谐的氛围中，通过冥想达到虚己、达观、参悟的境界。这是一种无内外之别、无人己之分、无雅俗之辨的和谐境界。不难看出，茶道的天地中荡漾着禅宗不着文字（语言）、以心传心、沉思冥想、自悟顿悟的理念。

茶道还蕴含着道家的智慧和审美。在中国，道家是一种关注自身、承认世俗、融通调适的处世之术。冈仓天心在《说茶》中引用了宋代一个寓言故事，生动地说明了道家的人生观：

> 释迦牟尼、孔子和老子曾经站在一坛子醋——生活的象征——面前，每个人都用手指蘸醋之后，放在嘴里品尝。注重事实的孔子说，醋是酸的；佛祖说，它是苦的；而老子说，它是甜的。

虚而后能容，柔而后能克刚，知雄守雌，现实的酸就变成了心境的甜。茶室的简约甚至简陋，建筑和布置的不对称性，壁龛中插花追求质朴的本色（推崇菜花、菊花、寒梅等，而排斥鲜艳夺目的花朵），粗笨稚拙的黑褐色茶碗，等等，这都是道教的智慧和审美在茶道中的运用体现。

如果说禅宗赋予了茶道内在的精魂和理想，道教决定了茶道的审美情趣和艺术追求，那么儒教则为这一切付诸实践安排了秩序和规范。所以，透过乳白色瓷器中琥珀色的液体饮品，精于茶道的人将品尝到孔子的秩序、和谐和惬意，老子的智慧、守拙和超越，以及释迦牟尼那质朴、清静乃至寂灭、缥缈的风韵。借助茶碗，作者重新发现了东方的价值；借助茶碗，作者要把这种东方的价值主动输出给西方，让那些只知道"施与"、不知道"接受"的西方人，也来发现东方，接受东方的美与价值。

听听冈仓天心面对西方的苦口婆心吧：

> 无视东方问题会给人类带来多么令人恐怖的结果啊！……还是让我们停止东西方相互抛来掷去的讽刺吧，……我们的发展沿着不同的道路，但这并不是我们不能取长补短的理由，你们以动荡的代价得到了扩张；我们却创造了无力抵抗侵略的调和。你们信不信，在某些方面，东方优于西方？

如果我们将作者同时期另外的著作中论及东西方文化的话语引录于此，就更明确他所说的"取长补短"和"东方优于西方"了。一边是西方近代文明对人性的扭曲：

> 西欧的光辉图景下面，蕴藏着不幸。巨大并不等于伟大，豪华的享乐未必达到高雅的境域。……参与近代文明大机械运动的个人，成了机械的习性的奴隶，他们被自己所制造出来的"怪物"拖得团团转。即使是西欧人引以为自豪的自由，也同样值得质疑——真正的个性断送于聚敛财富的竞争，自足的幸福感牺牲于无止境的物欲。（冈仓天心著、钱婉约译《日本的觉醒》）

另一边是作者理想中亚洲的爱、和平与自由：

> 亚洲的光辉……存在于打动所有人心胸的和平的涌动，存在于天子和农夫彼此相连的和合精神之中，存在于带来一切同情和礼让的、崇高的同

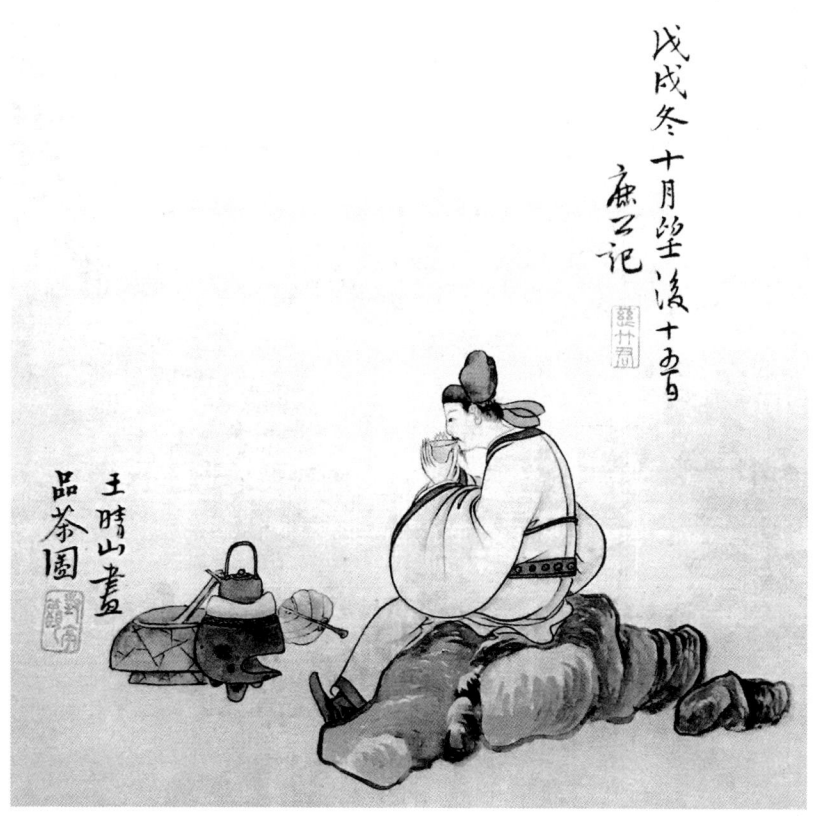

〔清〕王树毅《人物故事图·品茶图》

心一体的直觉之中。（冈仓天心著、钱婉约译《东洋的理想》）

英文版《说茶》1906年在纽约出版后，以其贯通中日思想文化的精粹内容和洗练优美的文风，风靡美国，不仅受到有识之士的赞赏，其中部分章节还曾进入美国的中学教科书。不久，它又被译成法文和德文，连同作者其他两部同样用英文写成、在日本境外出版的《东洋的理想》和《日本的觉醒》，冈仓天心推动了东方文化走向美国、走向欧洲的步履。

《燕山楚水》,〔日〕内藤湖南著,
吴卫峰译。

中华书局 2007 年出版。

一生九次来中国：《燕山楚水》

　　内藤湖南一生来过九次中国，旅迹遍及华北、东北、长江流域的所有主要大城市，像北京、天津、沈阳、上海、南京、苏州等地，更是屡次游历。中国，有他往昔在汉籍上久已熟悉的名胜古迹，是他精神上向往已久的文化发祥地。"故旧当年空鬼籍，江山异域久神游。"他凭着汉学家的学者素养及新闻记者的职业敏感，每到一处，赞美风光景物，考证古迹名胜，评述士风人情，时而抒发一些今昔对比、中日比较的议论感叹，或浅吟低唱，或慷慨高论，无不涉趣成文，近百年后读来，仍觉饶有兴趣，时获启发。

　　辽阔的中国大地，以广阔宏伟的气魄使来自岛国的内藤湖南深为感动。纪行文中，尤其是第一次来中国写下的《燕山楚水》中，有许多对中国风光景物的描写、赞美，试看以下一小节：

　　　　这个地带，江南岸的山都露出岩石，危岩争笋……山峦和江流之间，芦花盛开，一望之下，很是奇美。一般来说，在大江的沿岸，或洲渚平坦的地方，会有芦荻丛生，往往数十上百里连绵不断。现在正是初冬时节，叶枯花开，如霜如雪，极目远望也看不到边际。不然就是长天杳渺，云树

191

〔清〕沈宗骞《归去来辞图·三径就荒，松菊犹存》

相接……这样的景致，这样的恢宏远大，只有大陆中原才有，不是看惯了富于细腻景趣的日本风光的眼睛所能想象的。真是天地间的一大壮观。

这是 1899 年 11 月初在上海往武汉溯江而上的船上所见。这样的描写在书中俯拾皆是，如从塘沽到天津的火车上对北方平原的赞叹、登游长城的观感、为杭州西湖山水而倾倒，等等。他还在同书中比较、总结中日两国风景道：

总而言之，中国的风景，长处是苍茫、宏阔、雄健、幽渺，而不在明丽、秀媚、细腻、曲折。如果打个比方，就像啃甘蔗杆，渐入佳境；不似我国的风景像舔蜂蜜，唇齿之间溢满甘甜。

北京是中国的首都，在这里可以感受中国历史和现实的脉搏。1899年内藤湖南第一次来中国时，北京给他的印象，是戊戌政变后的"景观破败，人心沉寂"。但作为汉学家遥想已久的中华大帝国的京城，他还是对之倾注了莫大的关注。

> 进了永定门，右边是天坛，左边是先农坛的几百米长的红墙，其间有数百步宽。在中央，像线一样笔直的大道，经过去年以来的修缮，宽阔的铺石路面一直伸展到正阳门。规模宏大，果然不愧为大帝国的都城。……城墙构造的雄伟我早已耳熟能详，但亲眼所见，更是叹为观止。……城内的土是灰色的，也跟灰色一样轻，一放脚就飞扬起来，在尘土的昏暗中走一阵子，衣服都变成了灰白色。若是坐马车或骑驴骑马，情况会更糟糕。能把蹄子埋起来的尘沙，在驴马经过后飞扬起来，连人带马都看不到踪影。

在北京时，正赶上中秋节，内藤湖南约了古城贞吉等日本友人一起"城壁观月"。北京的城墙，作为大帝国都城的象征，曾为举世所赞叹，与长城同为中华民族的骄傲，但在新中国的建设热潮中，不顾建筑学家梁思成等人"保存史迹"的再三申辩，因"左"倾激进的建设方针而化为乌有。如今借助他当年的记述，我们可以追想那无缘拜瞻的伟大古迹之一斑：

> 在崇文门内的城墙台阶，给了门卫一点钱，登上城墙，明月已经高高地挂在城墙上边。在这个秋高气爽的日子里，一向尘土飞扬的空气也格外的清澄。……我们在崇文门东边第五个扶壁的一角、雉堞损坏的地方，铺

上毯子，摆设宴席。墙上虽然都铺着砖，但杂草茂盛，没过人顶，甚至长出了好几丈高的树来。城外的护城河水映着月光。各处的人家灯火稀疏，透过烟雾般的杨柳闪闪烁烁。河边模模糊糊看到有三四个中国人哼着曲子走来走去。都城的风景无限的凄凉，让人觉不出这是君临在四亿生灵之上的大清皇帝的所在，我不禁流下泪来。

内藤湖南还详述了辽、金、元以来故都北京的历史沿革，介绍了长城、十三陵、京郊各大寺庙的概况，引用到的史籍有历代正史《汉书地理志》、郦道元《水经注》、顾祖禹《读史方舆纪要》、顾炎武《昌平山水记》、孙星衍《寰宇访碑录》以及《大清一统志》等，在一部游记中，如此多地信手征引史地书籍，可见作者博识之一斑。

上海是中国最早的通商口岸之一，晚清以来，租界林立，成为中外人士注目的"洋场"、商埠。内藤湖南敏锐地道出上海作为这一特殊城市的特殊性格，他认为上海虽是中国领土的一部分，但又不像中国，完全呈现出由列国共建起的一个"小独立王国"的样子；上海与苏州、杭州、南京、汉口等地气氛完全不一样，与其说上海是中国中部长江流域的代表，不如说是与这些地方无甚关系的东洋全体放纵分子的代表地。所以从这里发出的新闻报道，也都带着这种气息。……这里最早出现中国治乱的信息，也最早把这种信息传向四周。

对于外国人在这"放纵分子的代表地"即我们常说的"冒险者的乐园"，所进行的殖民色彩的行为，内藤湖南是持批判态度的。相反，对于外国人在中国从事文化、教育事业，帮助中国革除愚昧、开发民智等，则热心介绍，由衷称赞。

他第一次游历六朝古都南京是 1899 年，所见到的是盛名空负、满目荒凉的金陵古城：

> 南京丧失帝都之位已经有四百多年了，加上遭遇了近年的"长发贼"之乱，城内荒废萧落，连马路两侧的人家都稀疏不相接连，田畴竹树，犬牙交错，好像走在村落之间。……据说城内构成街道的地方只占总面积的四分之一……现在人口不超过十五六万，其荒凉的程度可想而知。

他拜谒明孝陵，游览清凉寺，流连秦淮河，不禁赋诗咏叹道：

> 寂寞山川阅废兴，
> 秦淮秋色感难胜。
> 莫愁湖冷疏疏柳，
> 长乐桥荒漠漠塍。
> 儿女英雄千载恨，
> 君王宰相一春灯。
> 凭谁更问南朝事，
> 碎雨零烟满秣陵。

1917年，他又一次来到南京，这次的南京与18年前见到的非常不同，户数增加，街市繁华，特别是下关一带，铁路交错，轮船竞发。内藤湖南感叹道：下关的繁荣是靠铁路、水路交通的发达，把周围其他地方的繁荣移了过来，近年来镇江的衰弱就是一例。交通的创立带来城市的繁荣，这种例子还有津浦线上的蚌埠，蚌埠以前并无所闻，近来因有铁路通过，以及淮河大桥通行，促进了它的繁荣；与此相反，古来闻名的临淮关，却逐

〔明〕魏克《金陵四季图》（局部）

渐萧条，失去了昔日的地位。

在一些旧都古城，内藤湖南对于中国人不重视历史文化、不惜破坏具有文化教育意义的历史古迹的做法，深感痛惜。如在南京，他感叹道：

> 欲探访明故宫的城墙，却损坏得连残迹都寻不见，据说因为城墙的古瓦值钱，被政府卖掉了，在这里我看到中国人败坏古物的勇气，不禁扼腕叹息。……（在会见当时南京的督军时，）我又问及明故宫城墙被破坏之事，他对这样的问题更是没放在心上。于此可见近来一般中国人的心理状态。

在武昌，内藤湖南很想去拜谒黄鹤楼下的曾文正公、胡文忠公的合祠，向王督军（当时的湖北督军王占元）一打听，才知道因为曾、胡辅助清廷

讨伐太平军，延缓了革命的进程，他们的合祠因革命党中年轻人的憎恶而被毁坏了。在长沙，岳麓山下的曾文正公祠，也变成了湖南烈士祠。内藤湖南是赞成中国辛亥革命、赞成中国走共和国道路的，这在他辛亥年后所发表的一系列文章、讲演中都可明确看到。在岳麓山下，他拜谒了黄兴、蔡锷墓庐；在西湖之滨，面对秋瑾烈士之墓，他也肃然起敬。然而，对于革命者的过激行为，内藤湖南感叹道："（曾文正公对于两湖的）土地和人民是有大功劳的，湖南人如此易忘50年前曾文正公对于家乡的鸿业大恩，甚而憎恨他，实在令我惊异无语。"历史总在曲折坎坷中前行，时至今日，《曾国藩全集》《曾文正公家书（家训）》等书又一次成为书店里、报摊头的热门书，学者们也正重新研究、公正评价这位中国近代历史上的重要人物，还他以历史上应有的地位。回味80年前一位外国学者的先见卓识，良可感叹。

长安之春

〔日〕石田干之助 著　钱婉约 译

清华大学出版社

《长安之春》，〔日〕石田干之助著，
钱婉约译。

清华大学出版社 2015 年出版。

春色在长安：《长安之春》

　　看书名，不熟悉的朋友可能会推测，这是一本文学性较强的散文集、诗集或者小说吧？不，它是一部史学名著，是由一篇篇论文和考据文章集合而成的、关于唐代首都长安的历史文化考论著作。作为一部史学著作，它包含了丰富的史料考据、翔实的史学论析、新颖的历史见解；同时它又确实用散文诗般的优美语言，富有文学色彩，甚至传奇色彩。可以说，《长安之春》是一本"文史兼长"、史料丰富、史论超拔的学术著作，同时，又是一幅描绘长安城市生活、人情风俗的立体画卷，是唐代文字版的《清明上河图》长卷。

　　它的作者是日本近代东洋史学家、中国研究代表性学者、长期担任日本"东洋文库"主任的石田干之助。他以丰富的中国古代典籍资料、西域古代文献记录为主，兼采欧美现代研究著作，来研究唐代长安的城市地理、人物故事、制度器物、东西交往等史实。长安是唐代的首都，更是公元7世纪到9世纪的"国际化都市"，是东西方文化交汇的中心。从近代研究中国的第一代学者白鸟库吉、桑原骘藏等人开始，日本就十分重视以世界的眼光来研究古代中国中原与四裔的关系，研究中国北方民族、西域民族的地理历史以及与中国的交流关系等。石田干之助作为白鸟库吉的学生，加之长期负责"东洋文库",浸淫于中西文献荟萃的东洋学书城,唐代长安自然成为他探究西方文化对中国文化输入和影响的首选研究对象。

《长安之春》从 1941 年出版以来,备受读者喜爱,不断增补,1967年增订版作为"东洋文库"第 91 种出版,是最全的版本。说起来,这样一本名著,被翻译成汉语出版的时间却比较晚。我从 2000 年以来几次提议翻译、出版此书,由于版权等原因,一直未有落实,后在中国中外关系史学会的研讨会上又一次推介这本书,幸得到清华大学出版社的热心回应和积极推进,遂一方面出版社向日本商议版税,一方面我着手翻译。汉译本所依据的即 1967 年的东洋文库本,到正式出版已是 2015 年秋。书出版后,很快一印再印。一个甲子过去了,这本书在中国同行学界和一般读书界,还是很受欢迎。

第一,再现唐代长安的日常生活和宴饮、娱乐活动。

《长安之春》引用大量唐诗及文人笔记,对唐代长安进行了复原性的描写。书的第一篇《长安之春》正是书名的由来,也是这种研究笔法的典型代表。文章一开始描述了长安城的春花随着节气与物候渐次开放,直到谷雨牡丹盛开达到高潮再落入尾声的情形。

> 直到元宵观灯,大唐之都的春色还尚浅。立春过后约十五日,进入雨水节气,菜花开了,杏花开了,李花也接着开了,花信之风才变得渐渐温暖起来。惊蛰一到,一候桃花,二候棣棠,三候蔷薇;及至春分,一候海棠,三候木兰,各种花木缭乱竞艳,帝都的春意日益浓酣,花香吹拂在东西两街一百一十坊的上空。……又经历了几个烟雨蒙蒙的春雨之日,清明节也

过了。……御沟的水面上柳絮缤纷如雪翻飞的时候，便是谷雨了，春色渐老。……牡丹花盛开，王者般占尽了满都的春意……人们三五参差地在舒爽的人行道上休憩，他们是略感疲惫的都市士人的身姿，是换了崭新轻衫还微露香汗的仕女的身姿……初夏就这样隐约可见地来了。长安的春尽了，诗人们唱起春逝之歌，写起惜春之赋。

作者"以文为史"，探究唐代长安城的布局。东墙正中的春明门连接着东市，是达官贵人重要的进出口，远道而来的遣唐使、西域使臣也是从春明门而入，进入长安后则居住在西市。站在东城的城墙上，可以眺望整个长安城。兴庆宫、大雁塔、小雁塔不用说，东南角的曲江池、乐游原，正是贵族士大夫及其家眷们看牡丹的地方。赏花之情不仅在贵族，也不仅是曲江池附近——"花开花落二十日，一城之人皆若狂"，长安城各处都有看花的平民男女——"三条九陌花时节，万户千车看牡丹"。这就是全书的第一篇，为全书铺陈了人物故事展开的具体场景。

在唐代长安这个历史舞台上，书中《唐代宴饮小景》《唐代风俗史抄》等篇，展现了元宵观灯、夏季避暑，还有西域传来的杂技、拔河、字舞表演等民情风俗。

仅举酒桌文化一例来看，"食毕行酒"是当时的宴席习惯，即先吃饭再饮酒，这与现在的餐桌文化正好相反。唐人喝酒是要讲究顺序的，一桌人一个个挨着喝，所谓"酒至何人"，即轮到哪位客人，哪位客人就要当即饮下，然后依次到下一位客人，一桌人轮完一圈，叫作"酒过　巡"，所谓"酒过三巡"，就是一席人依次喝完了三圈。书中以《虬髯客传》等五种笔记小说为资料依据来为我们追溯描摹这种情形。同时又介绍了酒桌

〔唐〕周昉《簪花仕女图》（局部）

上用来劝酒的"酒胡子"，也叫"捕醉仙"，是一种像"不倒翁"那样的人偶，但与"不倒翁"正好相反，是一种站不住的人偶。把它放在酒桌上的盘子里，旋转后它倒向哪位客人，就轮到哪位客人饮酒。特别的是，"酒胡子"的形象是"胡人"——一个戴着裘皮帽子的大胡子、高鼻碧眼的波斯人形象。读到这里，人们会好奇：这"酒胡子"的材质是什么？它到底是如何旋转，如何跌倒的？应该是个精致的工艺品吧？可惜博物馆里也从没看到过。《长安之春》就是这样，记载了历史深处、生活细处的生动情节。

另外，书中还记载了古代人的生活智慧：唐人夏天用来降温消夏的技

巧，有冰柱、龙皮扇、自雨亭、凉棚等；记载了唐代文化生活的品位：长安的书店、藏书家、书籍装帧形式等，还有骊山温泉华清池等。很多元素都是从西域波斯文明、阿拉伯文明中借用移植而来的。

《长安之春》捕捉了唐代历史的一个个横截面、一个个声色瞬间，从这里还原历史画卷、生活风情，它满足了读者对于"唐诗与西域风情交织"的唐代中国想象，也激发了研究者进一步探索唐代文化、中外交流的契机。

第二，捕捉唐代社会生活中不为过去所关注而又独具特色的人物群体和风情。

这类人可以妇女与商人为代表。《唐代的妇人》刻画了女性的飒爽英姿：身穿男装，不尚化妆，骑马打球；《长安的歌妓》寻觅了平康里三曲不同等级各色歌妓的声色；《当垆的胡姬》证明了胡姬——波斯人、伊朗人、突厥人、粟特人女子存在于长安酒楼酒馆的事实，那些金发碧眼、服装独特、舞姿动人的女子，是唐代长安城胡风盛行的重要表现，延展到其他城市，也有存在。

"西域胡商重金求宝"的故事，极富传奇色彩。石田干之助从《太平广记》等著作中，搜集了各种胡人买宝物的记载，连带涉及定风珠、夜明珠等宝物的介绍，首篇发表以后，作者不断挖掘同类素材，一而再再而三，组成庞大的资料群，成为后来中国通俗文学研究、日本汉文学研究的一隅渊薮。

值得一说的是，《长安之春》所关注的唐代妇女及外国妇女、唐代商人及外国商人，都名不见经传，是中国传统史学记载的盲区，近代以来在《长安之春》之前的史学著作中也很少有记载。因为是"史学记载的盲区"，所以，他使用的文献资料就不可能是"史部书"，而多是诗歌、笔记小说等。通过不同维度的关注，形成新的视野和方法，这也是他研究方法另辟蹊径的表现。

再者，他所关注的不是唐代长安生活中那些可以称之为常态的、相同的、传承性的东西，而是那个时期的中国前所未有的、外来的、非汉族的东西，是外来元素融入汉人生活后所呈现出来的新的面貌。虽然刚才说到了胡姬、胡商，但长安的主角仍然是汉人，是享受胡姬歌舞的大唐诗人墨客，以及与胡商打交道的中国官绅和庶民，《长安之春》写出了中西文化交融下中国人不一样的面相。西方人、西方文化是如何融入大唐生活中的呢？

〔唐〕阎立本《职贡图》（局部）

石田干之助的学生榎一雄在"解读"中说：

> 以种水稻打比方的话，他不是关注稻田在哪里、如何耕种、如何管理、
> 如何课税交租，而是落实到米如何经过烹饪，变成膳食这一环节。

　　换个比方或许更生动。我们用宴饮打比方，这一桌丰富的长安盛宴，
这些琳琅满目的牛羊鱼虾、蔬果点心，以及烹饪和饮食方式，它们是舶来的，
还是本土固有的？舶来，又是从哪个国家而来？有的说得清楚，有的就存
在研究的空白点，作者也在书中的不少地方随文说：这一方面还不太清楚，
期待方家指正或者以后再谈。这些或追本溯源、顺藤摸瓜，或没有交代清
楚的空白处，都一一具有魅力，引起读者的无限想象，引起研究者的进一
步探求。在此前后，日本这方面的研究有足立喜六的《长安史迹研究》，

平冈武夫编著的《唐代的长安与洛阳·索引篇》《唐代的长安与洛阳·资料篇》《唐代的长安与洛阳·地图篇》等。近年来，也有北大教授把《长安之春》作为"现代都市文化研究"的主要书目之一，《长安之春》推进了唐朝都城史地与西域文化交融的研究。

第三，总结性指出了伊朗文化对于中国文化的多方面影响。

书中最后有一篇《隋唐时代伊朗文化流入中国》，文中的伊朗从历史上来说，应该就是中国古代文献里的"安息"、当代学术语境中的波斯帝国。一方面，石田干之助从祆教、摩尼教、聂斯托利派（景教）等外来宗教，绘画、雕刻、音乐、舞蹈、杂技等外来艺术，以及服装与化妆、饮食与酒、居住等衣食住诸方面，全面列举了隋唐时期中国受到来自西域伊朗文化（波斯文化）的影响。他总结说：

> 在中国与外国文化的关系这方面，从中国历史来看，说隋唐是伊朗文化全盛的时代，并不为过。宗教、绘画、雕刻、建筑、工艺、音乐、舞蹈、游戏等各个部门不用说，衣食住特别是衣食两方面，也可以看出广泛的伊朗文化的影响。

另一方面，文章也用附录概述了这一时期中国文化对西方的输出和影响。关于这个问题，石田干之助的老师白鸟库吉、桑原骘藏等人，已经有更具开拓性和详细的研究。比如中国的造纸术、印刷术、火药、指南针，就都是在隋唐、宋元时期向西传播，经由西域到阿拉伯地区，再经由阿拉伯地区向欧洲传播发展的。

隋唐时代的中外文化交流是多国学者共同关注的研究课题。中国的向达（1900—1966年）先生在其《唐代长安与西域文明》一书中，收录了他从1926年到1954年的相关研究论文。同名论文1933年在《燕京学报》刊出，其中就提到参考过石田干之助的《当垆的胡姬》（1930年）一文。而石田干之助《隋唐时代伊朗文化流入中国》（1936年）一文中，则又说此文参考了向达1933年的《唐代长安与西域文明》一文。中日两国学者互通共进的学术交流，自是佳话。

美国学者爱德华·谢弗（Edward Hetzel Schafer, 1913—1991年）著有《撒马尔罕的金桃——唐朝的舶来品研究》，1963年由加利福尼亚大学出版社出版，汉译书名改为《唐代的外来文明》。书中第一章对大唐盛世外来各国居民、胡风盛行的描述，就主要参考了石田干之助、向达等人的研究成果。第二章以后，分章讨论了人、家畜、野兽、飞禽、植物、食物、香料、金属制品、书籍等文明的传入，以"舶来品"为线索，阐述了唐朝与外来文明的交流。谢弗研究的先声，可追溯到德国出生的美国东方学者劳费尔（Berthold Laufer, 1874—1934年）1919年的《中国伊朗编》，书中记录了西域传入中国的植物、中亚的纺织品等。在欧洲，更有沙畹、伯希和、斯坦因等人的研究。

《长安之春》，一本书，一幅丰富生动的长安历史生活画卷，带着它的满城春光与未尽的留白，让读者在阅读中谛听历史的遗响，思考文明的未来。

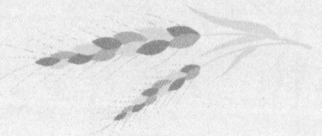

《中国游记》,〔日〕芥川龙之介著,秦刚译。
中华书局 2007 年出版。

小说家的眼：《中国游记》

　　这间酒吧比起 parisien（巴黎客高档酒吧）来，明显要低档很多。桃红色墙壁的旁边，一个头发中分的中国少年正在敲着一架很大的钢琴。酒吧的正中央，三四个英国水兵正和几个浓妆艳抹的女人跳着极其无聊的舞蹈。入口处的玻璃门旁边，一个卖玫瑰花的中国老太太在被我说了"不要"之后，神情木讷地观看着舞蹈。我感觉到自己俨然像正在欣赏一幅画报上的插图一样，那幅插图的题目，毋庸说便是"上海"。

　　1921 年 3 月到 7 月间，芥川龙之介（1892—1927 年）游历了中国，其后写成记载这趟中国之行的纪行文书籍《中国游记》，以上便是书中的一段。

　　即使是不熟悉日本文学的人，也大多知道《罗生门》《南京的基督》这样脍炙人口而发人深省的影片，这些电影就是根据芥川龙之介的小说改编而成的。这位只活了 35 岁的天才小说家，给后人留下了 100 多篇精彩的小说，透过那一篇篇似乎只是从生活中信手拈来的故事，明眼人会看到作

〔清〕沈宗骞《归去来辞图·携幼入室，有酒盈樽》

者苦心孤诣的构思和出奇制胜的立意，随着他那洗练、俏皮的笔触，读者在轻快、幽默的氛围中读完一篇小说，往往是带着会心一笑、悠然契合的心情，同时感受到作者不动声色地提出的一个个带有普遍性意义的问题，那是超越了时代和民族的深刻问题。如《鼻子》《竹林中》《地狱变》《河童》等等，都是这样的篇什。

那么，让这样一位富有思想的天才小说家来写"游记"，将会是怎样的情形？

芥川龙之介游历中国是大阪每日新闻社设计好的一个跨国报道计划，报社让在日本已颇有名气的"现代文坛第一人"、新兴文艺的代表作家，同时富有汉学趣味的芥川龙之介，衔命游历上海、杭州、南京、苏州、扬州、北京、天津等中国南北重要城市，希望通过他的生花妙笔，实地报道"古老而蕴含着新绿、谜一般魅力无穷"的中国，在《大阪每日新闻》上连载发表。

然而，由于芥川龙之介本身一向体弱多病，加之一路舟车旅途的劳累，更由于中国各地给予他超乎预想的甚至带有伤痛性的观感，致使除了在当地写一些明信片寄往日本外，所有的游记文字，包括先后写成的《上海游记》《江南游记》《长江游记》《北京日记抄》等，均为回国后写成，分别于旅游当年（1921 年）八九月间、次年年初甚至是三四年后，才陆续发表问世。各部分又于 1925 年合成一册，是为《中国游记》。

看来，芥川龙之介未能如约做成《大阪每日新闻》的实地速写报道，而回国后三四年间陆续写出的游记，似乎也说明了中国之行让他久久牵挂。对他而言，这与其说是任务上的赎债，不如说是精神上的不能释怀。

如今，我们读芥川龙之介的《中国游记》，就像是在读他的小说，旅行路线或许是事前设定的，而被他摄入镜头、捕至笔下的人物、场景、情致，则绝难预料，妙趣横生。游记自然也免不了感叹联想，而引起芥川龙之介嗟叹沉吟的，或许正是"身在此山中"的国人司空见惯、熟视无睹甚至有意回护的，其中就包含有切肤之痛的种种社会文化之弊端。于此，我们惊叹于小说家目光之敏锐、心灵之善感，再加上他丰厚的汉学功底和东京帝国大学英文学科熏陶所得的西学素养，使得《中国游记》的观察视角悠游于东西方两端，感慨兴叹出入于古今之间。因而，无论是对当年《大阪每日新闻》的日本读者，还是对今天的中国读者来说，都有既陌生而又熟悉、既好奇而又似曾相识的感觉。作为中国人，尤其是被他写到的上海人、杭州人、苏州人等，读后的感叹，就不能不更为绵长而沉重了。

二

（第一瞥）：中国的车夫，说其不洁本身就毫不夸张，而且放眼望去，无一不长相古怪。他们从前后左右各个方向各自伸着脖子大声地叫喊着，不免令刚上岸的日本妇女感到畏惧。

（在城内）：高耸入云的中国式亭子，溢满了病态的绿色的湖面，和那斜着注入湖水里隆隆的一条小便，——这不仅是一幅令人倍感忧郁的风景画，同时也是我们老大国辛辣的象征。

（城隍庙前）：中国的乞丐，却并非一般的神秘。他们或是躺在雨泻如注的路上，或是身上只披着旧报纸，或是舔着腐烂得如石榴一样的膝盖。总之，神秘到了多少令人恐怖的地步。

芥川龙之介的第一站是上海，有了上面这样的观察，上海实在没法给他什么好感。在逛完城隍庙后，他痛心地说："现代的中国，并非诗文里的中国，而是小说里的中国，猥亵、残酷、贪婪。"即使是堪称"东方第一洋场"所拥有的、被"进化论者"看好的那些"西洋味"的东西，如西式公园、洋房、酒吧，甚至墓场，在芥川龙之介不从俗流的心眼里，认定"并非西洋的就意味着进步。……对我来说，与大理石的十字架相比，我宁愿躺在'土馒头'里面"，那些西洋味也只是"低俗的西洋""不伦不类的西洋"而已。

小说家熟悉的是典籍上读来的诗文中国、文化中国，而实地目及的中国社会却是传统的败坏和西洋流俗的泛滥，怎不令人处处失望、不满：

（在杭州）：这位中国美人，已经被岸边随处修建的那些恶俗无比的红灰两色的砖瓦建筑，植下了足以令其垂死的病根。其实，不只是西湖。这种双色的砖瓦建筑就像巨大的臭虫一般，在江南各处的名胜古迹中蔓延，将所有的景致破坏得惨不忍睹。

（在南京）：自桥上远眺，秦淮乃一寻常的河沟。……据云，两岸鳞次栉比的人家，皆是饭馆和妓馆之类。……古人云："烟笼寒水月笼沙"，这般风景已不可见。所谓今日之秦淮，无非是俗臭纷纷之柳桥（柳桥，东京隅田川西岸一带的花柳街）。

（在北京）紫禁城：那里，只有梦魇。只有比黑夜的天空还要庞大的梦魇。

更不必说随处泛滥的妓女、"瘾君子"，镇江"因患梅毒而全身不长一毛的狗"，芜湖"在街道中央撒尿的猪"，以及"在大街上执行死刑"的长沙、"马路边柳树枝头上"挂着犯人首级的郑州……这就不仅仅是失望和不满，甚至是厌恶，是恐怖。

那么，什么才可能引起小说家的怦然心动和欣然响应呢？遍寻《中国游记》，这样的好心情实在寥寥：

（西湖）曲院风荷一带，这附近很庆幸地看不到砖瓦建筑，白色的围墙中杨柳依依，中间尚有桃花盛开。左边赵堤的树荫里，长满青苔的玉带桥隐约地映在水面上，非常近似于南田（清初画家恽寿平）的画境。

在苏州城内，"装裱店里陈列着山水花鸟等正进行装裱的字画，宝石店里翡翠、美玉、金银首饰等光闪夺目。每一样东西都感召着我对于姑苏城的优美的心境"。甚至市中心玄妙观比起上海来显得空旷寥落的市井风貌，那种看不到穿西装人影的"乡土气息"，也令作家生出些许温馨和好感。在南京看了夫子庙，到苏州造访文庙，当"走在石缝间杂草丛生的庙前路上时"，小说家用"苍茫万古意"来形容自己"哀伤"而又"欣喜"的心

苏州玄妙观旧时景象

情。可以说，这也是整本《中国游记》中少有的丢弃了厌恶、嫌弃和嘲讽，相对积极而正面的情绪，也正是在这样的情绪下，作家轻轻吟咏起这样两句诗：

　　休言竟是人家国，我亦书生好感时。

三

　　晚清至民国"九一八"事变之前来到中国的日本人，有冒险求机遇的浪人，有追逐利益的商人，有敏锐谙世的记者，有政府派遣的观察家，有留学访书的汉学家，还有中国聘请的教习或官员，可谓形形色色，而各色人等的身份和内心，或许并不是如上所举的单一型的，毋宁说，他们是上述某两种甚至三种的复合体。在五四运动和新文化运动之后的 1921 年来到中国的芥川龙之介也是这样，他是新锐小说家，是当时《大阪每日新闻》的签约记者，又是富有中国情结、读了许多中国诗文和小说深怀汉学素养的人。可以推想，在踏上实地之前，对于中国的认识和想象，他的心境实与汉学家略同。"故旧当年空鬼籍，江山异域久神游"，正如他的前辈汉学家内藤湖南曾深情吟咏的那样，中国曾是他们心目中的文化发祥地、精神家园，中国的历史人物是他们的"故旧"，他们早已在梦中"神游"中国名胜古迹了。秦淮河只应是杜牧笔下的样子，浔阳江也应该是当年白居易吟咏的情景，还有寒山寺、西子湖、扬州的明月、北京的古刹，都应该只是诗文中、水墨画般优雅的景致才对。

而事实是，一方面，29 岁年轻的小说家芥川龙之介，体质柔弱、心绪敏感，在中国旅行的全过程中，几乎都与病痛不适相伴，本就带着罹患感冒、高烧刚退的病弱之躯上路，当一路经历了海上颠簸晕眩终于到达上海后，又马上住进了医院，在病床上度过了治疗胸膜炎的大半个月。从中国回日本后，严重的神经衰弱、失眠始终没有离开过他，这也是他六年后终于自己结束生命的主要原因，这是后话。在写作《中国游记》各篇时，他也多次提到自己"肠胃不好""连续几天的睡眠不足""发着三十八度六的高烧""头昏脑涨""连喉咙也疼得厉害""继续写游记还是让我感觉有些厌倦"。这些正是他游历中国和撰写游记时的个人身心情况。另一方面，1921 年的中国满目疮痍，古代文明经历了五四的洗礼正急剧衰败，新生的希望尚刚刚萌芽，社会处于新旧混杂、动荡不安的状态，这让意欲寻觅古典诗情画意的中国的芥川龙之介，不能不感到重大的失望，一路上屡遭失望而逐渐积聚起来的不满，终于升级为激越的义愤和无奈的绝望。

最为典型的，莫过于《长江游记》中写《芜湖》一节中的感慨：

> 芜湖，真是个无聊的地方！不仅仅是芜湖，我对中国都已经感到厌倦了。……现代中国有什么？政治、学问、经济、艺术，难道不是悉数堕落着吗？尤其提到艺术，嘉庆、道光以来，有一部值得自豪的作品吗？而且，国民不分老幼，都在唱着太平曲。……我不爱中国，想爱也爱不成了。

这段极而言之、舍弃深刻、不求公允的抱怨式的感叹和诘问，将芥川龙之介那为病弱躯体所包裹的心中，一旦失却耐心和理智后，难掩的绝望和伤痛暴露无遗。

于此，我们再次看到一位兼具小说家眼光以及汉学家情愫的芥川龙之介，这正是天才加鬼才的芥川龙之介。写完《中国游记》三年后，他连自己的生命包括才华都毫不吝惜地毅然丢弃了，我们还有什么必要去苛责他的"不爱中国"呢？

江南寻梦（一）·顾志军版画

江南寻梦（二）·顾志军版画

江南寻梦（三）·顾志军版画

民国书客：《中华民国书林一瞥》

　　长泽规矩也（1902—1980 年），是日本学术界著名的"书志学家""图书学家"，对应于中国学术界的术语，即"版本学家""目录学家"或"文献学家"。1926 年，他毕业于东京帝国大学文学部中国文学科，1929 年起，任东京第一高等学校教授，后历任法政大学教授、图书馆短期大学讲师、爱知大学教授等教职。其间，曾先后为日本静嘉堂文库、成篑堂文库、日光天海藏、叡山文库、东北大学狩野文库、内阁文库、大东急记念文库、三康图书馆、金刀比罗宫图书馆、神宫文库、大阪天满宫文库、福井县立图书馆等 30 多家藏书单位，整理和、汉古籍，从事编目工作。这样的经历，使他在和、汉古籍文献方面积累了广博的学识、深厚的功力，堪称日本近代文献学第一人。

　　长泽规矩也的文献学成就与他历次来中国访书、购书的实际经历密不可分，他的汉学素养和版本学方面的功力，为他在中国淘书提供了专业的眼光和识断；而中国访书、购书的经历又为他的文献学研究提供了众多一手的实际资料。

　　1923 年，尚在东京帝国大学读一年级的长泽规矩也，就参加暑期研修旅行团，第一次来到中国。学习中文的他，在中国不仅操练了汉语会话，

〔日〕内藤湖南——等著

钱婉约——译

中国访书记

《中华民国书林一瞥》，
〔日〕长泽规矩也著，钱婉约译。
收入《中国访书记》，九
州出版社 2020 年出版。

还初步尝试购买汉籍。在 1927 年到 1932 年的六年中，长泽规矩也或是得到外务省文化事业部的资助，或是受静嘉堂文库的派遣，每年都有两三个月或近半年的时间，前往中国访书、购书，或盘桓北京，或跋涉于扬州、南京、苏州、上海、杭州等地，调查书业行情，以专家的眼光和非个人的财力，大批购买中国珍籍善本。

长泽规矩也在中国买书，大致分为自己、为友人、为静嘉堂文库三类，那不是一般意义的购买，而是搜寻秘籍珍籍，所谓"钩沉发微""慧眼识宝"是也。

为自己买书，就是买与自己研究兴趣、研究课题有关的书籍，主要有三类：第一类是戏曲唱本类，这一方面是受到当时学术界注重通俗文艺研究的影响，另一方面也是长泽规矩也个人的兴趣所在，他曾十分沉湎于中国的戏剧，在北京，除了买书，还必定要去戏院听戏。他不仅购买各种罕见的明清戏曲珍本，还留心收集了不少当下流行的唱本小册子。第二类是北京的掌故资料、文人随笔以及汉籍的基本书目。第三类是与孔子祭祀相关的书，因为这是他当时向文化事业部提出的一个研究课题。总之，为自己买书，不在猎奇，不以珍贵罕见为目标，主要是为了研究和兴趣。

由于长泽规矩也精于识书和购书，他每次赴中国，也常常受到友人的请托，代为购买某种珍籍。如他曾受药商武田长兵卫的委托，在琉璃厂书店廉价地替他买到了宋版的医书。当他把书带回日本之后，北京图书馆方面获知这一事情。由此，长泽规矩也被作为善本外流的主要监视对象受到中国方面的警惕和关注，在他再来中国时，北京图书馆专门委派了赵万里，在其购书旅程的杭州、南京、苏州等沿线，一路抢先，严防好书落入对方之手。但颇让长泽规矩也得意的是，即便在这样的情形下，他仍然不无收获：在苏州意外地以非常低廉的价格买到了在日本极为罕见的金陵小字本《本草纲目》，以及日本复刻宋刊本《千金方》。

1926年至1939年间，长泽规矩也任静嘉堂文库干事。静嘉堂文库由日本三菱财团第二代主人岩崎弥之助创建于1892年，以搜购、收藏和、汉古籍为主旨，其中大部分精华得自于陆氏皕宋楼，今日静嘉堂文库仍为日本汉籍宋元古本最富有的藏书所。长泽规矩也主要从事文库书籍的编目工作，另一方面也负责采进书籍。因此，1927年以后的历次中国访书、购书旅行，也是同时为静嘉堂文库采购书籍。其中，买书最多的是1928年，共为静嘉堂文库买入各种汉籍349部，其中有规模效应的，一是几十种刊印本丛书，二是50多种文奎堂新近出版的满文刊本及满汉文合刊本，他对这些书的版本、价格，都有著录。

综合历年考察中国书业界的见闻观感，长泽规矩也写下了《中华民国书林一瞥》的小册子，1931年在日本出版，中译本收入《中国访书记》，2020年由九州出版社出版。书中介绍了北京、上海、天津、南京、苏州、杭州、扬州等中国主要文化城市书业界的情况，特别是对于旧书业的集中地北京和汉籍新刊本的发祥地上海，做了详细的观察、记述和分析。对北京，围绕琉璃厂和隆福寺街两个中心，依铺面一家家地介绍书店的店名、掌柜、主要经营的书籍类型，乃至书店的经营作风、声誉好坏等，全面反映了20世纪20年代末30年代初北京书业界的情况。关于北京琉璃厂的兴衰变迁，此前有清代李文藻的《琉璃厂书肆记》，民国初年，缪荃孙续作《琉璃厂书肆记后记》，到20年代末，不仅李氏所记书店已荡然无存，而且缪氏所记的书店也寥若晨星了。因此，长泽规矩也在《中华民国书林一瞥》中特设《琉璃厂书肆记新记》一节，表示自己继承李、缪前人学统的用心。对上海，他充分肯定了作为新兴现代化工商业都市的上海，在新的观念、新的印刷手段、便利的交通设施等方面，对于书业进步的促进作用，指出上海已迅速成为一个新的图书集散地。他以书店所经营图书的内容，将上海书业分成线装古籍和新版木刻书、石印线装书、洋装书、艺术类书、商务印书馆和中华书局等现代书籍、文艺及社会类书籍等门类，一一介绍上海书店的内容特色。这本书出版后，在日本深受欢迎，迅速再版，成为当时日本人到中国访书的专业手册和购书线路指南。

《仓石武四郎中国留学记》，〔日〕仓石武四郎著，荣新江、朱玉麒辑注，中华书局 2002 年出版。

《我的留学记》，〔日〕吉川幸次郎著，钱婉约译，中华书局 2002 年出版。

两部留学日记：《仓石武四郎中国留学记》《我的留学记》

一

　　让我盼望已久的仓石武四郎《述学斋日记》终于在中国面世了，而且还一下子出了两种本子。先是看到由陈捷作文介绍并点校收在《中日文化交流史论集》中，本书为纪念东京大学名誉教授、仓石武四郎高足户川芳郎先生七十诞辰而编，我的一篇拙作也收在里面，因此比较早得到样书。我读了全部日记，可以说是深慰渴念。后来，我又买了由荣新江、朱玉麒辑注，以《述学斋日记》为主体，改名为《仓石武四郎中国留学记》的这本书。两书同年同月由中华书局出版，从版权页上看，同是 2002 年 4 月，也可谓是不经意中的巧合吧。

　　我对这部日记盼望已久，实出于一个小小的因缘。

　　1998 年秋，我与光明日报出版社商谈，计划出版一套"日本人眼中的近代中国译丛"。当时，我正在集中精力做关于内藤湖南中国学的研究，因此，对近代日本中国学家来中国的历史资料，特别是有关京都学派中国观的文献比较关注。根据我在日本收集带回的资料，以及对北京当时日文藏书的调查，我了解到，在晚清民国期间，即日本明治、大正、昭和初年，来中国访问考察、留学进修的日本人很多，他们当中很多人都留下了旅行中国的纪行文、日记或回忆录，其中学术界人物即日本中国学家或留学生留下的资料尤其值得关注。这些资料不仅对中日近代历史、学术交流史有用，是久为学界忽视的弥足珍贵的纪实性史料，而且，由于大多是私人性、即兴式的记录，读起来十分生动有趣、吸引人，让人有穿越时空、"回归现场"的感觉。由于光明日报出版社当时还在出版"西方人眼中的中国名著译丛"，很受读者的欢迎，因此，我就借此提出了自己想编辑翻译这套日本译丛的想法，并很快得到光明日报出版社的同意。

在我确定翻译书目时，首选的除了内藤湖南的《燕山楚水》、吉川幸次郎的《我的留学记》、青木正儿的《江南春》等书外，就是仓石武四郎的这部《述学斋日记》。前面几种，我已经有书或复印件，而《述学斋日记》，只是从《东洋学的系谱》中户川芳郎先生所写的《仓石武四郎》一章中，知道它是仓石武四郎 1928 至 1930 年留学中国时的日记。当时，我已从吉川幸次郎的《我的留学记》中，知道仓石武四郎是与他同时在北京留学，一起学汉语、听课、逛书店的日本同仁。我高兴地推想，这两本书堪称姐妹篇，在记事内容上一定可以互相参见。但是，我寻遍国内各大图书馆，都没有发现这本日记，就只好遥托在日本的老同学陈捷在东京搜寻。消息很快来了，陈捷告诉我，经过询问户川芳郎先生，才知道这本日记尚是手稿，根本没有出版过，而且，它本身就是汉文写成的。这消息使我稍感安慰，不必为自己找不到此书而懊恼，但同时也使我失望，我不仅不能很快看到这本书，而且不得不放弃把这本姐妹篇收入译丛的打算，只能在心中埋下一个未了的念想。结果，这套"日本人眼中的近代中国译丛"，在我和其他几位朋友的合作下，于 1999 年 9 月出版了四种：除了上述内藤湖南、吉

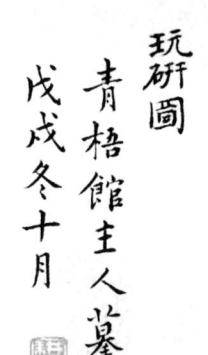

玩研圖
青梧館主人摹時
戊戌冬十月

七十叟討事再記

〔清〕王树毅《人物故事图·玩砚图》

川幸次郎、青木正儿三种外，还有一本是宇野哲人的《中国文明记》。

　　原来，从 1993 年起，《述学斋日记》的手稿复印件就已经落户北京，在荣新江教授的手中。我虽然久闻荣先生的盛名，知道他是北京大学历史系的敦煌学专家、学界新锐，但由于专业不同，始终未能有缘谋面拜识。也就是说，当我 1998 年遍寻这本日记时，它其实就默默地存在于同一个学校的一位老师手中。在所谓信息爆炸的时代，我为自己的孤陋、信息的滞后，感到惭愧而遗憾。

〔清〕沈宗骞《归去来辞图·舟摇摇以轻飏，风飘飘而吹衣》

　　关于仓石武四郎的学术成就及留学中国的故实，在陈捷的文章及荣新江的"前言"中，都做了比较清晰的介绍、评述。特别是荣新江、朱玉麟两位先生，对这篇28000字的日记做了详尽的笺注，对其中涉及的人名和书刊名的解释，堪称一份了解中日近代学者交往的备忘录，为追索民国年间中日学界的掌故提供了重要线索。

二

　　这里，对吉川幸次郎及其《我的留学记》略做介绍。吉川幸次郎，出生于日本近代最早的开埠商港及华侨聚集地神户，早年即从神户南京街及对中国典籍的阅读中，感受到中国文化的独特魅力，被中国文学深深吸引。1922 年，他进入京都帝国大学文学部文学科，此时正是中国学研究在京大最为鼎盛的时期，受到狩野直喜、内藤湖南、青木正儿、铃木虎雄等名师的教导，他成为战后日本最著名、最富有国际影响力的中国文学研究家。他一生著述等身，有《吉川幸次郎全集》27 卷存世，尤以杜甫研究、元杂剧研究的卓越成就屹立于国际汉学界。

　　1928 年 4 月到 1931 年 2 月，吉川幸次郎在北京度过了不到三年的留学生涯。在此之前，他曾于 1922 年春第一次到中国旅行，游览了上海、苏州、杭州、镇江、南京等城市，为美丽的江南景物而陶醉，感叹道："中国天生是我的恋人。"吉川幸次郎留学北京，寄宿在东城区演乐胡同唐宅专门延纳日本留学生的延英舍，同住的同学有仓石武四郎、水野清一、三上次男等，后来，他们都先后成为卓有成就的中国学研究家。他和仓石武四郎相约用半年时间每天学习汉文，上午跟随一位叫奚待园的旗人读解《红楼梦》，下午练习会话。一年后，到北京大学文学院听课，先后听过马裕藻、朱希祖、钱玄同、沈兼士、陈衍以及中国大学吴承仕的课，另外，还曾向北京的杨钟羲、雪桥，南京的黄侃、吴梅等先生问学，这为他日后与中国学者保持长时间的学术交流和友谊奠定了基础。此外，吉川幸次郎一有时间就去琉璃厂、隆福寺街的各家大小书肆，访书、买书，与当时的书店老板也成了好友。以至于他在回日本之后的若干年，回忆起来，仍然充满深挚的情感。如他称赞黄侃是他在中国听课和接触到的学者中"最有学问、令人深受感动的真正的学者，了不起的人"；说陈寅恪"看起来十分敏锐，有西田几多郎年轻时的风貌"；他怀念琉璃厂来薰阁旧书店的主人陈济川，儒雅友善，有学识、有胆略，"是我认识的中国人中，最值得怀念的人物之一"。对这些中国文化人的赞叹和友谊，折射出吉川幸次郎哪怕是在中日战争年代，都不能释怀的对中国文化的深爱和依恋。

三年的留学生活，养成了吉川幸次郎深厚的中国情结。这一时期及此后的一段时间内，他不仅在学术研究的价值取向、方式方法上，而且在生活处世的衣着谈吐、行为举止甚至思想情感上，都热衷于与中国趋同，以至于多次被误认作中国人。在中国留学结束回日本前，吉川幸次郎在江南购书，由于汉语好、买书多，在较多交谈后，仍被书店老板的父子认作是从北京来的采购书商。回日本后，在较长一段时间里，他仍然穿着中国人穿的长衫，举手投足犹如中国人，被京大教授桑原骘藏误认为是从中国来的留学生。当他知道这样的误会后，心中暗自高兴，为自己形神兼备地接近自己的研究对象而得意。还有一件意味深长的事，据他的学生回忆，吉川幸次郎上课、演讲时，讲到激动处，他所说的"贵国"指的是日本，而"我国"指的是中国。应该说，这中国是他从中国典籍中读解出来的、理想的儒教文明国。他是把儒家中国视为自己的精神家园，把中国文化作为自己本国的文化，来从事学术研究的日本中国学家。

到目前为止，吉川幸次郎著作的单行本被译成中文出版的，包括台湾地区出版物在内，已有不少，如《中国诗史》《中国文学史》《元杂剧研究》《宋诗概说》《中国之智慧——孔子学术思想》《汉武帝》《我的留学记》等。要之，由于思想立场和文化观念的原因，他的学术研究成果，能够以"理解与同情"的态度，内在地、原本地揭示出中国文学与文化的韵味及特质，而不同于那些以西方文化的价值观念、思想方法为前提和标准，来外在地评判、否定中国文化的研究方法。

三

最后，值得提出的是，民国时期正是中日关系最黑暗的时期，在那个普遍歧视甚至仇视中国的时代，一些日本的中国学研究者，难免不表现出国粹主义乃至扩张主义的思想学术倾向，而与此取相反态度的中国学研究者，则不仅被挤至边缘一隅，甚至处境维艰。像仓石武四郎、吉川幸次郎这样的学者，能够远离弥漫全日本的军国主义和国粹主义，如此真诚地亲近中国文化，悉心埋首于中国语言文学、中国文化的研究，在当时日本的中国学研究者中，绝对是不多的特例。

《高仓正三苏州日记(1939—
1941):揭开日本人的中国记忆》,
〔日〕高仓正三著,孙来庆译。
古吴轩出版社2014年出版。

壮志未酬身先死：《高仓正三苏州日记》

　　我在这里要介绍的日本学者高仓正三，几乎是一个名不见经传的名字。我敢肯定，不要说是中国学人，即使是日本的中国学研究者们，或许也都会感到陌生和不解：他是研究什么的？是哪个专业领域的专家学者？是的，他不仅远远称不上是日本中国学界赫赫有名的大家巨匠，甚至由于年轻早逝，都未及成为一个著书立说、桃李满园的教授。但是，作为日本的中国语研究与教育工作者，作为一个曾经与中国过去的时代有过密切关联的吴方言研究者，我觉得很值得在这里介绍他的主要生平和学术业绩。

　　我对于高仓正三的了解和关注，以及想要介绍他的愿望，都来源于很久以前读《吉川幸次郎全集》中《高仓正三氏〈苏州日记〉跋》一文留下的难忘记忆。

　　高仓正三毕业于京都大学中国语学与中国文学科，是日本中国语教育和研究大家、《岩波中国语词典》主编仓石武四郎先生的学生，本科学位论文是《王子安年谱》。他刻苦好学、勤于钻研的个性特点，使他受到京都大学老师们的器重，毕业后被留在京大东方文化研究所工作。在做了四年研究所的助手后，1939 年，由于获得日本外务省的资助，高仓正三得以来到中国留学。由于他有志于学习与研究中国南方方言吴语，即苏州话，所以在京大中国语学与中国文学科老师吉川幸次郎的推荐下，赴苏州留学研究。

然而，天有不测。从 1939 年 9 月抵苏，高仓正三的留学生活只进行了一年半，到 1941 年 3 月 13 日，竟病逝于苏州新桥巷医院。当因病躺在医院的病床上时，年轻的他丝毫没有想到疾病的严重性，因而，也没有想到要离开苏州，回日本接受可能更好的治疗。不久，他就客死苏州，在异国永远丢下了自己未竟的研究事业，终年 27 岁。

他的遗物被送回日本，其中有在苏期间逐日写下的留学日记，即由他的兄长高仓克己编定，1943 年在日本弘文堂出版的《苏州日记》。这是高仓正三生前留下的唯一著作。出版之际，导师吉川幸次郎写下了介绍文章，作为跋文。

根据吉川幸次郎的跋文，我们还知道，除此日记以外，高仓正三还留下了未完成的《苏州话译稿》一书。该书选取叶圣陶《古代英雄的石像》《稻草人》两书中的童话 25 篇，及戏曲文本 4 种、民国学人书简 3 篇等素材，将之译写成吴方言。另外，他的遗稿中还留下许多记录苏州话的小卡片，是为编撰《苏州话词典》而准备的。

日本近代的所谓海外留学，一般不是现在理解的进入国外某大学，接受严格的课程训练、修习学分，从而得到学位的正规留学，而是像高仓正三这样已经有了学位的年轻研究员，到研究的对象国去做实地的考察和研究。

在日本近代中国学特别是京都学派的发展历程中，始终十分注重到中国去做实地考察、尽力搜集汉籍原典、了解中国同行的研究状况等学风学统。从清末开始，就有狩野直喜、内藤湖南、小川琢治这样的第一代京都

学者到清国的华北、东北、长江流域等地考察访问；到 20 世纪 20 年代末
30 年代初，第二代京都学者仓石武四郎、吉川幸次郎、水野清一等人来华
留学，则主要在北京、南京，根据仓石、吉川留下来的留学日记或留学回
忆录，我们知道，他们对于中国官话——北京话的学习和研究，也是留学
初期的主要目的之一。1939 年赴苏州留学的高仓正三，可以说是秉承了京
都学派学统的第三代京都学者的代表。

　　一方面，由于北京话作为官话的地位，从一开始就受到来华日本学者
的关注，因此，当时日本中国学界对于北京话的研究已经渐成规模。相对
而言，具有悠久历史、堪称"中国江南文化的代表语言"的吴语，则没有

人意识到去开发它、研究它，处于一片空白的状况。高仓正三就是这样一位有意识要进入这片处女地的年轻学人。

另一方面，吴语研究的提倡，与近代以来日本注重研究话本小说、戏曲文艺的新学术思路有关。继王国维开创性的《宋元戏曲史》后，日本第一代戏曲研究者青木正儿写出了《中国近世戏曲史》，吉川幸次郎在他老师青木的影响下，也十分关注这方面资料的收集和研究。苏州作为历史悠久且明清以来市民文化很发达的地方，是弹词唱本、通俗小说的盛产地。因而，吴语的研究在当时不仅是语言学专业领域的拓展，更是文学研究的需要。作为第三代学人的高仓正三，也是在这种需求下，被京都大学派赴苏州留学研究的。

自从读了吉川幸次郎的这篇跋文后，远在中国的我，就一直希望有机会能够读到相隔半个多世纪的那本《苏州日记》，以便进一步了解高仓正三的生平和学术。这当然不仅仅因为我本人正是操着吴方言的苏州人氏，更因为作为吴方言研究的开拓者，高仓正三理应受到日本中国学史和国际汉语教学史研究者的关注。

去年7月（按：本文写于2004年），我首先在某报关于"日本近代中国学家"的连载专栏中，像上述文章提到的那样，简单介绍了高仓正三的事迹，心中期待着等有机会读到那尘封已久的1943年日文原版书后再继续关注。可令我没有想到的是，随即就有了意外的收获。原来，在我家乡苏州的地方性文化杂志《苏州杂志》上，几年前竟连载过这本《苏州日记》的汉文节译本，自1995年第2期至1996年第3期，分6次连载。

《苏州日记》1943年由日本弘文堂出版，当时只发行了3000册，如今，恐怕在日本也属罕见之珍本了。《苏州杂志》之所以能使这份50多年前的外文文献重见天日，幸赖以下机缘：先是日本演剧教育联盟资料馆富田博之先生将此书作为昆曲研究参考资料，赠送给了江苏省文化艺术研究所的朱喜先生。朱喜先生写了《高仓正三和他的〈苏州日记〉》一文，刊发在《苏州杂志》上。后来，因感于这是很好的地方文献，朱先生遂将此书转赠苏州杂志社。这才有了现在我读到的由孙来庆译、令狐仲季校注的这份《〈苏州日记〉摘抄》的连载。

高仓正三研究吴方言的方法，是将苏州话放在与北方官话、古代汉语相关联的历史文化背景下，去探索建立吴方言的知识体系。这就需要由语言而旁及吴语文学作品、吴地社会生活等，从而展示苏州这个独特的历史悠久而文明璀璨的江南名城的风土人情。出于这样的研究理念，作者在苏州除了学习方言、调查语料外，对于苏州的生活习俗、民间文化等，也十分留心，这些内容都记在他写下的《苏州日记》中。日记记录了这段时期他的留学经历和苏州的自然、人文情况。正如吉川幸次郎跋文所说："日记在日本人（关于中国的书）中可谓第一次有这样的内容。……是对关心那段时期中国人生活实况的研究者十分有用的书。"

日记基本涉及如下几个方面的内容：

一、对于苏州古城的最初观感、生活体验。如："苏州的街巷不仅没有臭气，空气中还飘逸着桂花和白兰花的馨香，无论昼夜，都令人心情特别舒畅。"在这里，他游历虎丘、寒山寺、拙政园、狮子林，拜访章太炎故居、俞樾春在堂。此外，松鹤楼餐馆、开明大戏院、北局书场也是他在苏州生活时常常光顾的地方。

二、在苏州、上海访书、购书的情形，主要搜求话本小说、弹词唱本、唱片等。遇到有价值的廉价古籍珍本当然也不会放过，如："到音乐柜，

苏州作为历史悠久、明清以来市民文化又很发达的地方，
是弹词唱本、通俗小说的盛产地·顾志军版画

我想要的昆曲唱片几乎都有，因此，买了三张《长生殿》弹词和一张《安天会》。"如："去玄妙观，花了一角钱就买了十一册校样唱本。"又如："在小巷里只花了三元五角（美元）便买了（明刊本）《吕氏春秋》。"

三、学习苏州话，看电影、听戏曲，积累语言材料，并从事翻译活动。作者分别请了张莹华女士和一男子做教师，用下午两个小时和晚上一个半小时学习苏州话，包括练习发音、掌握词汇等，筹备"编撰一本苏州话的词汇集"。后期又听从吉川幸次郎的提议，进行叶圣陶作品的翻译。

四、与当地文人、学者交往请益，与日本师友通信。作者拜访的中国学者有上海的陈乃乾、郑振铎（未遇），苏州的章赋浏（前东吴大学历史学教授）、吴礼初（作者称吴是"很有学问的才子"）等。与他通信论学，代为访书、购书的日本师友主要有吉川幸次郎、高仓克己、仓田淳之助、日比野丈夫、伊津野泽等人。

以上内容或涉及学术史、社会史，或关乎文学史、文化交流史，甚至从日币兑换、书价记录中还可读出经济史的信息。其多方面的文献史料价值自不待言。

此外，日记中高仓正三在中国期间到苏州以外的地方，如华中地区游历、观光的部分，以及附的作者写给日本师友的信件，都是很有意义的材料。

附带说明：阅读《苏州日记》译文时，发现校注文字中略有几处偏差，如京都比睿山、琵琶湖，校注者称其为"在京都西北的大湖"，其实比睿山、琵琶湖均在京都东北方向；又如著名中国文学研究家吉川幸次郎，校注者却曰"专门研究老庄哲学的日本学者"，都是不够准确的。

谈到 19 世纪中后期以来创造了辉煌业绩的日本中国学界，除了那些功成名就、饮誉世界的著名学者外，不无像高仓正三这样"壮志未酬身先死"的无名小辈。他们本着对学术的真挚追求，超越战争政治的阴影，为了一份绝大多数人尚无法理解的专门课题，远赴被侵略下的、战乱中的"敌国"，忘我地潜心研究中国的语言和文化，这种献身学术的精神，正体现了一个纯粹学者的重要品质，也是我们会在半个多世纪后仍然想到他的业绩的原因。

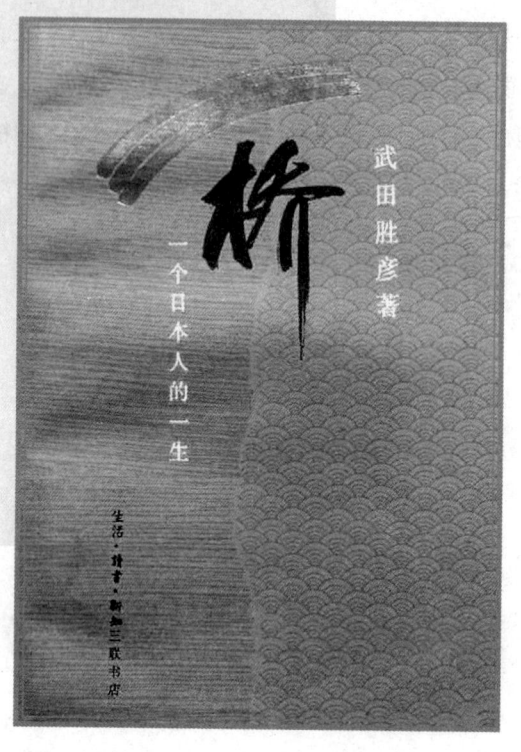

《桥：一个日本人的一生》，〔日〕武田胜彦著。
生活·读书·新知三联书店 1997 年出版。

理性与良知的光芒:《桥:一个日本人的一生》

　　在今天日本静冈县小笠郡大东町的土方村,立着一块由著名文学家井上靖书写的纪念碑,碑文是"一生尽瘁于中国留学生教育的人——松本龟次郎 1866—1945"。这位松本龟次郎,就是 1979 年邓颖超率团访问日本时,在公务完毕之后,特意要寻访并向其后人面呈周总理敬意与谢意的人。

　　松本龟次郎从 1903 年起,历明治、大正、昭和时代,在中日甲午战争以来日本人普遍轻侮中国人进而发动侵华战争期间,把对留日中国人的教育工作作为自己毕生的事业,热心真挚、兢兢业业;他所编写的日语教科书,因针对中国人的学习情况,并以多年对华教育的经验为基础,受到学界的广泛好评,长期再版。1908 年他应聘到中国做日语教师,在北京度过了清王朝的最后四年。他看到清末中国的衰败,也看到中国拯救危亡的民族士气,更感到帮助中国培养人才的重要。归国后,他干脆自己筹资,用多年的积蓄与同仁创立了一所长久性的留日学生预备学校——东亚高等预备学校。在东京,松本龟次郎所在的学校是最有名声、最为中国留学生向往的预备学校。30 多年中,受惠于他教育的中国人难以计数,接受过他亲自教育的人也有上万,包括鲁迅兄弟、秋瑾、周恩来等。

　　1923 年东京大地震,他辛苦经营了十几年的学校一下化为瓦砾废墟,

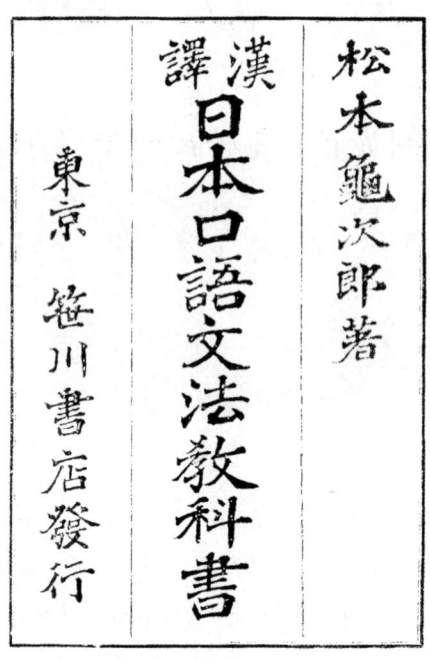

松本龟次郎著《日本口语文法教科书》

在丧失了校舍乃至寄身之所，连正常的生活都难以维持的情况下，年近六旬的松本龟次郎用最原始的铁锹、簸箕，奇迹般地于震灾后一个月，在废墟上搭起简易木棚，恢复了正常的教学日程。

一直到退休以后，即使是在中日战争期间，仍有中国留学生经常到松本老师家请益、做客。松本家附近偏僻的汽车小站，因有往来的中国人而上下客多了起来，以至于后来汽车一到那一站，售票员小姐就干脆说："松本先生家到了，下车后往回走 30 米，右手边就是。"这情形多少使人想起"桃李不言，下自成蹊"的中国古语来。

松本龟次郎从未奢谈过中日友好，只是默默地不懈地努力于本身的事业。"自问对于华生之教育视为无上之至乐、终身之天职；功名富贵，淡若浮云。矻矻穷年，以迄于今，而不知老之将至焉。"这是他 68 岁时在所著《日语肯綮大全》序言中的自我写照。然而，正是这种乐此不疲的平凡的努力，在中日关系最恶劣的年代里，为中国留日学生的教育做出了不平凡的贡献。在此，我看到了松本龟次郎心中理性与良知的光芒，正是这理性与良知的力量，使得这位普通的长者走进了一大批"敌国"年轻人的生命里，并长久地活在这些中国人的心中。

在 20 世纪 30 年代日本国内侵华气焰日益高涨之时，松本龟次郎则抱着一种不同于一般日本人的中国观。他怀着忧愤和感伤，于 1930 年 4 月再次踏上中国的土地，他要亲眼看看中国的现状是否真如日本政府宣传的那样。他考察了华东、华北、东北的主要城市，参观学校教育，与日本人、中国人交谈，通过他当年在北京教书时结识的日本友人，以及许多当年他教过的中国学生，了解到许多中日人民之间互相信任、长期友善互助的真实故事，这是在当时中日敌对空气中力量极其微弱的友好的种子，但不正是这种理解与互助，才是国家与国家之间长期友好共存的基础吗？百姓都是善良的，但百姓有时往往会被蛊惑，被利用。而这时，总会有一些人，尽管是极少数的人，能以独立的人格、健全的头脑来维持理性与良知的尊严，这些人往往是清醒而痛苦的，甚至是处境危险的。考察归国后，松本龟次郎发表了一系列言论，多次批评日本政府的对华政策，认为日本固然要生存发展，但其发展不能以侵略别国为前提，中国国内的排日情绪正是日本对华政策所导致的。这些言论发表在"九一八"事变前夜，可见他的胆识和勇气。他甚至还设法把载有这些言论的书籍送到当时的一些军政要员手中，如铃木贯太郎，当时的海军大将、天皇的侍从武官长和枢密院顾问，后来作为总理大臣接受《波茨坦公告》、最终终止了战争的人；又如本庄繁，

日本人习惯把沟通两国友好的工作叫作"架桥"，
而松本龟次郎的"架桥"是在最艰难和不幸的岁月中进行的

他是松本龟次郎在北京教书时的旧识，当时是关东军司令官。他希望通过
自己的正义直谏，多少能对这些在对华政策上起重要作用的人士有所影响。

　　然而，理性的微光、良知的呼唤被"圣战"的狂嚣淹没了，侵华没有
因为松本龟次郎的善意而休止。战火硝烟不断扩大，把中国人民也包括日
本人民推向苦难的深渊。他本人也在"九一八"事变以后不久被迫退休，
并且时时受到特高科警察的暗中监视。终于，他在听到裕仁天皇广播宣告
日本投降、战争结束之后的第 28 天，在自己故乡的土方村，走完了 79 岁

的人生。

　　日本著名传记文学作家、早稻田大学教授武田胜彦在他的中文本松本龟次郎传记《桥：一个日本人的一生》中，向我们叙述了松本龟次郎平凡而感人的一生。日本人习惯把沟通两国友好的工作叫作"架桥"，而松本龟次郎的"架桥"是在最艰难和不幸的岁月中进行的。如今，他逝世巳有半个多世纪，我们在纪念这位友好、和平的促进者时，是否也应该向支持了他一生事业的理性和良知致以深切的默哀、崇高的敬意？

《惜别》，〔日〕太宰治著，于小植译。
新星出版社 2006 年出版。

鲁迅为什么去仙台：《惜别》

　　大家都知道，鲁迅是因为早年中医庸医没有救下他父亲的病，所以立志学西医，"预备卒业回来，救治像我父亲似的被误的病人的疾苦"。

　　大家也都知道，鲁迅是因为在仙台学医时，课间看幻灯片，看到日俄战争中日本人杀充任俄国间谍的中国人，而被杀和围观的中国人却全然麻木不仁，于是感到"医学并非一件紧要事，凡是愚弱的国民，即使体格如何健全，如何茁壮，也只能做毫无意义的示众的材料和看客"，所以弃医从文，"改变他们的精神"，从事文学思想活动去了。

　　这两点，几乎成了鲁迅走上思想家、革命家、文学家之路的关键，成为人们对于中国现代思想史上神话般人物——鲁迅的共识。

　　然而，在这些共识之下，一些历史的具体细节往往被忽略了。比如，为什么是去仙台学医？

　　实际上，鲁迅是 1902 年到日本留学的，先是在东京弘文学院学日语，两年后的 1904 年 9 月，才正式到仙台学医。即使学医，在东京就有医学校，是第一高等学校中的医学科。而他之所以选择到偏远的仙台去，是因为在东京的两年间，他见到的"清国留学生"令他十分失望。正如那些他在《藤野先生》中写到的，那些在上野公园看樱花，头顶着清人的大辫子，盘起来藏在学生制帽下面，宛若"富士山"的人；还有晚上在留学生会馆里，"有一间的地板便常不免要咚咚咚地响得震天，兼以满房烟尘斗乱"，那些彻夜跳舞、令他无法读书学习的人。以至于他在同年的另一篇文章中写道："现在的留学生是多多，多多了。但我总疑心他们大部分是在外国租了房子，关起门来炖牛肉吃的，而且在东京实在也看见过。那时我想，炖牛肉吃，在中国就可以，何必路远迢迢，跑到外国来呢？"总之，对中国留学生可以说是相当失望了。

所以，他在弘文学院学语言时的同学沈瓞民回忆说："鲁迅决定学医，想进一个没有中国留学生的医专。"当时日本第二高等学校的医学校所在地是仙台，鲁迅便决定去仙台。周作人在《鲁迅的青年时代》一书中也说道："因为他在东京看厌了那些'富士山'们，不愿意和他们为伍，只有仙台医专，因为比千叶、金泽路远天冷，还没有留学生入学，这是他看中了那里的唯一理由。"

在仙台，鲁迅开始听课时，仍然不是很能全部听懂的，所以，藤野先生对于这个班上唯一的中国人就多加关心了一些，问他能否全听懂，能否全部记下来。鲁迅给老师看自己的笔记，藤野先生就为鲁迅修改听课笔记，所有脱漏的地方，包括语法错误等等，都用红笔添改在上面。这样，鲁迅期末考试时，成绩是"同学一百余人之中，我在中间，不过是没有落第"。

即使这样，也还是引起学校中日本同学的怀疑。日本人当时普遍瞧不起中国人，认为"中国是弱国，所以中国人当然是低能儿，分数在六十分以上，便不是自己的能力了"，怀疑是藤野先生在添改笔记的时候，给鲁迅漏了考试题目，于是引起一场风波；再加上看日俄战争杀中国人的纪录片等原因，鲁迅终于终止了仙台的学习，回到东京，进行文艺活动去了。

鲁迅之所以在20多年后的1926年，写下《藤野先生》作为《朝花夕拾》中的一篇，是因为他一直怀念这个给他以平等的关爱和特别的鼓励的日本老师，这在当时，或许是很少见的例子吧。所以鲁迅说："我总还时时记起他，在我所认为我师的之中，他是最使我感激，给我鼓励的一个。"

　　对晚清中国的失望，使他到日本留学；在东京对同胞留学生的失望，又使他远赴仙台留学。逃避失望的鲁迅，并没能摆脱屈辱。正是在仙台的经历，使鲁迅终于完成了从逃避到直面迎接的转折，走上了"改造国民性"的道路。

　　在那几年的失望和屈辱中，唯有真诚和负责的藤野先生，是鲁迅日本留学的一抹温馨回忆。

　　太宰治（1909—1948年）的小说《惜别》，以一个卓越小说家的独到视角和细腻文笔，艺术化地再现了留学日本时期的鲁迅形象。书中所附载的中日两国鲁迅研究家藤井省三和董炳月的序跋等文，也堪称本书的好导读。

《〈论语〉与近代日本》，刘萍著。
中国青年出版社 2015 年版。

《论语》在日本的多面相:《〈论语〉与近代日本》

最近，读到北京大学中文系刘萍女士新著《〈论语〉与近代日本》。该书从哲学思想领域、历史学领域、文学领域以及文人创作四个方面，介绍和论述了近代日本具有代表性的《论语》研究，以及以《论语》为中心素材的小说创作，让我们对于《论语》在日本近代思想文化界呈现的多面相，有了进一步的认识和理解。

当《论语》在哲学研究者服部宇之吉笔下，被当作营造当代日本"孔子教"的素材时，思想史研究者武内义雄，则正在着力于对《论语》历代文本的厘定和对《论语》内容的"原典批评"；在山路爱山从近代立场出发，提出要从材料、时事、孔子像三方面更新《论语》研究的方法论时，津田左右吉则从"道德观"和"政治观"两方面入手，直接指斥《论语》"不过是知识的灌输，缺乏实际意义"，这种"道德说教，不免充斥着虚饰与夸张的成分"，表达了他对于东方传统文化的深刻怀疑和批判精神。要之，在西方价值观的冲击下，在对中国文化怀疑和批判的总体氛围中，《论语》要么成为反对民权、帮助稳固皇权的理论依据，要么沦为"阴惨沉郁"的过时思想，遭到背弃或批判。

在这种情况下，吉川幸次郎充满文学感性和道德善意的"人本主义"《论语》观，便显得格外引人关注和给人希望。在近代日本中国学家中，吉川幸次郎以对中国文化怀抱深情而著称，在他对元杂剧的研究、对杜甫诗歌的注译等文献学、语言学的工作中，体现出兼具实证主义理性与理想主义情怀的治学方法与态度，他的令学界瞩目的巨大研究成果与他独特的中国观，可谓相辅相成、互为表里。这种研究方法与治学态度，同样也体现在他对《论语》的注译与评说中。从战后一直到他去世前的35年间，吉川幸次郎先后发表了10多种关于《论语》的讲演、注译与研究著作。刘萍女士在书中辨析说，日本学术界往往将吉川幸次郎的儒学观称为"人文主义"或"人本主义"，而他自己的表述则是"文化主义"，这源于吉川幸次郎《论语》研究对于江户时代日本前辈学者的继承，特别是对荻生徂徕《论语》说的继承。"在荻生徂徕看来，孔子原本是倾心于'诗书礼乐'的，风雅的文化生活是孔子的理想，而《论语》就是述说这一理想的书籍。"吉川幸次郎曾屡有论文将中国历代诗歌乃至中国文学的主题概括为"希望与绝望""乐观主义与悲观主义"的对峙，将中国文学史研究的关注点，落实在对于人性的关怀和对于人类命运的思考上；在《论语》研究上，我们同样也看到吉川幸次郎这种"人本主义"的视角与关怀。

　　贯穿于《论语》始终的，是令人能够感受到的那种彻头彻尾的对于人的肯定，更确切地说是对人类拥有的善良的肯定。至少对于我来说，可以深深地感受到这一点。孔子对人类的能力、人类的善意的充分的信赖。

吉川幸次郎还说：

　　虽然有所谓"不义而富且贵，于我如浮云"，但并没有否定非不义的富贵；"君子疾没世而名不称焉"，也并不否定名誉的价值。"克己复礼为仁"中的"克己"虽不乏禁欲的意味，但"复礼"则可以理解为以向文化基准看齐为己任。尊重文明与快乐的中国人，其文明就是在这部著作的伦理基础上发展起来的。

可以看到，吉川幸次郎从《论语》中读取的，或者说《论语》带给他的，是中国人"希望"与"乐观主义"的文化信念。

《论语》在近代日本，还有两种文学的面相。

一种是 1938 年下村湖人的小说《论语物语》，取材于《论语》，通过 28 个故事塑造了孔子及其弟子的群像，表达了作者对于孔门人物身上折射出的儒家文化光辉的赞美。下村说，《论语》是探索天道、引领理想的"苍天之书"，更是行走于大地、践行平凡人生之路的"大地之书"，他要通过《论语物语》的创作，用心与心的交融，超越历史，超越时空，走进孔子的世界，体现作为人的孔子平凡而又不平凡的"求道之路"。这就是为什么"在这部物语中，与其说我是把孔子的门人当作两千年前的中国人，不如说是更把他们当作能在我们周围出现的普通人来描写"。把"孔子的门人"当作"普通人"一样来描写，是为了让读这本小说的普通人——当代日本人，也能够像书中的孔子门人一样，追随和践行孔子《论语》的理想。下村毕业于东京大学文学科，曾经在当时的日本殖民地台湾工作生活过六年，任总督府立台中第一中学校长及台北高等学校校长，对中国文化经历了从书籍文化的接受到实地生活的体悟、认知和升华的过程。从台湾地区回日本后，主要以文学创作和自由演讲的方式，继续践行他对青年的社会教育理想。结合下村文教事业的经历来看，把《论语物语》作为帮助青年修养品德、获得为人之道的教育课本，并不是无根据之说。

〔唐〕吴道子《孔子像》

　　另一种是中岛敦的《弟子》。以孔门十哲之一的子路为原型，倾注热情铺陈、描绘了子路"伉直磊落，甚至有点鲁莽""勇武实干，勇于担当""敬爱忠诚，严守礼仪"的品格形象。中岛敦具有较深的汉学学养，《弟子》与其传世著名小说《山月记》《李陵》《名人传》一样，都是以中国历史题材为素材创作的。这篇小说，一开始题为《子路》，继而改成《师徒》，最后才定为《弟子》。刘萍女士在书中详细介绍了《弟子》的取材、对子路性格的刻画，以及时时作为映衬者的老师——孔子的形象。品读至此，不由得令人进一步追问：中岛敦在1942年日本侵华战争之中期，为什么要写这样一部依托中国古典文化、赞美古代儒家弟子的小说呢？孔门弟子，德行、言语、政事、文学四科，人才济济，他又为何选取子路作为《弟子》的主人公？联系到古代历史上中国与日本的师徒关系，联系到子路身上所具有的那些更接近于日本"武士"性格的东西，以及子路拜师孔子之后，一直追随左右，以尊崇和保卫孔子为己任的形象，加之小说篇名的一再更动最后终于定为"弟子"，以突出"弟子"这一形象的主体性，那么，小说欲为日本是"儒家文化的弟子"这一身份定位与张本，几乎是不言自明了。

哲学的"孔子教"、历史的"道德政治观"、文学的"人性关注"，乃至小说的"人物塑造"，《论语》在日本近代呈现多面相。虽然研究《论语》的视角与手法不一，但将《论语》拉近日本社会，拉近现实人生，对其进行创造性转化，为当下文化建设、思想教育提供精神资源，却是明显的共同特征。在此，不由得让人想起，那本被封为"东亚儒家资本主义理论经典"的《论语与算盘》，不也正是《论语》的另一种面相吗？

《读诗札记——夏目漱石的汉诗》，王广生著。
北京大学出版社 2020 年出版。

生命的对话：《读诗札记——夏目漱石的汉诗》

一、作为生命对话者的夏目汉诗

　　王广生先生是首都师范大学日语系的副教授，熟悉他的人知道他还是一个诗歌爱好者与创作者。近七八年来，他常常在微信朋友圈里，贴出自己创作的格律诗和新诗作品。我与他曾有三年的师生因缘，此后这 10 多年来，也一直有专业上的联系与合作。知人论诗，每次读他的诗，就常常为他诗歌的切近自身、探究人性而触动，为他诗中意象的独到、情致的绵密、浩叹的深广而赞叹。

　　2017 年 4 月 11 日起，他突然在微信上抛出"夏目漱石汉诗读析"，一日一诗，启动连载。初读之下，我毫不掩饰对它的喜欢。记得曾经点赞和鼓励他说："写诗的广生，解读夏目漱石汉诗，出入中日，瞻顾古今，以诗心赏会诗心，期待继续。"但也没有想到，他就真的隔三岔五地不断连载贴出，经过两度春秋，修改整理成了这部解析夏目汉诗的书稿——《读诗札记——夏目漱石的汉诗》。

　　以我对广生当时工作与生活状况的了解，2017—2018 年正是他事业发展遇到瓶颈的时候，与其说他是在写作书稿，不如说他是在借读诗以排遣。

放下凡俗的困扰，进入文学的世界，解读夏目漱石晚年那些充溢情与理、苦闷与超越、冲淡与凝重的汉诗，埋头写作一篇篇思辨与情感交织、评论与抒怀间杂的美文，一定在很大程度上，慰勉与展拓了作者的心胸，甚至促成了他生命体验与学术境界的双向升华吧。书中有一段说：

> 每个人的存在都应该有独特的而无可替代的东西，这是生而为人的尊严和价值，正如同每个人都怀揣着一个孤独的灵魂来到这个世界上，诸多体验只能自己面对，别人不可替代，正是基于这样的独特性和不可替代性，每个人才有了存在的必要性和生命的意义。反顾自身，作为平凡的人，也应该有诗和远方，也应怀揣不灭的理想，在日常的修行中，磨砺身心、寻找归宿！（8月20日诗）

这是对"8月20日夏目汉诗"的品鉴，也是作者对话夏目汉诗而产生的心灵共鸣，因为这样的对话与共鸣，作者现实的心境升华为超越愁闷与孤独、信守人间美好的诗心。当他"不忮不求"埋头写完这本书稿时，他的工作与生活恰好也迎来了转机，可以开始他内心一直向往的读书、教书、著书的高校教师生涯。

二、作为审美对象的夏目汉诗

近年来，我个人常常疑惑，人文学术研究不知从何时起，越来越变成所谓实证的"科学"，强调研究者要超越个人立场与情感，这几乎成为毋庸反思的学术原则和研究前提，在这样的原则与前提下，研究者主体意识和个性特色不免被遮蔽，渐至弥漫出一种习焉不察的"学术八股"。在"科学"旗号的震慑下，加之近年来项目制、团队作战以及量化考评风气等的催化，一派繁荣的学术界，也出现不少肤浅、平面、僵硬的所谓学术研究成果。

然而，文学是最关乎人类情感方式、价值取向的艺术范畴，诗歌更是关乎最复杂、最丰富的个人精神世界的，属于高度心性、灵性的范畴，解析和研究它，最需要具体而微、体贴入里的心智与灵性，绝非科学实证所能完足。因此，当初赞许广生微信"一日一诗"的解读，一方面是呼应他这种感性的、赏析式的文字，赞许他这种无功利目的、并非板起面孔的"科学考据与说教"，另一方面，其实也是契合了我对于上述"学术八股"的厌倦心理。

在书中，作者也多处提及自己立足于鉴赏、感受与联想的感性研究方法，表明对于前人"理性论断"的警惕与反思：

> 对于夏目漱石汉诗的解读，没有实证与出典，没有考辨与佐证，基本上是感发和联想式的赏析。之所以如此，在有意尝试之外，实则也出于对于所谓实证与出典，甚至对于所谓研究立场的警惕与怀疑。在笔者看来，真正的关系是内在的，可证明的影响是浅层的，这个世界万物在流转时空的本质联系非考证、训诂所得，即便科学也无法解答所有秘密，诗性的联系、灵性的顿悟，有时候恰恰可以抵达世界的本心。（8月15日诗）

必须指出，书中这种所谓感性的研究，其实恰恰是作者理性反思后的一种有意识的选择。

正如作者在自序中指出的那样，目前夏目漱石汉诗研究存在两个问题：

其一，忽视其汉诗作为审美本体的本质，放弃或轻视对其形式与内容的读解，多从非文学性的视角方式进入。其二，将之视为中国传统文学之余声抑或中国文学传播与影响的产物。

当夏目漱石的汉诗成为学者们研究夏目漱石这位伟大小说家的思想素材、个人史料时，其文学审美的本质意义被旁置了。广生解析夏目汉诗，在于超越理性，回归感性，追求诗歌审美本身；既能秉承西方阐释学和东方"反求诸己"的原则，又能将自身的人生体悟、诗词修养、审美意识融入读解过程中，揭示夏目汉诗属于文学作品的审美意义。如此解析，见山是山，见水是水，一篇篇行云流水般的赏析文字中，常常可见精辟中肯、令人耳目一新的句子：

> 夏目漱石使用这些词汇的目的，其实就是克服自己内心面对人之生死、人情对错、世俗得失等对立和矛盾时的焦虑与不安。生活在当下的我们，对于夏目漱石的焦虑与不安，应该都不会感到陌生。（8月16日诗其一）
>
> "自是田家人不到，村翁去后掩柴扉"——普通种田的人家，少有访客，一位村翁，即一家农户的主人离去时就虚掩了柴门。该联描写——想象和勾勒——出了农村和谐闲散的状态，这也正是夏目漱石所向往的幽居的生活状态吧。（9月11日诗）

这就是广生自述中追求的"以'我'入诗，以'诗'入我"吧。信矣，诗心呼唤诗心的解读，文学还需文学性的研究。

当然，作为审美对象的夏目汉诗，其诗歌艺术的完成度如何，不乏值

〔清〕王树毅《人物故事图·濂溪爱莲》

得批评讨论的地方，书中对其中"平仄失和""用词生硬""形象干枯"等问题，也是时有针砭，显示出研究者的素养与追求。

三、作为文学变异体的夏目汉诗

关于夏目漱石汉诗中的中国因素，是相关研究者此前比较集中的研究课题。说起来，解锁日本文学中的中国因素，几乎是中日比较文学研究领域中最为常见的风景。迄今为止众多的研究能否一一令人信服，以及其意义到底何在，鲜有人追问深究。日本汉诗，作为一种汉字写就的诗歌艺术，其本身发生于中国古代格律诗，在形式、内容、审美趣味上沿袭、蕴含中国文化的因素，自不在话下。但那种通过遣词造句、意境风格等的比对，说明夏目漱石受到某某中国诗人的影响或者指出其与中国文化的关系等的研究，难免似是而非、隔靴搔痒。

比较文学，比之于"求同"，更有意义的无疑是"见异"，是在看似相同的文学现象下，探寻出不同文化语境下的相异之处，还有那种同中见异的关系。比如，面对爱情、生死、苦闷、超越、隐居、出世等人类共同的命运主题，在基于人类情感"人同此心"的高度可比性基础上，如何探究与揭示各民族的差异性和丰富性，才是更有意义的事情吧。这让我想起日本诗歌研究者的一个论断：

> "美"这种东西，必定不会仅仅通过清晰表现在外观上的色彩和形状来决定，而更应该通过不能简单测量的深度、高度和渗透度等尺度来衡量。
> （大冈信著、尤海燕译《日本的诗歌——其骨骼和肌肤》）

大冈信说的主要是针对日本的和歌与俳句，除了视觉与听觉之外，味觉、嗅觉、触觉等，也被充分地调动起来，参与创作和欣赏。借用此语，我想说，一个好的比较文学研究者，就是要去发现隐藏在跨民族、跨文化的文学文本内部的"隐形尺度"。具体到夏目汉诗，就是要透过"汉诗"这种中国的形式，去发现不同于中国古代诗歌的特异性来——它的遣词造句，它的抒情方式，它的同样的汉字词汇与意象所蕴含的不同的"和习""和臭"的意境等等。本书中再三致意、致力辨析的所谓"变异体"文学文本的意义，就是这样的思路。

> 夏目漱石的汉诗是东亚汉文学、汉文化的一部分，而不能说是在日本的中国传统汉诗。……日本文化从来不仅仅是中国传统文化的接受者和继承者，传统中国文化也未曾仅仅以影响的姿态凌驾于别的文化之上的。
> （8月22日诗）

辨析、揭示"和习""和臭"的诗意特征，是体会日本汉诗这种文学"变异体"的重要途径之一。举个书中的具体例子来说，8月29日的夏目诗：

> 不爱帝城车马喧，故山归卧掩柴门。
>
> 红桃碧水春云寺，暖日和风野霭村。
>
> 人到渡头垂柳尽，鸟来树杪落花繁。
>
> 前塘昨夜萧萧雨，促得细鳞入小园。

诗中用了"车马""柴门""霭村""垂柳""渡头""落花""小园"等中国古典诗歌的意象，编织出一幅意念中的归隐图。中国读者一眼看去，很容易见到陶渊明、王维等人隐逸诗、田园诗的影子，而作者把这首诗与陶渊明《归园田居·其一》《饮酒·其五》，王维《辋川闲居赠裴秀才迪》等著名文本比对分析，深层挖掘，丝丝入扣地指出了中日三位诗人在归隐的境界、写作的姿态和文学的表现力等方面的同中之"异"，读来可谓诗心馥郁而意趣迭出。这里不一一赘述，有识诸君可从书中读取。

以诗心求索诗心，还原夏目汉诗的文学性，阐释夏目汉诗作为文学"变异体"的特质，向着这个目标，作者的努力贯穿全书，跃然纸上，这样的学术探求也还将继续。

最后，必须说，对于中国古典诗歌与日本文学，我只是一个阅读者和爱好者，广生以他的书稿索序于我，我将读后感写出，借此就教于作者和读者诸君。

之四

夕阳西下，霞光绚烂，映透半空。

回望前尘，那走过的人生道路，

伴随着不辍的弦歌，

是美丽而富有启示的。

《南湾》，飞历奇著，李长森、崔维孝译。

澳门土生教育协进会 2003 年出版。

澳门土生葡人的根：《南湾》

澳门土生葡人，对大多数内地人而言，是个相当陌生的概念。同样地，土生葡人文学也还未受到文学界应有的关注。澳门的土生葡人文学，由于作家所具有的特殊的东西方文化特质，其作品呈现出一种独特的文化审美情趣。在多元文化竞呈异彩的今天，让土生葡人作家笔下的文学作品绽放其应有的光彩，还原和丰富中国文学园地的多样性，是我们毋庸置疑的责任。

这里首先界定一下关于"土生葡人"的概念，较早注意到土生葡人文学的比较文学界前辈饶芃子曾指出：

> 澳门土生葡人，俗称"土生"（Macaoese），葡文的直译是"澳门人"……主要是指在澳门出生的欧亚混血儿，他们生于斯，长于斯，与这块土地有切不断的血缘的联系。他们能讲流利的葡语和粤语，在他们的精神世界里，交融有中葡两种不同文化的基因……（饶芃子《"根"的追寻——澳门土生文学中一个难解的情结》）

澳门土生葡人通常指"在澳门出生的葡萄牙人后代，包括葡萄牙人和华人及其他种族结合所生的混血儿。"综合各方面的观点，我们认为澳门土生葡人大致须包含以下几个要素：其一，葡萄牙人和异族结合的后代；其二，在澳门出生、生长。土生葡人属于混血种，一般身材高大壮硕，脸型像欧洲人，肤色各异：以白皮肤为多，黄皮肤、黑皮肤、灰黑皮肤都有。其中葡萄牙人和华人的后代成为我们关注的重点，因为他们更多地体现了中西文化交流和融合的特征，更代表着澳门四百多年沧桑历史带来的独特人文底蕴。研究澳门文化，土生葡人文学是一个绕不过去的重要存在。

飞历奇，1923 年出生于一个既有葡萄牙伯爵头衔又有中国血缘的澳门富贵家庭。他生于澳门，长于澳门，长期工作于澳门。作为一名资深的澳门文化人、一名著名的律师和优秀的土生葡人作家，他对澳门土生葡人的生活有着切身的体会和细致的观察。他的作品，以独特的文化艺术形式向我们展现了这一特殊群体的生活状况。根据他的小说改编成电影的《爱情与小脚趾》和《大辫子的诱惑》，在国内外影坛产生了很大的反响。

这里，我们以其短篇小说集《南湾》为例，来解读澳门土生葡人文学的独特风景和文化意蕴。

一、漂泊与眷恋：土生葡人生存的真实写照

南湾街是一条漂亮的大街，那里居住着当时最殷实的人家。黄昏到来的时候，有钱人家的子弟或者骑着他们的枣红马，或者徒步在这条街上游荡，一直走到当时的南湾花园。那是一个被枝叶繁茂的绿树环绕着的封闭公园，如今已是公众散步的场所。这些纨绔子弟向一些少女们献着殷勤，或者与她们纠缠不休。这些少女往往乘肩舆而来，并且由细心周到的佣人

在周围照顾，同时有"女伴"跟随。夜幕降临时，管灯人爬上他们自己扛来的梯子，把公共街灯点亮。当乐团在南湾花园露天音乐亭演奏的时候，音乐声会混杂着小贩卖鸡粥、粉面和中国泡菜的凄凉叫卖声音一起清晰地传到阳台上。

这是《濠江钓鱼记》中描述南湾夜景的一段文字，字里行间我们不难感受到澳门这座城市所散发的迷人气息和独特魅力。澳门四百余年中西方文化碰撞与融合的历史，给予这座城市深厚而浓重的文化气息。漫长的发展历程、时代的沧桑变化，留给澳门一份宝贵的文化资源。在这个"充满趣闻轶事的小社会"，飞历奇开始了最初的作家梦想，创作了一系列以澳门为题材的小说，并由此逐渐为人们所熟知。正如他本人所言："南湾是我创作灵感和想象力取之不尽的源泉，夕阳西下时，我会感觉到她的忧伤；冬天里，我会在弥漫的烟霭之中感到她的哀怨。"

《南湾》收入作者的六篇短篇小说，集中呈现了澳门土生葡人的种种生命情态，以及他们各自不同的命运变迁。《疍家女阿珍》和《樱花浴》讲述的是葡萄牙青年与华人女子之间凄美而不乏温暖的爱情故事，是土生葡人诞生前的描述。《艳遇》《甘蒂》展现的是成年后的土生葡人的生活状态。《濠江钓鱼记》则以动情的笔调向我们描绘了年老一代土生葡人的思想和行动，是对遥远历史的追溯和深深的怀念，整体呈现了土生葡人由幼年到老年的生命过程，让我们领略到澳门土生葡人这一特殊群体的文化特征和生存景象。

六篇小说中的主人公几乎无一不流露出对澳门的无限深情。"她似乎永远也摆脱不了内港那浑浊的海水和特有的气味，以及落潮后留下的淤泥"，阿珍对内港生活的留恋与生俱来，在那个战争的年代，小船也成了她心中最温馨的港湾，与"高佬"的相遇使她在小船上找到了宁静与温暖。可以说，阿珍的小船也成了整个南湾的缩影。对澳门的深情，正是包括飞历奇在内的千万个土生葡人的情结。正如作者在《疍家女阿珍》的结尾处写到的，"一九五〇年二月作于科英布拉以解思念澳门之情"。

在《艳遇》中，也是由于离开澳门的学子对澳门故乡的深深思念，才使"我"备感孤独，有了后面"艳遇"的经历。思乡情愫在《濠江钓鱼记》中体现得尤其明显，作者对澳门风情、民俗的描绘丝毫不亚于海外华人小说家。作者用相当长的篇幅描述当时澳门的贵族生活：

> 在宽敞舒适的大厅里，有许多沙发和带扶手的维多利亚时代的软椅，女士们喜欢在那里玩"珀珐"牌，她们在游戏中会争吵不休，有时语调平静，有时会神经质地尖声高叫"黑桃七"或者用"巴图阿"土语或葡萄牙语在吵吵闹闹的喧哗声中谈论着游戏的其他规则，享受着独有的乐趣。所有这一切都笼罩在一组华美吊灯与汽灯发出的光幕之下。

这时，作者已经不再对我们讲述故事了，我们也看不到这些描写和这个故事的直接关联，它们在很大程度上都是作者在回忆，在温馨而又深情地回忆澳门生活的点点滴滴，向读者还原那个时代更加直观、真实的澳门。

澳门在作者的回忆中，风光更加旖旎，情感越发浓厚，澳门的一草一木、在澳门度过的日日夜夜，在离开了澳门的游子心里，又何尝不都是"云间的仙山琼阁"？

眷恋成为土生葡人心中永恒的情愫，而这一切又都与土生葡人漂泊的人生体验分不开。《甘蒂》中的"我"出外谋生,离开故土长达24年之久。《艳遇》中的"我"则是外出求学,因思念故土才变得孤独郁闷,进而浮想联翩。同样,土生葡人的父辈也是在漂泊中度过的,如《疍家女阿珍》中的海员曼努埃尔,《樱花浴》中的莫利西奥更是到处闯荡,甚至他和悠雯的那次"浪漫之情"也是他冒险行程前的一次安慰。

此外,小说还触及战争,不少故事都是在二战的大背景下展开的。如果说,思乡使作品弥漫着一种淡淡的忧伤与哀怨的话,那么,战争则给作品添加了一种沉重的苍凉与无奈。战争使昔日总是乐观的疍家女阿珍也万念俱灰,变得冷漠无情;战争使"我"和甘蒂成了恋人,从而改变了两人的一生;战争也使莫里西奥改变了生活方向,有了不同寻常的人生经历。我们似乎无法苛责他们中的每一个人,无论是生活观念的改变还是生活方式的转换,无论是喜剧还是悲剧,他们的所作所为只不过是人在非正常的、极致的生存状态下的一种保全之策。作者对之也采取了温和的中立立场,他只是把战争状态下的土生葡人的生活状态真实地、动态地展示出来,供人们咀嚼和品味。而正因为有了战争这样一个背景,作品中对人性的描写和透视才更加深入,作品的凄婉色彩也才更加浓烈,留给读者的思考空间也就更为广阔。

二、土生葡人文学中的华人形象

《南湾》的第一篇《疍家女阿珍》,向我们讲述了一个普通的疍家女和葡萄牙海员的情感故事,他们相识并结合,生下了一个女儿—— 一个地道的土生葡人。在这个短篇里,作者极尽笔墨,描述了一个美丽、善良、勤劳、隐忍的疍家女子形象。这也是澳门土生葡人的母亲形象。

作者描写的这个出身卑微的疍家女外貌并不出众："其实她一点也不漂亮，甚至有点丑。风吹日晒使她面色黝黑，而且总是带着一幅逆来顺受的神情。两只眼睛眯缝着，像两条细细的斜线。鼻梁扁平，鼻头宽大。"而恰恰是这个其貌不扬的疍家女，作者赋予她可敬的品格——温柔、善良、坚强，在水上过着危险的营生却毫不抱怨，成了一把好手；面对老疍家女的虐待、鞭打，她总是逆来顺受，而且以德报怨，在老疍家女死后请和尚为她超度灵魂；对海员也从不抱怨，即使他带走了她唯一的最亲爱的女儿。文中写疍家女，曾多次写到疍家女具备的东方女子的隐忍品格，"她不苟言笑，寡言少语，温顺体贴，从不怨天尤人"，对于海员"她百般温存，柔情万千委身于他"，"她身上有一种难以言状的温柔，令人心驰神往"，"她属于一个信奉宿命论的种族"。

正是这样的疍家女，以她无比的温柔和坚韧征服了海员。虽然刚开始她只不过是一个在他寻欢作乐后可以扬长而去的玩偶，但海员很快地发现她人品出众，并最终成为他所尊敬的一个人，甚至激起了他想有个家的念头。面对着即将分离的善良的疍家女，海员"感到将要失去的是无价之宝，是任何东西所不能代替的"。作者赋予疍家女深厚的情感和无限的敬意，这是对于母亲形象的追溯，也是对自己具有的东方血统的根的追寻。

疍家女阿珍与海员生下的女儿，长着"稀疏的金黄色的头发，几乎是白种人的皮肤，明亮的双眸，一眼就能看出有欧洲人的血统"，这是土生葡人的典型体貌特征。可惜的是，阿珍最终并没有能够和曼努埃尔一起离开。或许是为了弥补这一遗憾，飞历奇在后来创作的长篇小说《大辫子的诱惑》中让阿多森杜与华人女孩阿玲终结良缘，幸福地生活在一起。

在《南湾》中的其他小说里，飞历奇向我们展现了华人在葡萄牙人或者土生葡人眼中的多样形象。《樱花浴》中的悠雯类似阿珍，都是出身社会底层的贫穷女子，但通过自己的勤奋、努力和坚强而获得了一份属于自己的幸福。《濠江钓鱼记》中，土生葡人祖父眼中的华人是通晓美食的行家，是跟从自己的疍家女，是自己冒着危险救了上来的豪爽海盗。在这些故事的叙述中，华人形象是隔膜的，甚至是陌生的，至少可以看到，在作者和被描述的华人形象之间是相隔着一定距离的。或许正是在这样的心态下，才有了《华商情仇》这一短篇小说，它呈现给我们的是旁观的心态、远望的视角，乃至好奇的窥探欲望。于此，我们不得不说，华人或许并未能真正获得澳门土生葡人的熟知、亲近和理解。

三、文明的冲突与融合

澳门这个由渔港发展起来的小城，四百年来，几乎成了世界宗教文化的聚会地，这里既有儒、释、道等中国传统思想学派，也有后继传入的天主教、基督教、伊斯兰教等外来宗教。西洋人、南洋人、东方人在这里杂处共生，使得多元的宗教文化在这里往往能够淡化自身的历史和政治的因素，而相互尊重、和谐共处。正如作者在序言中所说："社会及宗教的宽厚容忍，不同族群之间的相互尊重，西方文化同华人文化的交流融会，从而形成了澳门独特的风景线。"在澳门的宗教体系中，佛教和天主教占据着极其重要的地位。中西文化交流融合，土生葡人作为这 融合的产物，更多地体现了澳门特有的文化风情和宗教信仰。

《疍家女阿珍》中的阿珍，虽然有些迷惑，但仍是毫不犹豫地委身于葡萄牙海员"高佬"。阿珍的邻里姐妹虽然刚开始也是议论纷纷，但"没过多久，她们就习以为常地把那个水兵当成是她的'男人'了"。她们认可了阿珍的选择，可见在她们的内心深处，并没有太多对异族的排斥。同样，虽然"高佬"无法回到他魂牵梦绕的故乡，但他对澳门也充满了无限的眷恋。"他喜欢待在她身边欣赏漫天的繁星和澳门的夜景，瞭望主教山和妈阁庙一带鳞次栉比的房屋。"他也无法抗拒疍家女阿珍的温柔，是这个其貌不扬的疍家女使他对家有了更深的认识，给了他更多生活的温暖，在离别的时刻他也禁不住泪眼涟涟。在这里，多元文化的融合促使人们减少了种族之间的隔膜和歧视，甚至有时会跨越道德和法律的界限。

《濠江钓鱼记》中的祖父，他身上有着典型的中西文化融合的性格。他每天早上做的第一件事，是去天主教堂做清晨最早的一场弥撒。他"有英国人的某些习惯。他极其守时，五点钟准时喝茶，晚餐前必须饮苏格兰威士忌"，"他喜欢穿着由香港一流英国裁缝缝制的衣服，离家外出时，纽扣洞上总是插着一朵鲜花"。他也有澳门土生葡人的生活习惯和爱好，喜欢网球、钓鱼和打猎，深深眷恋着澳门的海域；他还热衷于中国的美食，乐此不疲地请朋友吃饭。祖父不顾生命危险，搭救无处躲藏的受伤的华人，并建立了深厚的友谊。在中国内地，这个华人是一名遭通缉的头号逃犯，然而在澳门他却是一名合法商人。作为土生葡人，祖父并没有因为他是华人而袖手旁观。在他的心里，没有政治斗争，有的只是人与人之间的友爱。

他不参加那个时代互相攻击的当地政治派别，因为它使这片土地上多少有些价值的东西在无谓琐事的争吵中丧失殆尽。他始终远离对抗，这并非由于他自视高明，而仅仅由于他是一个享乐至上的人。他乐于享受生活，喜欢被亲如兄弟的人们簇拥，希望所有与他在一起的人感到欢悦愉快。……因此，他的家绝对是一个中立场所，虽然有可能出现敌对者狭路相逢的情况，但绝不互相辱骂，更不会失礼动粗。

这是 19 世纪末澳门生活的一个侧面，也可看作作家自身思想的生动写照。土生葡人作为一个特殊的群体，在这方面或许有着更合乎人性化的人生观念，这给予过多被卷入政治旋涡中、为现实争斗所累的人更多的思考。这也使这部作品不单单具有文学上的价值，更具有文化、社会层面的价值。

在《甘蒂》中，作者似乎更多触及不同宗教、种族的婚姻结合所带来的悲剧。甘蒂嫁给了英国著名的立法会成员比尔，由于信仰不同，婚后她不能被儿女认可。在物质上，她几乎有了一切，但在内心深处，她却是一个无家可归的人，痛苦、孤独。不过我们还是看到了中西文化的交流融会。尽管他们在宗教信仰上一点也不合适，但是比尔还是毅然决定和甘蒂结婚，甘蒂也逐渐变成了一个十足的英国人。文中几次描述甘蒂的英国气质，强调她的变化。可见，在澳门当时的社会，融合是不可抗拒的潮流。同时，《华商情仇》中郑家少爷在外面世界的磨砺中也有了彻底的改变，他终于"脱下了传统的中式服装，穿起了西服"，打破了原来生活中所有的标准。可见，澳门这个充满多样文化的城市赋予人们更多的选择和变通，更促成了多彩多样的人生传奇。

飞历奇是位讲故事的高手，他把澳门土生葡人的故事讲述得那样曲折离奇，那样摄人心魄。他时常采用的倒叙、插叙的手法，以及行文自始至终弥漫的深情"回忆"，使文章读来令人沉醉其中，欲罢不能，回味起来仍觉深远醇厚。而由葡萄牙语专家和葡中文化研究家李长森、崔维孝两位先生联袂合译的中文本，译文流畅，曲尽其妙，为我们架设了欣赏飞历奇小说之美的桥梁，让我们随着作品如水般温润、流动的文字，一起进入澳门土生葡人文学的殿堂，尽情欣赏那座"云间的仙山琼阁"吧！

（本篇系与研究生吴爱霞合作写成，以纪念旅居澳门教书的一年。）

饮水思源·民国时期金陵大学西文教授
斐德安藏书票（黄显功提供）

《色·戒》，张爱玲著。

收入《张爱玲文集》，安徽

文艺出版社 1992 年出版。

探问性与爱：《色·戒》

《色·戒》成了大家都热衷谈论的话题了。当年看过小说，如今看了电影，又来看一遍小说，正好又在朋友的博客上看到了两篇谈它的文章，对于《色·戒》到底说了什么，也想就此来跟着说几句。

一

一个是大汉奸，一个是爱国青年，且奋勇参加锄奸活动。两个人之间虽然有过肉体关系，但到底是不是有爱呢？有人说："小说看到最后，都不肯定王是爱易的。看电影，我知道王是爱易的。"其实，小说中也有反映两人的感情的，只是张爱玲写得隐晦，不是用情写，而是用引文、议论写，这是张爱玲一贯的老辣的作风。首先，那段著名的引文"两个通过"不用说了，"到男人心里去的路通过胃"和"到女人心里的路通过阴道"，这是小说中十分极端的点睛之语，也是我第一遍读小说时印象很深的地方。虽然实际情况要比这两句话复杂、生动许多，但至少是不是也说明了那个大汉奸易先生是走进了爱国青年王佳芝的心里了？其次，有一段在易杀了王以后，"他觉得她的影子会永远依傍他，安慰他"。而接着则写王："她恨他，她最后对他的感情强烈到是什么感情都不相干了，只是有感情。"可见，在小说里也是肯定两个人彼此的感情的，只是相当不直接。

二

由此看来，《色·戒》是向我们暗示，性也可以生爱。有人说："我一向以为，女人要先有爱，才能有性。"其实，性也可以生爱，至少是互动的。这或许正是小说的主旨之一。西方电影、小说也有这样的题材，最典型的有这样一个故事：一个少女当年在纳粹集中营里受侮辱、被奸污，20多年后，集中营里的一个德国军医与她在维也纳相遇，二人立即认出对方，竟然很快激荡起深深的情愫，当年的少女丢下现在很有身份的丈夫（著名音乐指挥家），要与老纳粹共叙旧情。这个电影叫《夜间守门人》，出自意大利女导演、曾经的历史学工作者之手。这样的电影在欧洲也是被禁演的，但这样的事情，从人性出发看，好像也不是那么令人费解。

三

在这一点上，小说《色·戒》写得简单、隐晦，而李安慧眼识珠，通过视觉艺术形式，将小说的主旨更好地揭示和再现出来了。有人说："看完小说，我没感觉，电影却让我感动。"这正是电影的成功之处，编剧和导演成功地改编和创造了这个题材，使它演绎得情感鲜明许多，人物性格也更为丰满。

转回来看小说，这小说如果联系张爱玲本人的情感经历，再结合读者自身的人生阅历去读，才有可能补充完成张爱玲故意在文中留下的空白。读完小说《色·戒》，联系张、胡的恋爱故事，我们可以知道，其实她想说的极通俗：女人的情感有时很奇怪，当她委身或失身于一个人后，情、魂也就有可能跟随相失，而且是不由自主地跟随而去。与"色"相比，个人的意志、立场、情操或许都意想不到的微弱，所谓"食色，性也"。性，本性也。身体的感觉是最真实的、最不欺骗人的，也是意志所难以左右的，即使一时左右了，也是不真实的。因此，张爱玲在这里以自己与汉奸大文人的恋爱经历为底子，一方面明确地告诉读者：情难防，色更应守，是谓"色·戒"；另一方面，又借王佳芝的"功亏一篑"，隐晦地道出一个极端的情况：色的魔力之大，大得你可以捐弃自己的信仰、立场、使命，乃至自己的性命，而为了那个给了你最真实感受的男人。悔哉？无悔哉？答案是难寻的，或许也是不重要的。为了避免面对这样的人生难题，也就只有一开始就"守色"，是亦谓"色·戒"。于此，不由得让人联想到"守身如玉"的古训。

四

说到这里，似乎应该挖掘《色·戒》的另一个暗藏主旨了：个人生活与社会生活相比，谁更强大？谁更久长？

汪伪情报处处长和爱国刺客，是他与她的社会角色，但最后，都随着王对刺杀对象的爱怜以至自己被处死，而轰然倒塌。在王，是功亏一篑，自毁长城；在易，书中说："（处置王）当然他也是不得已。……他对战局并不乐观。知道他将来怎样？得一知己，死而无憾。"作为社会身份的

〔唐〕佚名《宫乐图》

行为，可谓是自毁长城，是不得已，是不乐观；而令人"死而无憾"的是，40多岁后还能遇到"他生平第一个红粉知己"。这是社会生活的苍白无力。与此相对照，更为强大绵长的是以"食色"为基调的个人生活。否则，张爱玲为什么会在这篇幅不长的小说中，在基本都是"惜墨如金"的用笔中，不惜铺张泼墨地在一头一尾两处，细细地描摹四个女人打麻将和一个看客的细节，麻将场上大谈的正是"食色"：湖南菜，四川菜，麻姑献寿，德国菜，当然还有鸽子蛋钻石……这场麻将从下午一直打到深夜，而易、王的故事正是在这短短的大半天里发生、结束。小说的最后两句："'不吃辣的怎么胡得出辣子？'喧嚣声中，他悄然走了出去。"读至此，是不是让人觉得这个刚刚忍心亲手杀了情人，又对自己的事业前途并不乐观的男人，比之于这批无论身处何时何世，都能有不动声色地吃喝玩乐穿着打扮"坚韧"劲儿的浑然无知的麻将太太，多少有点软弱、渺小、无助，甚至可怜……在这里，强大的社会政治倒是软弱的，容易灰飞烟灭的；被动的日常民生倒是坚韧的，终究日久绵长的。

五

有人说，李安把电影拍成了一部让人叹息、让人悲悯的爱情戏，李安比张爱玲更具人性。但是，我想说，在《色·戒》上，李、张的不一样，更主要是因为时代不一样，小说和电影艺术的表现手段不一样。张爱玲是她那个时代难得的懂得人性的作家。不过，她是那种善于把人性中最拿不上桌面、最不够堂皇、最难以启齿，也就是最不够美好的一面——然而也可能是最真实的一面，展现出来的天才作家。从少年时代，她写出"生命是一袭华美的袍，爬满了蚤子"这样的文句开始，就是这样了。

《巨流河》，齐邦媛著。
生活·读书·新知三联书店 2010 年出版。

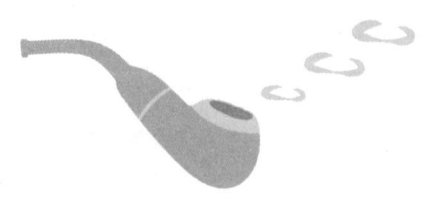

长城外面是故乡:《巨流河》

    《巨流河》是一本自传体回忆录,北京三联书店出版不到两个月,在《中华读书报》年末的"2010年十大好书排行榜"上名列第九。一本个人回忆录,竟能如此畅销,引起大众读者的兴趣和追捧,这在如今的出版界、阅读界,可谓一件温馨而令人鼓舞的好事。

    作者齐邦媛是台湾大学英语系教授,在这本年届八十开始动笔、花费了四年时间写成的长篇回忆录中,作者回顾了自己波折迭起的人生道路,同时也折射出近百年中华民族波澜壮阔的社会历史:民国时期的战争流亡,半个世纪台湾的建设发展。简洁雅致的文学性表述、张弛有度的章节安排、时时闪现的人生智慧和哲思,使全书情理并茂,兼具史诗般的历史厚重和诗韵芬芳。

一、家乡与邦国

    康士林教授长期在台湾辅仁大学英语系任教,是齐邦媛先生多年的朋友和合作者,他听我说喜欢《巨流河》这本书,问我:"你会感觉到是一位台湾人写的吗?"我不假思索地回答:"不,她的文字简洁雅丽,是那种标准的汉语美，没有什么特别的台湾味儿。"康教授说："我只知道她的英文写得很美，看来中文也很美。"

后来细想想，康教授那天问的，仅仅是指表面的文字书写，还是也包括思想内容在内？那么，就是在思想和情感理趣上，《巨流河》也是超越一时一地，足以引起两岸读者广泛的共鸣。虽然书里面满是东北与中央、中国与日本、国民党与共产党、大陆与台湾，甚至东方与西方，这样一对对的矛盾（也可以说是对立统一体），但是，那些写满战争、对抗、纷争的历史，那些包含着血和泪的过往，到了作者的笔下，业已呈现出一种"度尽劫波"而能"回眸一笑"，"艰难困苦"而不失"谨敬宽仁"，如"凤凰涅槃"般的升华。抗战的生死逃亡、就读内迁大学的艰苦、青春的动荡、情爱的无措、只身远赴台湾的前路未卜、在第二故乡的拓荒创业……处处悲怆哀婉，又无不闪耀着几代人努力奋斗、真诚奉献的感人之光，体现出作者对于历史人生的觉悟和思想的清明。

> 我出生在多难的年代，终身在漂流中度过，没有可归的田园，只有歌声中的故乡。……抗战八年，我的故乡仍在歌声里。……"万里长城万里长，长城外面是故乡"，故乡是什么样子呢？"我的家在东北松花江上……"唱的时候，每个人心中想的是自己家乡的永定河、黄河、汉水、淮河、赣江、湘江、桂江、宜江，说不尽的美好江河，"江水每夜呜咽地流过，都好像流在我的心上"。

1924 年出生于东北辽河（清时辽河代称为"巨流河"）岸边的作者，是日本侵华战争中最先丧失家园的人，也更能体会拥有美好江山，却不幸一一落入敌手的各地流亡同胞的苦难心情。

黑夜的江上，落水的人呼救、沉没的声音，已上了船的呼儿唤女的叫喊声，在那个惊险、恐惧的夜晚，混杂着白天火车顶上被刷下的人的哀叫，在我成长至年老的一生中常常回到我的心头。那些凄厉的哭喊声在许多无寐之夜震荡，成为我对国家民族，渐渐由文学的阅读扩及全人类悲悯的起点。

　　这是在南京大屠杀一个多月前，作者随家人从南京逃出，车船交替，混在逃难的人流中一路前往汉口的遭遇。几天中，作者的母亲死里逃生，命悬一线，作者一岁半的小妹妹不幸夭折。国破家亡、生离死别，哀伤催泪的往事，作者是用了内敛蕴藉的笔触、理性节制的表述来呈现的。

二、文学与宗教

　　自此我终身爱恋英文诗的声韵，像山峦起伏或海浪潮涌的绵延不息。英文诗和中国诗词，于我都是一种感情的乌托邦，即使是最绝望的诗也似有一股强韧的生命力。这也是一种缘分，曾在生命某个飘浮的年月，听到一些声音，看到它的意象，把心拴系其上，自此之后终身不能拔除。

　　由歌声的咏叹、文学的阅读开始，到对社会人生的文学性体悟，以及最终完成文学性自传体回忆录的书写，这种借由涵泳浸染中外诗篇而建设起来的"感情乌托邦"，是一种超越严酷现实、具有独特魅力的"文学情怀"，在我看来，这正是此书令人爱读、风行畅销的原因之一。

　　不仅如此，正如贯穿全书的一个重要人物——战士兼基督徒张大飞一样，作者自己也是一个基督徒。张大飞是一个眼看着自己父亲被日本人浇了油漆活活烧死的东北流亡青年，是中国第一代翱翔蓝天、英勇抗敌的空军英雄，同时也是给了作者深刻关爱和灵魂启迪的少年伙伴。参军前，当他把一本题写着"愿永生的上帝，永远爱你，永远地与你同在，祝福你那可爱的光明前途"题词的《圣经》送给作者时，朦胧的宗教意识或许已经在作者心里种下。"他是第一个与我谈'灵魂'的人"，在抗战胜利前夕，张大飞光荣殉国。深沉的悲哀，加之抗战胜利后的虚空、迷茫，作者受洗为基督徒：

> 我在卫理公会受洗成为基督徒，我在长期的思考后，以这种严肃的方式，永远地纪念他：纪念他的凄苦身世、纪念他真正基督徒的善良，纪念所有和他那样壮烈献身地报了国仇家恨的人。

直到晚年，作者重新踏上祖国大陆的土地，寻访南京故地时，在"抗日航空烈士纪念碑"上找到了关于张大飞的铭刻："张大飞上尉　辽宁营口人　1918年生　1945年殉职。"——沉静至极，简约至极。然而作者说：

> 张大飞的一生，在我心中，如同一朵昙花，在最黑暗的夜里绽放，迅速合上，落地。那般灿烂洁净，那般无以言说的高贵。

"洁净""高贵"，还有"温和"，是书中经常出现的词语，这似乎是一种象征。记得钱穆先生曾在《中国文化史导论》中说过，如果说西方人精神上的皈依是宗教，那么中国人类似的皈依感来自文学，中国人将古典诗文作为自己情感的慰藉、人生的依托。在这里，接受了中西方诗学的教育，纵览了中西方文学的精髓，皈依了基督教的文科教授，在完成自己"如此悲伤、如此愉悦"的回忆录书写的同时，也是在追寻和祈愿非正常历史环境下，人类良知和幸福的实现之道吧。

所以，书中时时让人感悟到诗歌的哀而不伤和宗教的悲悯虔敬。我想，这正是这本书优于一般回忆录的地方，也是这本书在众多书写这一时期的著作中，显得高贵雅洁的地方。

三、革命与建设

对于晚清民国以来的中国近百年历史，不用说，海峡两岸有着各自的书写方式。如今，紧张对立的局势已如战火硝烟般散去，那条象征着作者人生起点和故乡情结的滔滔巨流河，流到了作者后半生栖居地台湾岛南端的"哑口海"。作者说："哑口海，海湾湛蓝，静美，据说风浪到此音灭声消。"在这样一幅由波澜壮阔终趋于深邃静美的社会画卷、人生画卷中，我们看到了什么？习惯了大量宏观叙事以及单维度视野下历史教科书教育的读者，从中读出了不少新鲜的感觉。

比如通过作者父亲齐世英的一生，可以看到东北人在北伐、抗日、内战以及1949年以后的特殊命运，那种多层次的丧失家园的痛楚，至少在我，是以前所不曾了解和感知的。

比如书中写了作者经历南京—芜湖—汉口—湘乡—桂林—贵州—重庆—乐山一路逃亡和辗转安顿、求学，让人对抗战初期百姓的逃亡，如见炮火，如闻哀哭。我们以往所熟悉的抗战书写，大多是打击侵略者的勇武或壮烈，而战争带给全民族各个阶层、具体领域，甚至某个家庭和个人的苦难，则被关注和挖掘得太少太浅。

再比如，在我个人，竟在这里邂逅了一个常常萦绕于心的人生问题。那就是，在20世纪40年代后半期几乎席卷全国的学潮中，青年学生应该如何确定自己的行为，是参加学潮、献身革命，还是坚守住一方书桌，完成自己学生的使命？在1949年以后的历史语境中，这个问题一度几乎不成为问题，只是随着"反右""文革"等一系列知识分子厄运的降临，才在一定范围内，成为一些人心中的问题。

与此相关，我忘不了自己在高中时读短篇小说《红豆》所受到的内心冲击和启迪。《红豆》看似是一个爱情故事——写的正是这一时期一对大学生从款款情深到不得不分道扬镳的故事，而在我心里引起重大反响的，不是爱情，却是上述那个问题。问题一旦产生，其实就是对于成说的反思和质疑。这是《红豆》给予我的启示。不用说，那个参加革命、留在故土、回母校做了党委委员的女学生，和那个为了自己喜爱的物理远赴美国继续深造的男学生，他们各自今后的人生际遇和作为将会怎样？20世纪50年代以后几十年的历史变迁，似乎已经为我们提供了答案。历史足以引起人反思，而社会思想的惯性又长久地遮蔽着人们的觉悟。这篇小说发表于1957年，不久即在批判声中销声匿迹，直到1979年被收入《重放的鲜花》小说集，我看的正是这个集子。

今天在这里重提旧事，第一，读《巨流河》"学潮""最后的乐山"等篇，让我回想起这篇30年前看过的小说，不由得想，这多像是真实版的《红豆》。第二，《红豆》作者宗璞曾随父冯友兰在西南联大、清华大学生活过，一定目击了一次次的学潮运动而有所感慨。第三，在此，不妨再次引介钱穆先生在《师友杂忆》等各书中，对于学潮中青年学生的规劝：政局动荡、国家困难中，尤需年轻学子静心学业，学好本领。青年为国之栋梁，非谓眼前，乃指此后。一旦国家安定，需要建设人才时，学业有成者才能真正对国家和民族做出贡献。

然而，毕竟，对于波涛汹涌的历史巨流，每个人都只是在游泳中学游泳的弄潮儿或溺水者。能够如历史学家般纵观古今，高屋建瓴地看穿浮尘和烟云，直指未来的，毕竟是少数。芸芸众生都是在历史的烟尘消散之后，才有几分醒悟。更何况热血沸腾、血气方刚的青年学生？更何况在当时，毕业即失业，甚至面临生存危机的苦难青年。历史往往就是这样裹挟着血泪，裹挟着缺憾，悲壮地前行！而在这样的大历史中，一幕幕可歌可泣、如怨如诉的人生悲喜剧，也逐一上演。

夕阳西下，霞光绚烂，映透半空。回望前尘，《巨流河》作者所走过的人生道路，伴随着不辍的弦歌，是美丽而富有启示的。

QING
NI
LIAN
HUA

吉霞 著
JI XIA ZHU

青泥
莲花

春风文艺出版社

《青泥莲花》，吉霞著。

春风文艺出版社 2008 年出版。

意外的好书：《青泥莲花》

拿到吉霞第一本书，是在去年（按：本文写于2009年）春夏之间。

记得那时，我刚从上海风尘仆仆地回京，手里拿着一本新买的《小团圆》，它作为张爱玲"最后的小说"刚刚在内地新鲜出炉，我等不及回北京再到书店去买，即在上海地铁站内的季风书店买下，心想也好作为回京旅途的美餐。可是，在火车上读了，全不是味道。生怕杂乱的车厢环境影响了欣赏美味的感觉，回家后，又耐着性子，前前后后地翻看品读，总想找出些《倾城之恋》《第一炉香》的影子来。结果，是确确实实的失望。我相信，作家本人说要烧毁此书稿，是有道理的。那张爱玲好友的儿子，不该违背作者的遗愿。

叹才女也有老得写不动，江郎才尽的时候。

不经意地拿起吉霞这本《青泥莲花》，我同事妻子的作品，冷不防地，却给了我意外的收获！——好久没有看到这么好看的小说了！它不仅仅补偿了我在张爱玲那里的失望，也可以说，给了我近几年来读小说少有的惊喜。王蒙、张洁、王安忆、毕淑敏、史铁生等一些作家，都曾经是我喜欢的，但也很久没有在他们那里得到过惊喜和兴奋了。

之前也曾在同事间听说，某老师的妻子会写小说。一次单位组织京郊

莲　钱婉约摄

旅游，看到了这位写小说的随行家属：松松垮垮的布衣穿着、大大咧咧的举止谈吐，一个热情、随和的中年妇女——除此之外，吉霞没有给我更特别的印象，直到同事将他妻子的作品主动送给我看。

《青泥莲花》收入了作者的几个短篇、中篇和一个长篇。书名是那个长篇的篇名。而这个长篇，实际上是在一个两万字的同名短篇基础上，增扩改写而成的。有趣的是，书中同时收入了这个"原坯"和"最终成品"。

只这个"原坯"，就让我且读且喜，且惊且叹。

小说讲的是一个叫青泥莲花的四川女孩，从大学四年，到毕业分配至东北某县城机关工作；从与大学同班同学、东北人连花，因同名而亲近，感情很好，到眼看连花与男同学恋爱，而主动替她远赴东北边陲工作；从一个纯情孤芳的大学生，在雪国异乡的种种不适应，到渐渐被动地陷入与周围人的同性恋爱和异性恋爱中。这朵南方的"青泥莲花"，清纯美丽，真诚善良，喜欢没事就翻看《红楼梦》《西厢记》《桃花扇》。现实中，倒是那个被人讥为风流、不着调的离婚女人刘秀云，给她理解和温情，而刘秀云又长得很像大学里的连花，于是，两人渐渐陷入了私密的同性恋爱中。美好也是美好，陶醉也是陶醉，但是，夜晚独处时，莲花也不免想：难道我真是"下流可耻的女人"吗？于是，她试着接受刘秀云的旧相好、有妇之夫彭彭的追求，希望借此摆脱自己不能公开又不免内心自责的情感困惑。可是，她终于发现，自己怎么也走不出"偷女人"和"养汉子"的左右尴尬境地。

我现在才知道关于这部长篇，在其初版的 2004 年，就已经有好几篇评论，肯定其大胆涉足"女同"小说的无人区，分析其"女同"心理描写的细腻、生动、准确，赞誉其揭示当代女性迷失于两性之间、徘徊于顺从和对抗情感困境的主题。

这些成就，固然值得赞扬。而我读此篇时，感到最值得肯定的，是小说语言的独特性。

同样的立意，如果不是吉霞用那样的语言来表达，那么只是一个社会问题讨论稿；正是吉霞，用她独特的文学语言，对这个中国文学大观园中的处女地，进行了有力量、有深度的耕耘。小说中，作者曾借青泥莲花的口说："我不喜欢当代小说，首先就是语言太让人难受了，一点不美。"可见，吉霞对语言的追求，是相当自觉的。它凝练、跳跃、干净，透出作者的智慧；它用典古雅、蕴藉，显示作者的修养；它还浅白流畅、通俗甚至有时故作粗鄙，说明作者的通达和自然。我最喜欢和看重的，正是这种可以看到作者"很特别"之处的文字功夫。

试举例如下：

> 夜太长，莲花睡不着。……"我没养汉子，倒偷了女人。"莲花把镜子翻过去，镜子后面是一幅美女画，莲花笑了笑，她想起了《红楼梦》里的贾瑞，"那样死也好，宁做花下鬼嘛，总比其他死法好多啦"。

这是她与刘秀云热恋之后，夜晚犹豫自责时的一段。"养汉子""偷女人"等等，是莲花幼时母亲常常对她训诫的所谓性教育，这与《红楼梦》《西厢记》中读来的挚爱真情，成为主人公日后情感成长过程中，撕扯她心灵的两极。深夜困顿迷失时，甚至贾瑞的痴迷不堪，受到风月宝鉴的惩戒而呜呼哀哉，也成为可怜的莲花的内心向往。如此复杂的意绪，作者就用这样简约、灵动、不避粗鄙也不乏典故的两行字，交代了。

再看例之二：

> 莲花的肩靠在彭彭的肩膀下，两眼望着前方的密密层层的林子，她的眼光怎么也穿不过去，看不远。……
> "如果我想你了，怎么办？"
> "要想就在心里想想，心里想着我了，我也就在你心里了。"
> 莲花觉得一股寒气从草中直向她心里蹿来，她打了个哆嗦。

后来，又有一回：

"莲花，最近看什么书呢？"

"还能看什么？看你就够心烦的了。"

"《红楼梦》这种书还是少看，最不能让人消愁解闷了。"

彭彭随手拿起莲花桌上放着的书说。

"男的看最好，像贾宝玉，弱水三千，任你游之泳之。多潇洒！"

"你只记上句，忘了下句。"

"下句怎么讲？"

"真的忘了，仔细看看，生活是禅，参透也难。"

　　类似这样的对话还有很多，或幽默诙谐，或含蓄用典，或打情骂俏。要说小说的缺点，或许也正在这里，作者似乎太尽情挥洒自己的才智，以至于在她笔下的人物，谈吐一个个都那么有学问，随时差遣些唐诗宋词元曲，至少莲花、刘秀云、彭彭三人是这样。

　　那么，"生活"是什么？是莲花在彭彭那里好容易尝到了男人的好处，想"我只取一瓢饮"；而彭彭的真心，却只是想以身作则，拉好姑娘莲花一把，把她从与刘秀云不正常的情感之中救出来。之前他与刘秀云好，则是因为觉得刘秀云是县太爷的千金，不乏品位，却被丈夫移情别恋，生生抛下，很是可怜。而他在刘秀云那里，也历练了做男人的英勇气概。彭彭最终爱的，还是他娇美可人的妻子。"禅"是什么？读者自可从中参悟、猜详。

　　这场对话之后，莲花出事了。

　　杨科长含泪主持了莲花的一切后事……彭彭最后把莲花住过的房子又进行了一次清扫，当他就要出门时，发现炉膛里的煤灰很多，他便又拿了铁锹和炉铲，清理炉膛的煤灰。

彭彭突然发现，炉灰里掺着许多纸灰！彭彭跌坐在地上。

两片比较大的纸灰像两只黑色的蝴蝶，随着一股寒风在彭彭头顶上打了几个旋，飞出门外。

小说就这样戛然而止。

作者最后也没忘了要刺激和震惊读者一下。虽然聪明的读者或许早就有所领悟，并不震惊于莲花的这个结局！随时调动读者阅读时的互动跟进、能动创造，正是作者运用简练蕴藉的笔触，所期待于读者的吧。

黑色的蝴蝶在寒风中盘旋，似有留恋；终于，又飞出门外。作为莲花这个个体，算是升华或是解脱了。读者的思绪，于此，恰恰并不会随之"戛然而止"。

虽然长篇中细化了很多情节，增加了如莲花的幼年玩伴芬芬、连花的男朋友孙强、单位里的追求者王涛和那主任、彭彭的妻子卢娟、莲花母亲、刘秀云母亲等人物，更加凸现了"女同"的内容分量，但我仍然觉得，小说久久沉积在我心里的，与其说是所谓同性恋的心理状态、生存状况，不如说是更普遍意义上的、人生旅途上的多重冲突：率真纯情的自然喷发（所有男人与女人、女人与女人的情感）和传统习俗的禁锢压迫（主动地入俗和被动地就范），个体的柔弱（莲花）和集团的强势（现实），文学涵泳（古典名著）和世俗熏染（母亲、同事），主动的牺牲奉献（哪怕只是情感上的，未及性命，而最终间接导致生命的奉献）与回报、理解的缺失（这往往是人世间常态），还有游戏规则和游戏潜规则的标准不一，等等。作者似乎很善于揭示这种貌似游戏而非游戏，貌似世俗却大有其合理性的人间百态，

302

以及所有这些聚焦于主人公一身时的身心失衡、灵肉尴尬。于是，唯有善良、易感、执着的主人公青泥莲花，成了这个纷繁世界的"多余的人"。

顺便说一句，有一本古籍叫《青泥莲花记》，是明末宣城才子、汤显祖的好友梅鼎祚编撰的，书中专记青楼女子，却称她们是出淤泥而不染的莲花。

这种挖掘和揭示，如果只将之视为一个所谓超前的"同志小说"，似乎总嫌缩小或腰斩了吉霞的用心。小说的某些地方堪称直抵人心、直击人性，同时，作者也并不排斥现实世俗，不做不食人间烟火的孤芳自赏。毋宁说，吉霞恰恰是在拥抱现实中，展开她对于人生嬉笑怒骂或不动声色的解析。

是不是很像年轻时的张爱玲：参透生活、老辣洗练的字里行间，溢出嬉笑怒骂、似真似隐的禅意。

特别要强调的，还是那句话：作者只用了短短两万字，用她简约到不能再简约，因而往往是出现诗一般跳跃的语言及意象，来完成篇章。因此，其实，我总觉得，"原坯"比成品更好，它点到为止，恰到好处，如国画上的留白，激发读者的想象，进行审美的自主性创造。

吉霞的书让人看到张爱玲年轻时的文字功夫——睿智洗练、雅俗并举，且统统举重若轻！她以她的文字带动读者，在阅读中翩翩起舞，悲喜抑扬。

《夸·颉·日·娥》，周实著。

刊载于《北方文学》2009 年第 11 期。

传统神话别解：《夸·颉·日·娥》

中国人，一般都知道"夸父逐日""仓颉造字""嫦娥奔月"等上古神话，在中国文化发展史上，它们有的固定为汉语成语，有的俨然成了民族文化的象征符号。人人都会将这些词儿挂在嘴边，可是，细细一想，也都是模模糊糊、不求甚解的印象，也都不会把它们当真，因为神话不是信史。

现在，就有人凭借着《山海经》《淮南子》《列子》《史记》《楚辞》等古代典籍的简单记载，异想天开，把夸父、仓颉、黄帝、嫦娥，这三男一女四个中华民族的"老祖宗"，迢迢万里、遥遥千古地，请到当今世界来，为我们说故事，讲历史，谈政治，发感慨，自然也不能不兼及情爱。这就是周实的近作，以"夸""颉""日""娥"四个系列短篇小说组成的中篇小说《夸·颉·日·娥》，发表在《北方文学》2009 年第 11 期上。

这样的内容，自然会让人联想到鲁迅的《故事新编》。但是，鲁迅笔下的是老子出关、竹林七贤这样的真实历史人物，而这里处理的，是"上古茫昧无稽考"的神话人物。唯其神话，故而不必求真、求确；也唯其神话，其实正曲折记录了先民们的原始生活和审美倾向，是一种历史性的文化遗存。因此，选择这个题材进行创作，就已为小说的写作铺陈，预设了丰富的历史性沃野和辽阔的文学性天空，决定了它比《故事新编》，在想象和创造上走得更大胆，更阔远一些。

我与作者周实虽不相识，但也并非对他毫无所知。他曾是湖南的一个能做事的编辑，更是《书屋》的创办者和前主编。他曾创作出版有长篇诗文《写给 Phoebe 的繁星之夜》、长篇小说《性比天高》、系列短篇小说《刀俎》、长篇随笔《无法安宁》等著作，可以说，是一位有个性、有社会担当的文化人。特别是其中的短篇酷刑系列《刀俎》，以及更早时候与人合作出版的长篇小说刘伯温三部曲《天象》《天命》《天意》，李白三部曲《蜀道难》《将进酒》《临路歌》，显示了作者在历史小说方面的爱好和功力。选择《夸·颉·日·娥》这般历史题材来写小说，应该说，正是周实的喜爱和长项。

四个短篇虽是系列，却也能够独立成篇，分别由夸、颉、日、娥四位主人公出场，以第一人称来讲述自己的身份、事业、敌友、思想等等。

夸父说：我叫夸，非夸父，"父"是当时人对上了年纪的男人的尊称。夸专职为黄帝测量太阳的出入，是有地位、有闲暇的高级知识分子。夸的妻子是为黄帝测月影的常仪的女儿娥。夸的竹马好友是黄帝的史官颉（仓颉之"仓"同白发苍苍的"苍"，是形容词，而不是名字），他闲暇时常常来夸居住的禺谷，两人喝酒聊天，聊黄帝、聊黄帝身边的女人。有时，娥在一边侍奉，也参与饮酒讨论。黄帝是当时的国王，他打败蚩尤，收编炎帝，驱使炎部落的文化精英夸和颉为自己工作，还把娥抢到了自己的后宫。他强大至尊，如日普照，后来成为中华民族的共同祖先。

在这里，四个人分别有明确的社会角色和鲜明的人物个性，他们面对现代读者的自述，将遥远的神话拉入了现实情景。

夸是科学家、科技工作者，天真率直，出入于禺谷内外，过着埋头工作、不问政事、贴近自然、琴瑟和谐的幸福生活。可是，这样有美妻、有美酒（这可也是当时的稀罕物，是娥的父亲常仪在禺谷山中采摘百果，独家酿造的）的生活，却招来他人的不高兴。小说作者在这里插话道："为何不高兴？看着不高兴。为何看着不高兴？因为你高兴，他就不高兴。这又是人了，又是人性了。"——这样的边叙边议、夹叙夹议，经常出现。将远古与眼前连接在一起，将一些深刻的世态人情用俗语白话不经意地道出。夸父的美妻美酒，终于招致了被黄帝夺妻放逐、道渴而死的惨剧。

　　颉是历史学家、人文工作者，他和夸本是炎部落的知识分子，后来身仕黄帝，担任史官，负责记录"日的历史，记录他的伟大言行，记录他的光辉业绩，还有他的美好形象，也就是所谓的'功、言、德、貌'四个字，好为万世之楷模。至于日的那些个不能见人的东西，我是一点不记的，这是我的主要工作"。正是为了记史的需要，颉不断地对更古的古人发明的象形字、指事字，进行改造和组合，创造出新的会意字、形声字，这就是仓颉"造字"了。除了造字记黄帝的言行，颉还隐含另一番抱负，他说："我还怀有一点想法，就是想用自己的秃笔记录一些故国的往事，以期能够留给后人，以期他们不会忘记祖祖辈辈的那片故土，也别让我自己忘了我本不是这里的人。"可见，颉是一个身居要位而忧国忧民，集智慧、痛苦、创造、隐忍于一身的复杂老人。

　　日即黄帝，是成功帝王的化身，他富有力量、自信、远见和韬略，他一生不仅当时成功——取天下、坐天下、善养生，还"常怀千岁忧""睿智烛照古今"，对于当今中华大地上他的子孙后代，有爱恨交加的批评和劝勉，往往一语中的、一针见血。如说他自己的："我这一辈子，只搞了两术，一是帝王术，一是房中术。""取天下，不但要有凝聚力，而且要会摘桃子。"说后人的:"至于——现在,眼前,当下,那就更加不用说了,那就更是笑着把我当成一棵摇钱树了。只需花上一些小钱,买点钢筋,弄点水泥,再掺沙子和水一拌,一座牢一样的庙宇就矗立在某座山上。然后,再找一块石头,叮叮当当,凿出个像……瞧呀,看啦,黄帝陵呀!"对于当下媒体炒作等的描摹,真是活灵活现、毕现无遗。

娥是其中唯一的女性,三个男人感情悲喜、命运起落的焦点。她奇特地以止不住的"咯咯咯"的欢笑声出场,以爱说爱笑的快乐收篇,一改传统意识中"嫦娥应悔偷灵药""寂寞嫦娥舒广袖"的悲剧形象。不仅娥的形象翻案,本篇中对于贤德有加的后妃嫫(母)和后妃之首嫘(祖),也有翻案创新。什么后妃之德,只是长得黑而丑的遁词和掩饰罢了。一个是带了半部落人的"厚嫁妆"嫁给日,一个是处心积虑,以养几只小虫(蚕)的技术而赢得了后妃之祖的位置。三个女人一台戏,她们互不服气,互相攻击,彻底瓦解了神话的美好。

在上述人物故事情节中,最重要和关键的一环,也是对于原神话故事最大胆的翻新处,要数"夸父逐日"。书中说,夸父追逐的不是太阳,而是被子民当作太阳来敬仰的"日"即黄帝。他们相逐打架的原因,是因为黄帝垂涎夸父的嫦娥,夺了臣下之妻,夸父奋起反抗,两人追逐相战,夸父当然不敌王权,被放逐,终至道渴而死。至于事情的起因原委,在四个短篇中,作者让四个不同的人,从不同的叙述角度和立场出发,做各自的解释。是男女间的情色诱惑,是朋友间的卖友求荣,还是出于保教保种、舍小存大的政治谋略?抑或兼而有之?四个人的不同证词交叉重叠,形成类似芥川龙之介所著《竹林中》、黑泽明执导《罗生门》般的哲学悬疑和历史谜题。不知这个是作者的有意模仿追求,还是无意中的殊途同归,读

月中玉兔擣靈丹，卻被姮娥竊一丸
從此吳胎憂仙骨，天風桂子繞青鸞
吳郡唐寅畫并題

〔明〕唐寅《嫦娥奔月圖》

来让人深思，颇耐玩味。

　　另外，小说借黄帝的口说："我的地望就在泰山，不劳你们去证明了。古书上说的昆仑山，指的就是泰山，而不是如你们现在反复阐述的那个位于大西边的莽莽苍苍的昆仑山。"这个一反传统常识的论断，不知有没有证据，但确实指出了古代神话和现代阐释之间令人生疑的一个问题：中国神话故事的发源地、神话人物的出演舞台"昆仑山"，怎么可能是现在常指的"大西边的莽莽苍苍的"昆仑山脉呢？远古的先民为什么会这么早就对大西边不可企及的冰雪之山有所认知？按我推想，神话中所说的昆仑山，应该是当时的先民能够攀登进入、留居生活、仰赖而繁衍生命的地方。它不应该太高，尤其不应该是不毛之地的冰雪之境，才合情理。先民们对之有亲近感，有认识，有感恩，才会进而产生崇拜景仰的意识，才会将自己的神祇寄托在上面。神话中的"昆仑山"不是青海西藏的昆仑山，它是泰山也好，是秦岭也好，总之，这是一个很能博得读者赞同的翻新文章。

　　对于神话的重新解释，其实就已经显露了把神话拉向历史真实的倾向。不仅如此，书中处处呈现浓厚的历史文化气息，中国历史文化中儒家的智慧、道家的养生、法家的权谋、阴阳家的韬略、名家的精确……通过四个人各自推心置腹、插科打诨，貌似拖沓重复、故意堆积辞藻的现身说法，纷纷得以呈现。因而，读此小说，是要有一些国学知识的储备的。如因为涉及仓颉造字，小说中至少写到了仓颉创造"酒""逐""维""洒""重""出""东""黄""娥"等字的文字学分析。我不是古文字学家，不能涉及关于这些字的学术性讨论，只是觉得作者的解释独辟蹊径，甚有新意，而又持之有理，与小说情节浑然一体，让人不仅长了知识，而且得到与作者一起进行奇思妙想之旅的快乐。

总之，《夸·颉·日·娥》除了在神话人物和情节元素基础上进行想象力驰骋、大胆翻新外，书中充满浓厚的历史文化气息和强烈的现实观照意识，堪称一部熔神话、历史、现实于一炉的交响史诗。不仅如此，上古与现代的往返穿插，神话与历史的对话交织，读者无论是历史爱好者，还是关注现实的人，都会在小说中与作者有呼应和对话的感觉。这么说来，这首交响诗就不仅仅是神话、历史、现实的合奏，也包含了作者与读者的共鸣和声吧。

　　《建筑大师》，挪威戏剧家易卜生于 1892 年
创作的戏剧作品。

　　译林出版社 2020 年出版《牛津英文经典：易
卜生戏剧集》，收录英文版。

再识易卜生：《建筑大师》

这是一幕回首往事不能平静的内心冲突、一次勇敢坦诚的心灵告白、一曲成功者晚年的悲歌。

晚上在北大大讲堂看了濮存昕、陶红主演的话剧《建筑大师》，感叹百年前易卜生的先锋性，这部剧充满象征意味。这位写出了《玩偶之家》等现实主义作品，获得巨大成功和声名的戏剧大师，在自己的晚年，竟能超越自我，以"自画像"的方式，写出如此富有象征意味的优秀作品。虽然，它从当年诞生之日起就饱受争议，被认为是"没有人能够解开这出戏的谜团"，但百年后的今天，人们对抽象手法、象征主义似乎已经不再陌生。

主人公是一位成名已久、社会公认的建筑大师。他出身乡村底层，本是一名教堂的建筑设计者，由于一次偶然的事件，而不再设计、建筑教堂，转而专门设计、建筑民居民房。而正是作为实用性的民居建筑者，他获得了巨大成功，赢得了"建筑大师"的称号。

值得分析的是，这个"偶然事件"其实有两层含义。表面看，是因为他自己家的老房子连同周围民居，都不幸毁于一场大火。大火之后，他不得不为自己建造家园，将那片废墟统筹设计，建造起一幢幢民居，从而获得成功。正如本剧宣传海报所谓"一场大火，成就了他建筑家的梦想"。

但人们往往忽略了更深一层的隐喻。10多年前，他为自己设计的教堂揭幕剪彩，他登上了高高的教堂塔楼，将花环套在塔楼最高处的风向标上。这时，他感到恐慌和头晕，害怕不已。就在人们兴奋地为他喝彩欢呼，对他十分崇拜之时——正如13岁少女希尔达热烈高呼那样，他一个人在高处，在几乎及云的高处，却独自悄悄地与上帝达成了协议——以后不再建教堂，而改建不用登高的民居。他后来对希尔达坦白说：只有我自己知道我的恐惧，我想，老百姓不需要这些没有用的塔楼，他们只需要四壁和一个天花板，关起门来可以遮风避雨过日子的房子。

这里的象征不是很明显吗？

教堂是人们的精神性家园，民居是人们的物质性家园。以建筑师自喻的易卜生，常把自己的戏剧作品比喻为他创造的建筑物。那么，难道他不是将理想诉诸"精神性"建造？他对自己在现实中获得的巨大成就，归为自己怯懦和妥协的结果，进而怀有自嘲和不满；所以，他借"建筑大师"的口说："我发现我的那些民居房屋，并不能给他们带来幸福，那些房子里的人，过得根本不幸福。"

但是，主人公又很迷恋自己目前"建筑大师"的名誉和地位，同时恐惧同行的年轻后来者超越和代替他的成就和地位。为此，他不惜设法限制助手的独立发展。同样，在接受年轻女性的膜拜时，他得到十分的满足，同时也深深地感到不安。

作品描绘了成功者晚年的自画像——徘徊在自我讽刺和自我维护的两端，也在追求精神的崇高和安于现实的平易的两端，还有对青春的敬仰和恐惧、对女色的恋欲和自责。

以上这些心理活动和思想意识，全剧通过建筑师与医生、助手、女秘书、妻子，特别是神秘来客希尔达等人的对话，被多角度、多层次地揭示出来。那些看似凌乱、缺乏衔接的对话内容，将之一一连贯拼凑起来，不正可以看到一个成功者复杂而真实的内心世界吗？

这些自白式的暴露，将所谓成功知识分子心底深处的那些矛盾、愧疚、自私、怯懦、自嘲、痛苦等等揭露无遗。这些对于成功的反思、对于人性的剖析，又何止只属于百年前易卜生的《建筑大师》，它分明仍然普遍存在于百年后的现实社会，存在于包括知识分子阶层在内的经济、政治等其他领域的成功者身上。在社会各界，怀有这种理想与现实冲突、良知和欲望较量的老年成功者不正比比皆是吗？

正因为如此，全剧具有深刻的思想性、鲜明的时代性和社会的普遍性。

易卜生的伟大，在百年后的今天，仍然显现出来。或许可以说，那些能够超越自我、超越时代的人，才有可能成为真正伟大的人。

《简·爱》，〔英〕夏洛蒂著。

首次出版于 1847 年。上海译文出版社 1980 年引进出版。

古典爱情与现代心灵：《简·爱》

2009年6月19日至6月28日，国家大剧院连续十天上演话剧《简·爱》，这是中国人首次将这部世界文学经典改编成话剧，因而，各媒体纷纷称它是"原创话剧""话剧开山作"。导演王晓鹰，国家一级导演、中国国家话剧院副院长，编剧喻荣军，话剧界高产、高票房"金牌"编剧，男女主演分别为王洛勇、袁泉。袁泉大家比较熟悉，她的《暗恋桃花源》等话剧作品受人肯定，有"话剧公主"之誉。王洛勇，资格更老一些，1958年生，20世纪八九十年代就在美国演戏，有"百老汇第一华裔"之称。如此阵容的编、导、演，堪称当代中国话剧界的实力派，水平值得信赖，不用多论。

决定前去观看，其实心里最关心的是：这样一个经典名著、经典电影，被改编成中国人出演的话剧，会是怎样？那个感动了东西方无数读者、观众的经典爱情故事，又如何在今天走进现代人的心灵？古典的爱情，还能否继续吸引或打动现代的人心？

（上）舞台与演员

首先，舞台美工布置美轮美奂。

借助现代科技的声光电，传统舞台上平面的背景，变成了立体的、真实的布景，微小却是实体的桑菲尔德城堡，转动着展示在观众面前，典雅精致，引人入胜。客厅、餐厅等一间间房屋，甚至二楼上简·爱的卧室、疯妻子的密室，都可以真实进入或登临，供演员置身其间表演活动。于是，就有了客厅里简·爱和罗切斯特的第一次对话交锋，有了靠在沙发上的罗切斯特谛听简·爱的古典钢琴弹奏，有了在黄叶飘零的瑟瑟秋风中，枯坐在长椅上的罗切斯特，终于等来简·爱的突然降临，或者说守候到简·爱的回归。激动中，男主人公摸索着拐杖，跌倒在铺满黄叶的长椅旁，此情此景，给人印象相当深刻。还有简·爱第一次走上二楼的卧室，站在梳妆台前感慨地说："我终于有了自己的房间。"舞台另一角，便幻化出童年简·爱在舅妈家遭受虐待的场景和对话。如此这般，舞台一端是现实场景中的家庭教师简·爱，另一端是小简·爱与舅妈、与寄宿学校校长、与同学海伦之间的往事，两种时空同时展现，用以勾连往事、对比今昔，体现了舞台的丰富表现力，给人新的观赏美感。

其次，男女演员的表演也是令人满意的。

本来就看似具有混血特征的袁泉，有一丝先天接近简·爱的外形特征，但如原著刻画的那样，袁泉掩去了自己美丽的外貌，忠实塑造出"矮小而不美"、看似卑微的家庭女教师形象。全剧中，她只换了三套裙装，几乎都是灰白、灰黑的暗色调，而就是借助这样的形象外貌，袁泉却挖掘并表现出了那瘦小躯体内倔强的精神，她的声音也是平静中透着坚毅，特别是在平静克制的常态下，偶尔爆发出的激越和深情，让人无法不为之动容！有几次，是简·爱长达几十秒、几分钟地静立在舞台一角，看似没有动作，却是时而颔首闭目——是在努力掩饰骤然听到意外事件的惊异吧？时而仰首张目——却已是泪流满面（脸部化妆都有点花了），眼神虽哀怨凄绝，却依然不失刚毅和坚强！忘我投入，以臻形神兼备，可以说，袁泉的简·爱是她话剧生涯攀上的又一个新台阶。

至于男演员王洛勇，则更加炉火纯青，表演堪称自然、流畅、挥洒自如，让人忘却了真不真、像不像的问题，只觉得这个罗切斯特很有点特别！傲慢也是傲慢，真诚更是真诚，还有绅士、善良、深情，甚至一点点的俏皮……豪放激越的表演，与袁泉的内敛凝重形成鲜明的审美对比。

（下）古典的爱情与现代的心灵

古典的爱情，如何打动现代的心灵？这其实是一个伪命题。

因为我穷、低微、不美、矮小，我就没有灵魂，没有心吗？你想错了！——我的灵魂跟你的一样，我的心也跟你的完全一样！要是上帝赐予我一点美和一点财富，我就要让你感到难以离开我，就像我现在难以离开你一样。……我们的精神是平等的，就像两个人通过坟墓将同样站在上帝的跟前一样——因为我们是平等的。

你，你这奇怪的——你这几乎不是人间的东西！——我爱你，像爱自己的生命一样，你——尽管你穷、低微、矮小、不美——我还是要请求你接受我作为你的丈夫。

这些真诚而激越的表白，多么熟悉！感动过多少人，激励过多少恋爱中的心灵！无论是过去，还是现在！

在这场惊艳世界的经典爱情中，简·爱没有娇美而摄人心魄的外貌，却具有唤起罗切斯特重生的魅力，那是她的聪慧、善良、真诚、自尊甚至执拗；罗切斯特虽然富裕倨傲，也谈不上英俊帅气，却激发了简·爱走近他的意愿，越过父亲般年长主人的地位和财富，简·爱窥见他傲慢下的高贵、怪异下的纯真，甚至善意。特别是由于疯妻子的现实障碍，两人的离别，使得这份爱情更加铭心刻骨、荡气回肠，在精神层面也更加庄严神圣、纯粹厚重。

是的，世间真正打动人的爱情就是这样，总有一些属于人性的公约数，或者可称之为跨越东西方文化的普世性，贯穿古往今来的恒定性。轻者如俗话说的一见钟情、气味相投、互相吸引、欣赏爱慕，重者如尊重与自尊、敬爱与平等，单纯如激情与燃烧、守望与厮守，复杂如禁忌与爱欲、克制与思念，等等，都是构成经典爱情的要素。而真正可歌可泣、可久可远、为人传颂的爱情，必定至少部分包括上述这些因素。那是心灵与心灵撞击出的协奏曲。如此说来，像《简·爱》这样百余年前传统社会里的古典爱情，自然应该并且能够引起现代社会中现实人心的共鸣，这不是一个问题。

然而，现代社会被物质、效率、合理、功利等因素左右着，两性的情与爱，也往往与情爱无关，甚至恰恰被有伤情爱的东西捆绑着、牵连着，人们用物质、效率、合理、功利等因素，衡量和算计着恋爱和婚姻，于是，猜忌、不信任、担忧，甚至欺骗、背叛，成了现代爱情的伴生物。爱情这位神圣而动人的女神，在现代人的心目中不知不觉地渐行渐远，变得越来越模糊起来。"解构爱情"，一时成了时髦的文学话语。在这个被物质、实利，乃至欺骗、背叛污染的现代情爱世界里，话剧《简·爱》以经典的名义，再次唤起人们心底那份对于真爱的记忆、执着和追求。

DOROTHY JEAN WEST

书卷多情 · 国外经典藏书票欣赏（黄显功提供）

《随园食单》，清代袁枚著私家美食烹饪随笔。
中华书局 2020 年出版。

典籍里的饮膳掌故

古人有言：冬者岁之余，夜者日之余，阴雨者时之余，有所谓"三余读书法"。换作今天的情况，可以说，寒暑假者工作之余、差旅途中者日程之余、睡前卧读者一日之余。利用此"新三余"，往往也能看点闲书——一些自己喜欢的休闲养性之书。

最近一段时间，读的是古人的菜谱食单，随时做点笔记小札，间或参以自己平日的为厨心得，发些即兴的随感，做成微博、微信那样的一则一则，竟也让自己不亦乐乎。说得正经一些，探究吃喝的事情，是遵循"民以食为天"的古训，是承继"渊源博大"的中华食文化传统，积多了，便把这些笔记的总名，题为"饮膳小札"。最近手边的菜谱食单、饮膳专书，计有《随园食单》《山家清供》《遵生八笺》《食宪鸿秘》《养小录》《闲情偶寄》《茶经》《茶谱》，等等，随时发现，随时添入。

调和鼎鼐

中国上古第一名相伊尹，也是古代第一名厨。他做商汤宰相，竟是凭借了"割烹"的技艺和道理。《史记·殷本纪》记载：

[清]沈宗骞《归去来辞图·引壶觞以自酌》

伊尹名阿衡。阿衡欲奸汤而无由，乃为有莘氏媵臣，负鼎俎，以滋味说汤，致于王道。或曰，伊尹处士，汤使人聘迎之，五反然后肯往从汤，言素王及九主之事。汤举任以国政。

司马迁虽然并存了历史上的二说，而前一说，即是伊尹为了求见商汤，自己做了有莘氏的陪嫁男仆，然后，背着厨具、炊具入宫，得以用自己的美厨艺和好滋味，游说商汤，从而取信于汤，做了商相。这件事情，史称伊尹"割烹要汤"。伊尹成功地以割烹技艺做了宰相，并提出了治理国家如"调和鼎鼐"的一套理论：那些大大小小的青铜器羹锅盘碟，你要懂得配制锅子里的材料，调和锅子里的味道，使一锅出炉，一盘上桌，美食可口，熨帖口腹。伊尹这个旷世的比喻出来以后，传统儒家就一向注重提倡所谓"调和鼎鼐"，也不知是因为儒者爱好烹饪美食呢，还是因为儒家讲究治理国家的道理，反正这两者就联结在一起了。

《论语》论食

"食不厌精，脍不厌细"，出自《论语·乡党篇》，大家都很熟悉，但好像也未必真的都能很好地理解。有人说，孔子是美食家，追求饮食的精细，爱吃舂得很精的粮食、切得很细的肉。这里把"不厌"解成不讨厌，即喜欢，其实并不稳妥。而且，这样解释与孔子"饭疏食饮水"的简朴生活理念也不一致。如果把"厌"解释为满足，更接近古意，不厌就是不满足地多吃。"食不厌精，脍不厌细"的意思就是：不因为精粮细肉这样的美食而过分地饱食。这或也正是古人"食尚自然"源头之所在。

今人推广食姜的好处，往往多援引孔子"不撤姜食"之语，此语也出自《论语·乡党篇》。姜性温辛，具有解表发散之效用，有开胃健脾、发汗活血、振奋精神等效用，但不能简单地理解为孔子嗜食姜，三顿不离吃姜。所谓"不撤姜食"，是一餐饭吃完后，只剩下盛姜的碟子不从几案上拿走，饭后吃几块，犹如今人饭后喝茶、喝咖啡一样，用于解腻提神。而且，"不撤姜食"的随后一句是"不多食"，也就是适度而食的意思。引经据典，借古人以自重，先要真正读懂古人之语。

《论语》中还多处提到，对于食物，人有好恶之偏向，但不可乱主副君臣之分。同样是在《论语·乡党篇》中，有"肉虽多，不使胜食气"之句，就是说餐桌上的肉食虽多，但也不能吃得比饭多。多食而适度，可养生活命；若多食而无度，就会伤身致病。李渔在《闲情偶寄》中进而将之概括为"食有君臣"之论，即肉与食（五谷粮食）相比，食为主，肉为副；姜酱与肉相比，肉为君，姜酱为臣，因酱只是调料而已。

孔子又有"九不食"之说，记在《论语·乡党篇》同一章中。九种情况下的食品不食，这与其说是讲究饮食，毋宁说是讲究饮食之礼。如食物腐败了、有味儿了、变色了、没煮熟，都不食——这符合卫生要求，自然不用说；食物违反时节，或斩割失礼，或调酱失度，不食——这就是进一层涉及饮食理念的要求了；只酿了一天的酒及街上买来的肉脯（只酿了一天，酒未成品；外面买来的肉脯，不知是用什么做的），不食——这就是更讲究的要求了；祭肉应随即享用掉，超过三日，亦不食矣——不敬又不卫生。

魏徵酿酒

今人多认为葡萄酒为明末大航海以后的舶来洋酒，诚然，洋则洋矣，但其传入中国的时间更早。

两汉通西域后，即传来胡人之葡萄美酒。到唐代长安，胡姬当垆的酒肆里，更是到处飘逸着葡萄酒的芬芳。唐人魏徵以能酿好酒出名（当然，魏徵更以直言敢谏当好宰相出名），唐太宗尝过他酿的酒后，赐诗点赞曰：

醽醁胜兰生，翠涛过玉薤。

千日醉不醒，十年味不败。

醽醁、翠涛是魏徵酿出的上品好酒的名称，兰生、玉薤相传分别是汉武帝、隋炀帝喝的美酒。这是用典故极力夸奖魏徵所造葡萄酒的醇厚优良。

中国内地葡萄和葡萄酒的专门产地是山西太原，元代《饮膳正要》《马可·波罗游记》均记载。晋人种葡萄、酿美酒，更在唐诗中就有反映。刘禹锡《葡萄酒》："野田生葡萄，缠绕一枝高。……有客汾阴至，临堂瞪双目。自言我晋人，种此如种玉。酿之成美酒，令人饮不足。"明清笔记中还有一则晋人与葡萄的故事，说唐德宗时宰相杨炎，吃葡萄不耐酸涩，忽发官瘾曰："汝若不涩，当以太原尹相授。"（葡萄啊葡萄，你若甜美不酸，我封你做个太原长官！）可见太原与葡萄的对应关系。

东坡食事

苏东坡是个死不悔改的乐天主义者，更是传诵千年的美食家。这不仅因为他才高八斗、儒道佛三教融通的人生境界，也与他热爱饮食、好吃能吃（包括吃苦）的本领相表里。最为人熟知的"日啖荔枝三百颗，不辞长作岭南人"，是他被贬惠阳（今惠州）时吟出。诗歌不胫而走，传到京师，那些昔日的同僚、反对党，看他贬谪生活过得口腹甜蜜、甚是乐和，心想：苏东坡你在惠阳不是过得好吗？那就再把你贬远一点。这回是贬到海南岛儋州（那时该多蛮荒啊），于是，就有了这则"食汤饼"的故事。

当时，东坡被贬海南，弟弟子由被贬雷州，两人播迁南国，在梧、藤间相遇，正好道边有卖汤饼的，古代汤饼相当于今天的面条，两人就一人一碗买了来吃，但这面条"觕恶不可食"（粗劣难吃），弟弟子由遂"置箸而叹"，而哥哥子瞻则一碗已尽！还回头问弟弟："九三郎，尔尚欲咀嚼耶？"（你还继续吃吗？）相率大笑而起。真正的美食家便如此，是对"食"之美爱，而非仅仅是对"美食"之迷恋！

话说苏东坡最初被贬之地是湖北黄州，他有《岐亭五首》记之。其中之四是这样的：

> 酸酒如斋汤，甜酒如蜜汁。
> 三年黄州城，饮酒但饮湿。
> 我如更拣择，一醉岂易得！

黄州的酒是差劲些，但我要是挑三拣四的，到哪里去买酒买醉呢？不如有什么酒就喝什么酒好了。黄州现在可有什么好酒？赶紧挑好点儿的，给东坡居士大人灵前奉上一壶。

"杀尽村西鸡"的典故，说的还是东坡在惠州的事。东坡有《两桥诗·西新桥》：

> 父老喜云集，箪壶无空携。
> 三日饮不散，杀尽村西鸡。

惠州也有个美丽的西湖，东坡帮助当地人疏浚水利，还自己捐资，先后在湖上建了东桥、西桥和大堤（这是又一个苏堤）。上面这诗，就是西桥建成时的庆贺写照。老百姓不仅欢庆湖上有桥，造福于民，也对来到岭南僻地的大文豪表示至诚感谢。

馓子与寒具

馓子是一种小时候常吃到的面食零点。面粉和揉拉抻成细条，排列环绕成扇形，入油锅炸成金黄色。待凉可食，久放不坏。食时，从扇面折取根根条条入口，松脆咸鲜。亦可将之投入蛋汤稍煮，做成一碗比面条筋道而多油香的下午茶点心。

馓子由来已久，它还有一个古典的名称曰"寒具"，因寒食节禁火断炊，古人事先制备此物，以备寒食节食用。不过，寒具与今馓子稍有不同。据《齐民要术·饼法》及《本草纲目·谷部四·寒具》等记载，寒具乃以糯米粉掺入面粉和揉，调以蜜汁或煮枣取汁，入油煎成。蘸糖食之，里外都是甜食。

自晋至宋，文人笔记多有记之。《鸡肋编》有"馓子"一则，记苏东坡在海南儋耳，邻居有一老奶奶以制馓子卖馓子为业，多次请求东坡为她的馓子题个诗（好给她的营生做广告吧），东坡乃戏题曰：

> 织手搓来玉色匀，碧油煎出嫩黄深。
> 夜来春睡知轻重，压匾佳人缠臂金。

也有文章说，这诗是刘禹锡所作。为此，我查核两者的诗文集欲探究竟。在我查到的张春林编《苏轼全集（上）》和李之亮笺注《苏轼文集编年笺注》中，均见此诗，原诗句与笔记中稍有出入，应以诗集为准。至于与刘禹锡的关系，查《全唐诗》刘禹锡诗，一时并未查见题名为《寒具》或有关寒具的诗。苏轼原诗为：

纤手搓来玉数寻，碧油轻蘸嫩黄深。

夜来春睡浓于酒，压褊佳人缠臂金。

关于寒具，还有一个典故，出自《山家清供》"寒具"条：晋桓玄喜欢书画，尝陈设书画，招友朋同欣赏。有一客人刚吃过寒具，没有洗手就去拿书套，不小心将油渍印在了书套上。这可以说是文人雅赏中不大不小的事故，据说桓玄因此后来再也不在府中举行书画欣赏会了。为此，苏东坡有诗曰"怪君何处得此本，上有桓玄寒具油"，陆游有"看画客无寒具手，论书僧有折钗评"，至清代赵翼，也有"摩挲忍污寒具油，激赏欲浮大白酒"等诗句，都与此典故有关。

重阳糕

重阳吃糕习俗由来已久，起于南朝，到宋代甚是流行，在《东京梦华录》《武林旧事》等书中，多有记载。据这些记载，当年重阳糕与现在的稍有不同，一是蒸出的米糕上，还饰以立体米粉做成的"狮子蛮王"，这狮子蛮王长什么样子，如今无法考求，但多少反映了外来文化的融入吧；二是米糕上，插上五彩的纸旗做标志。至于重阳食糕的含义，一是为长者献上松软甜蜜的松糕，以示敬老；二是家长招儿女回家吃糕，寓有祝儿女诸事俱高、发达顺遂之意。

有一个"刘郎题糕"的故事，是重阳食糕习俗带来的一个诗词典故，出自《邵氏闻见后录》卷十九："刘梦得（禹锡）作《九日诗》，欲用糕字，以《五经》中无之，辍不复为。"诗吟重阳节，除了登高，自不免述及食糕，而刘禹锡临笔为诗，竟因念《五经》中无"糕"字而作罢。其实，刘禹锡《九日登高》诗是这样的："世路山河险，君门烟雾深。年年上高处，未省不伤心。"岂止是不写"糕"，连登高之"高"的意思，也被他的出仕心、功名心笼罩了。"刘郎题糕"其实是刘郎不题糕，难怪他的"九日诗"不免遭到后世文人的讥讽。宋祁《九日食糕》有句："刘郎不敢题糕字，虚负诗中一世豪。"又如清杨静亭有《都门杂咏·花糕》，充满市井风情，也连带表示了对"不题糕刘郎"的批评："中秋才过又重阳，又见花糕各处忙。面夹双层多枣栗，当筵题句傲刘郎。"

盐齑

南方人善为盐齑，幼时在苏州，就吃过盐齑豆瓣酥、盐齑豆腐羹、盐齑豆瓣汤等等。盐齑咸鲜清香的口感，令人难忘。盐齑者，是那种曝腌的小青菜，也有地方如浙江，把久腌而成的真正的咸菜也叫盐齑。将菜切细，盐腌一会儿或更长时间，挤掉盐水苦汁，与浅绿的豆瓣或白嫩的豆腐为伍，有时也可加肉丝，做成汤羹或少汤汁的菜，讲究点，可加黄白的嫩笋丝。夏日多出汗，就有"三天不吃盐齑汤（多指老腌的咸菜），脚髁骨里酸汪汪"之俗语，这是只有江浙一带上了年纪的老者才知道的老话了。

这盐齑，不仅现今有、南方有，恐怕在遥远的古时候，也是广泛存在的。骆宾王有诗"清清盐齑汤，美味百岁羹"，特别是韩愈《送穷文》，有句"三年太学，朝齑暮盐"，极言饮食之简单，生活之清苦。可知在唐代、在北方，也已流行盐齑了。顺及，韩愈《送穷文》极为俏皮可读，这是此次查阅盐齑的意外收获。人穷分智穷、学穷、文穷、命穷、交穷之五种，吃得盐齑，只要智、学、文等不穷，或许还有助才思文路呢，岂不是值得嘉赞之事？

傍林鲜

古人饮食的基本原则真正是不违时令，就地取材。所以，翻阅宋元明清的食单菜谱，大都山珍多于海味，也是受交通与物流所限制吧。

山珍又绝对以山笋、香蕈（就是今人的菇）为大宗。以此为主料或副料的菜品，真是多得超出我辈想象！如这款见于《山家清供》的"傍林鲜"，就是把餐桌开到竹林里去了："夏初，林笋盛时，扫叶就竹边煨熟，其味甚鲜，名曰傍林鲜。"因而又牵出东坡居士两则公案，一是"可使食无肉，不可居无竹"，这自是气节清高之写照，或许亦是兼顾了主人嗜笋之习性呢。二是东坡另有一诗：

> 汉川修竹贱如蓬，斤斧何曾赦箨龙[1]。
> 料得清贫馋太守，渭滨千亩在胸中。

这是东坡写给表亲文与可的和诗，与可就是那个留下传世名作《墨竹图》的文同，渭滨千亩的竹子都吃在肚子里了，难怪成竹在胸，为画竹之大宗了。

---

［1］ 笋的雅名。

[北宋] 文同《墨竹图》

石子羹与龙蛋

以今观之，最不靠谱而涉嫌矫揉造作的汤羹，可数此款"石子羹"。取山涧溪流清洁处白小石子或带藓衣者一二十枚，汲泉水煮之，味道鲜美似螺汤，隐然有泉石之气。这或是魏晋贤隐之人的求仙术吧。所谓"通宵煮石"，如五石散之类，本不该入菜谱吧！故葛洪《神仙传·白石先生》就有"常煮白石为粮，因就白石山居"。但魏晋以来，何以下至宋人《山家清供》，仍津津有味推出此"石子羹"一款？真是味美如螺，还是宋人崇尚清雅的矫情？不由得令人真欲一试！又叹城市远离清泉，身披藓衣的白小石子更为难觅啊。

更有甚者，真正是闻所未闻、难以想象的，是《养小录》里记载的一则"龙蛋"：数十个鸡蛋打开搅匀，装入猪尿脬中（现代的食品袋亦可吧），扎紧袋口，沉入井水深处一夜（不可用今之冰箱代替）。次日取出煮熟，剥净外袋，切开，大盘托出，竟然数十个鸡蛋的蛋黄、蛋白又各自相聚凝结，混成一只大蛋，因为巨大，美其名曰"龙蛋"。何为能如此？书中解释说："推究其理，光炙日月，时历子午，井界阴阳，有固然者。"（这是多么让人将信将疑啊！）作者还附加说，此蛋用于办桌席或祭祀时，用大金属盆装之，真奇观也。

后记

一只从江南驶出的小船，摇到了人生的还历之秋。

未曾想，会在这援教中国石油大学克拉玛依校区的边陲之地，在芦花摇曳的红山湖边，最后校阅这本书稿。

这些历年来断断续续写下的读书随笔，如今重读，像是看到过往岁月中自己在书籍的沃野上捡起的一枚枚花果。它们虽然色彩相异、品相不一，却都记录了书籍与我的相遇，给我以启悟与愉悦。"书卷多情似故人，晨昏忧乐每相亲"，那些经史典籍的历史训诫、春风化雨，那些诗文传记的意趣盎然、曲尽其妙，甚至 次感动，对一个词、一句话的喜爱，都被我一一拴系在人生的小船上，一路迤逦伴行。

现在，这些"故人"齐聚一册，得以出版。我要感谢爱书人陈雪春女士，她不仅催生和责编拙稿，还为它增补了不少插图。书中富有苏州风情的系列版画作品，出自顾志军先生之手。书影和中外藏书票等，来自黄显功先生、张晴池女士、刘妍同学的搜集和提供，在此一并鸣谢。

钱婉约

2023 年 11 月 9 日

图书在版编目（CIP）数据

书卷多情似故人 / 钱婉约著 . -- 北京：北京时代华文书局，2025.1

ISBN 978-7-5699-5361-9

Ⅰ . ①书… Ⅱ . ①钱… Ⅲ . ①随笔 - 作品集 - 中国 - 当代 Ⅳ . ① I267.1

中国国家版本馆 CIP 数据核字（2024）第 026896 号

SHUJUAN DUOQING SI GUREN

出 版 人：陈　涛
项目策划：文汇雅聚
责任编辑：李　兵
特约编辑：蔡时真
装帧设计：陈　辰
责任印制：訾　敬

出版发行：北京时代华文书局 http://www.bjsdsj.com.cn
　　　　　北京市东城区安定门外大街 138 号皇城国际大厦 A 座 8 层
　　　　　邮编：100011　电话：010-64263661　64261528

印　　刷：北京盛通印刷股份有限公司
开　　本：880 mm × 1230 mm　1/32　　　成品尺寸：145 mm × 210 mm
印　　张：11　　　　　　　　　　　　　字　　数：280 千字
版　　次：2025 年 1 月第 1 版　　　　　印　　次：2025 年 1 月第 1 次印刷
定　　价：69.80 元